5000年民间故事经典传承

中国鬼话

总主编　冯骥才

总策划　何承伟

本册主编　徐华龙

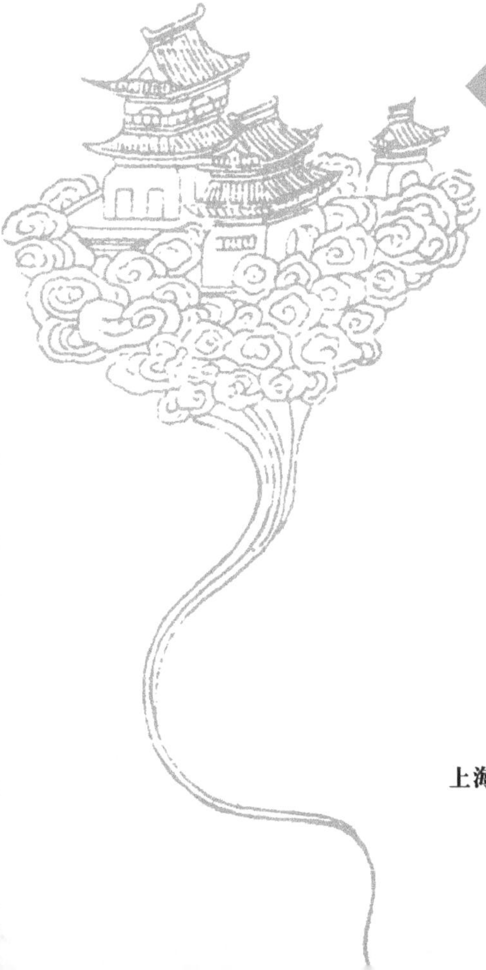

上海世纪出版集团
上海故事会文化传媒有限公司

5000 年民间故事经典传承丛书

总主编　　冯骥才

总策划　　何承伟

编委（以姓氏笔画为序）

出版说明

　　一、关于中华民族的历史，5000 年之说约定俗成，近来亦有 3700 年之说，并以文物、文献和文字为其主要特征。民间故事是口头文学，似不应止步于 3700 年，故采纳 5000 年之说。

　　二、民间故事是中国文学乃至中华文明不可或缺的组成部分已成共识。首先，自新文化运动以来，民间故事得风气之先，曾获得不同规模的搜集、整理、研究和开发。其次，从 1981 年开始，国家启动长达 28 年的"三套集成"文化工程，民间故事的丰富矿藏渐为世人所知。第三，《故事会》杂志更是以"民间故事金库"栏目的形式连续地、固定地刊发了许多作品，在社会上已形成一定的覆盖面和影响力。

　　三、因此之故，我们推出"5000 年民间故事经典传承"丛书，既秉持传承之意，又力兴传播之举。

　　四、丛书邀请中国社会科学院、北京大学、北京师范大学、复旦大学、华东师范大学、华中师范大学等有关专家学者成立编委会并担任学术指导。冯骥才担任总主编，何承伟担任总策划。

　　五、丛书计划出版 50 种，分"话"、"蒙"、"书"、"名"、"知"、"智"、"趣"七个子系列。故事会编辑部负责编辑工作。

　　六、每年计划推出约 10 种选题，丛书之出版贯串于"十二五"出版规划整个过程。

　　七、编选原则：1. 所编选的作品要体现经典性、富有传承性和贯彻当代性。2. 编选形式求大同存小异。3. 每册图书的篇幅控制在 20 万字以内。

总体而言，丛书采取的是选本的形式。也正如鲁迅先生所说的，选本所显示的，往往并非作者的特色，倒是选者的眼光。故，希望得到社会各界的批评指正。

虽然我们今天已经进入大数据、云计算时代，然而，我们仍然倡导有根的阅读，更想让民间故事的智慧像火种一样，一粒一粒种在读者的心里。

丛书编委会

序　言

一、什么是鬼?

在中国典籍中，关于鬼的阐述很多，我认为《礼记·祭义》中的一句最为恰当："众生必死，死必归土，此之谓鬼。"它表达了两个重要内容：一是人必然会走向死亡；二是死后必定要埋在土里。在蒙昧的时代，人们相信人死后会成为另外一个世界的活物，那就是鬼。

我们认为，鬼是人们潜意识中创造出来的一种精神幻体，现实世界中是根本不存在的。种种关于鬼的传闻，只是对神秘现象的猜测与演绎。而人们自觉或不自觉地根据想象创作荒诞无稽的传闻，来企图解释这种现象，于是便有了鬼话。

二、什么是鬼话?

鬼话，是民间故事中的一个分类，是以鬼为主要故事内容的叙事作品。其特征：

1. 必须以鬼作为民间故事的主要角色，以与鬼相关的事件为中心情节，并以此来展开矛盾和冲突。

以鬼为主要角色，是指鬼话中一般以鬼而不是以人为中心，并围绕着这一中心展开各种矛盾和冲突。鬼在这些矛盾和冲突中往往占据主要地位，并由此构成一篇完整的故事。

2. 必须折射出人间的生活样相和人的思想情感。

鬼话虽说是以鬼及鬼的现象为主要讲述对象的叙事作

品，但它毕竟是人类幻想出的一些形象和情节，其根基仍在民间丰富多彩的生活中。离开了这一点，鬼话亦只能成为无源之水，无本之木了。

鬼话的一个鲜明特点在于：它表现的是鬼与人之间的纠葛、纷争、冤仇、友情、爱慕和婚姻，而不是单纯地表现鬼的行为、鬼的生活和鬼的世界。鬼话中的生活是现实生活的折射，人间的世俗生活和矛盾冲突构成了故事的基本矛盾和情节结构。

人类生活是极其丰富的，有真情，也有憎恨；有友善，也有欺诈；有真挚，也有虚伪；有美好，也有丑恶。而鬼话中阴曹地府的生活，阴森可怕，这亦是人间生活某些侧面的翻版。阴曹地府中所谓"上刀山"、"下火海"等处罚手段，与现实中古代官府拷打囚犯的方法、刑具极为相似。

三、鬼话有哪些基本内容？

鬼话，总的来说分为两个方面：怕鬼的故事，与不怕鬼的故事。

怕鬼的故事，在过去的志怪类笔记小说中有大量记载。这是因为记录或者创作这些鬼话的作者，当搜集到超现实的、荒诞的、惊怖的素材的时候，就会把它们写下来，成为一种文学档案。怕鬼的故事，情节一般都十分离奇怪异，因为如果没有冲击人心的情节和内容，一般是很难被记住和流传的。

我曾读到过一篇名为《怕鬼》的短文，生动描绘了儿童害怕鬼的复杂心理。文中写道：

小孩子总是要听大人们讲故事，大人们给他们缠得不耐烦的时候，往往就会讲起鬼的故事来。大人也是从小人儿的时候过来的，儿时听过的故事印象最深，于是讲起来绘声绘色，恐怖异常，到了最后，就说："你不听话，它就会来抓了你去！"末了或许还会有张牙舞爪作势"嗷"的一声，直把小孩子吓得一头缩进被窝里去了事。

于是，在大人们熄灯睡觉之后，这个缩在被窝里的孩子就开始回想起那个刚刚才被描述过的怪物来，这个叫做鬼的东西恶形恶状，法力无边，无孔不入，它是孩子把自己所害怕的一切想象加诸其上堆砌而成的一个大恐怖。

的确，中国讲鬼故事的历史文化源远流长，一代一代地传承下来，影响着每个世人的心灵和思想。传承方式，大多以家庭或村寨为基本单位纵向流传，随后再因人口迁徙、家庭重新组合而进行横向交流。正是这样的传播，使得鬼的意识、鬼的信仰在民众心里扎下了根，成为影响人们言行举止的一种指导思想。而"怕鬼"的潜意识，就在于提醒人们不要去做坏事。俗话说"不做亏心事，不怕鬼敲门"，就是这种经验的总结。

与怕鬼的故事相对应的是不怕鬼的故事。民间流传的不怕鬼的故事很多，表现了人们勇敢无畏的精神。为了突出表现不怕鬼的人，一般都赋予他们两个特点：一是胆大，二是有本领。因为只有这样，人才能战胜鬼怪，故事也才会被读者信服。

无论是怕鬼的还是不怕鬼的故事，都会被打上时代的烙印。这种时代烙印，表现在：前者一般都隐含着一种思想上的禁锢与束缚，而后者却体现着积极的社会主题和与时代相匹配的思想感情。近年来，在我们收集的数以万计的鬼话作品中，绝大多数是不怕鬼的故事，而怕鬼的故事则非常有限。有两个原因：一是被采访者会自觉地讲述那些被认为有积极意义的作品，而抛弃那些自认为封建、落后的内容。一是故事收集者也会有意识地选择收录那些对社会有意义的作品，而舍弃那些荒诞恐怖的东西。

其实，无论是怕鬼的还是不怕鬼的故事，都是民众创作的一种无形的文化财富，反映的是人们对于社会、自然的认识和经验，是值得珍藏、研读与传承的。

四、传承鬼话的意义在哪里？

1. 能够打造地方文化特色和人文景观。

鬼是世界性的人文课题，是伴随着人类的产生即出现的一种思想观念，有时甚至成为一个国家、地区的文化符号。如西方的万圣节、亡灵节、骷髅节以及中国的中元节等，这些节日都传说与鬼有关，亦产生了种种风俗习惯。人们并不因为这些节日与鬼有关就摒弃它，而是强化这些文化符号，附会各种各样的传说故事，来吸引更多的旅游者、爱好者前来观摩。

在英国，鬼的传说纷纷扬扬，竟给旅游业带来了可观的收入。英国号称是世界上闹鬼最凶的国家，有上万个地点经常"被鬼魂光顾"。位于苏格兰东海岸小镇弗尔法的格拉米斯城堡，自古到今都有各种各样的闹鬼传闻，据说时至今日，人们仍然能在城堡里听到鬼魂玩牌的声音……

在我国，与鬼有着直接关联的文化名城，是四川的丰都。自古以来，丰都就被称成"鬼城"，近年来，来此参观的人更是络绎不绝。丰都城的大街小巷有数不清的店铺招牌都与鬼城有关，如鬼城饭店、鬼城旅社、鬼城发廊等；用鬼城做商标的亦有，如鬼城牛肉干、鬼城豆腐乳、鬼城天寿糕等。此外，在丰都城郊的名山，还可以看到十八层地狱中种种惊心动魄的可怕场景。与丰都相关的鬼话，更是成千上万，如《丰都的来历》、《地狱的故事》等，都被人们津津乐道。

2. 能够带来文学艺术新的创作与繁荣。

过去，我们谈到清代文学史时，总会说蒲松龄如何之伟大，创造了一系列感人的文学作品和丰满的鬼神形象。但是蒲松龄取得这些成就并不是孤立的，不可能脱离时代背景和深厚的群众基础。清代，鬼神观念盛行，人们有谈神说鬼的习惯，特别是山东，此风犹盛，至今还流传着各种鬼故事。另外，清代也先后出现了不少记录或创作鬼故事的文学家，如今我们能见到的载有鬼传闻的文集就有数十种之多，如《子不语》、《阅微草堂笔记》等，这些作品不是为写鬼而写鬼，多为借鬼诉说人间之事。

由此可以看出，任何一种鬼话的出现都离不开当时当地的实际情况，是由各种条件促使而产生的，特别是与社会、时代的特有的政治与文化环境以及民众诉求密不可分。

正是这样，古今中外，人们利用各种艺术手段，创造了众多与鬼有关的栩栩如生的艺术形象和名篇佳作。英国戏剧《哈姆雷特》就是代表作之一，其中所描写的鬼魂形象至今仍然深入人心。中国的戏曲《牡丹亭》也是举世公认的佳作，杜丽娘梦中与书生柳梦梅幽会，后因情而死，死后与柳梦梅结婚，并最终还魂复生，表现得情真意切，令人动容。

除文学外，鬼魅被作为艺术表现题材的，也不胜枚举。

日本有一种"暗黑舞"，舞蹈者通常半裸着身子，没有头发、形容枯槁，他们的动作非常缓慢，软弱无力、丑鄙和痛苦，像鬼一般摇摆着穿过黑暗阴森的舞台。舞动时，他们把嘴张开，似在发出尖叫，但并没有声音。这种舞蹈是20世纪50年代末由日本现代舞蹈家土方巽创造的，他的舞蹈作品以表现"另一世界"的形象为特色。暗黑舞又称为"直立的尸体"，表现的不只是死亡和黑暗，也表现人内心深处的精神世界。早期的暗黑舞其实反映了日本社会仍难以摆脱广岛和长崎原子弹轰炸留下的心理创痕。

1990 年夏天，美国派拉蒙影业公司推出的《人鬼情未了》一片，独占鳌头，创下了 1.3 亿元的票房纪录。故事叙述的是一位极其富有的银行家，正准备结婚时却在纽约街头遇害身亡。未婚妻悲痛欲绝，其时，已成鬼魂的银行家不愿离开未婚妻，便仍逗留在人间。当他知道心爱的未婚妻也有生命危险时，就千方百计地保护她。然而人鬼殊途，无法交流，最后，他只得求助于一位神灵，终于如愿以偿。故事曲折生动，一波三折，而用令人恐怖的鬼魂来表现一段十分浪漫的爱情故事，是这一影片成功的原因之一。

在中国，以鬼为题材的影视片也有不少，这类作品手法新鲜，表现力强，富有传奇色彩，很受观众喜爱。1988 年，张国荣、王祖贤主演的影片《倩女幽魂》在法国以《中国鬼故事》之名推出上映后，反响十分热烈。

总之，以鬼作为主要表现形式的艺术作品，都必须要有故事。富有曲折优美的故事情节，才能达成感人至深的艺术效果。

而鬼话是用语言或文字来展现故事内容的，虽然它质朴、短小，有时甚至显得幼稚，不够完美，但它却是最真诚的、最生动的。

目 录

1

3

风 俗

中国**鬼**话

阎王

阎王求医

阎王最喜爱的三女儿生了重病，奄奄一息，阎王急着要判官去请医生。阎王想：虽然扁鹊、孙思邈、华佗等几朝医界名流医术高明，但因他们有功于人类，已经名列仙班，要请他们治病，必须请示玉帝，很是费力；况且三女儿病危，远水难救近火，就只有从阴曹地府找。如能找到高明医生，三女儿就有救，若不幸找到了庸医，则会断送三女儿的性命。阎王为此焦急不安。

判官向阎王献策说："阴曹地府的医生都来自阳间，凡是庸医一定经常误诊，治死的人较多，背后一定跟着许多冤鬼索命。由此判断，医生后面跟的鬼越少，医术就越高。"阎王觉得判官的话有理，就要判官依此而行。

判官遵命在阴曹地府观察了很多医生，只见他们后面跟着的冤鬼，多则一、二十，少的也有三、五个。他遍处寻找，好容易看到一个医生，背后只跟着一个冤鬼。那医生年纪约摸五十岁上下，自报姓名叫王元。于是，判官便把王元请到了阎罗殿。

到了阎罗殿，判官启奏说："臣遵大王吩咐，观察了阴曹地府很多医生，正如臣所预料的一样，他们在凡间误诊误治，身后跟的索命冤鬼很多；只有这位王先生，后面只跟着一个冤鬼。"

阎王听了点点头，说："先生行医一生，只诊死一人，不过千分之一的错误，孙思邈、华佗也不过如此。请先生来不为别的，就是要仰仗先生妙手，治好我三女儿的病。"

王元一听，吓走了三魂七魄，连忙跪下说："小鬼才疏

学浅，医治三公主的病，实难胜任，恳请大王另请高明。"

"你不用谦虚了，行医一生，只治死一人，足见高明。"判官在一旁帮腔。

王元知道瞒不过去了，只得如实相告。原来，他在人间时，行医是半路出家，只医治过一人，却错把伤寒当疟疾，误害了人命。

阎王听后，怒不可遏，吼了一声："庸医，滚!"一脚把王元踢开，命判官另请良医。

判官这一次吸取了教训，变得聪明了，他对医生们仔细调查，发现那些医生后面跟的鬼，原来不是在索命，而是求医救命。判官这才恍然大悟：那些后面跟的鬼越多的，才越是地府群鬼信赖的好医生。于是，判官据此顺藤摸瓜，请来了名医叶天士，他对症下药，只几副药就把三公主的病治好了。阎王此时不免无限感慨，对判官说："这些医生，在凡间济世救人，死后到地府仍是救鬼济世，可谓高风亮节。"遂命判官立一石碑以颂医德。

今天，在湘贵两省交界的大苗山群峰中，能看到有一石山，形状如碑，高耸云天，远远望去，光滑平整。当地人说："这就是阎王所立的颂医德碑。"

附 记

通过判官为了给阎王女儿治病而选择高明的医生的故事，真实地展现了阎王的喜怒哀乐。这里表面上说的是阎王故事，其实，却反映了人间寻常的生活哲理。银振群搜集，流传于湖南城步地区。

阎罗王上小鬼当

据说，阎罗王从来不吃人间祭品。由于他享受不到应该享受的东西，所以，对人间过惯好日子的鬼魂，施起刑来十分残忍。上刀山，下火海，抽筋剥皮，钩肠挖心，十八层地狱，十八种毒刑等等，连阎罗殿里的小鬼见了也吓得直吐舌头。

于是，一些小鬼就凑在一起商量，大家讲，阎罗王高高在上，大施淫威，不晓得我们小鬼经常给阳间来的鬼魂动刑，自己也吃力得要命。俗话讲，刀斩斩要钝，铁打打要软，我们小鬼多动力气，骨架子也要拆散的。

一个老夜叉插嘴说："现在不是你们叹苦经的时候，大伙应当想想办法，如何使阎罗王高兴高兴，乐而忘刑，大家不也都可以省力了吗？"

一个马屁鬼出主意说："本小鬼学得一手推拿按摩的绝技，只要让我在谁的屁股上拍上几记，包他受用，浑身筋骨酥软，懒得动弹。要不让本小鬼去给阎王老爷拍拍马屁？"

老夜叉听了直摇头，说道："怕是不行。你这马屁鬼，大家倒都喜欢你抚抚拍拍，但你可知阎罗大王打生出来就是一身反骨，你这样拍上去，一定会使他像受电击一样直跳起来，当心你给他放在碜磨上磨成骨灰。"

另一个老色鬼，贼兮兮凑上来讲："要么，让我到阳间秦楼楚馆，弄一些能歌善舞的美娘来，好让阎罗真君开心开心。"

老夜叉又摇摇头说："怕是也不行哪！你这老色鬼不知，

我们阎罗大王为了要永生永世常任阎王，宁愿不要下代小阎王，早已请求天公公把他阉割了。天帝也怕他老是迷恋女色，会办事不公，坏了冥国声威，就顺了他的意。所以，如果你把美娘弄来，反而要害得我们忙得团团转。因为阎王最痛恨这种出卖色相的女人，一定要叫我们撬她们的细牙，挖她们的甜舌，刺她们的情眼，烤她们的粉脸，再来个坐桩剥皮，换上猪皮，让她们投胎做老母猪。这样一来，我们小鬼就累趴下啦！"

经老夜叉这样一说，大家确实想不出什么好办法可以使阎王乐而忘刑。

这时，一个小拆血鬼一溜烟儿从长脚鬼的胳膊里钻出来，说："我小拆血鬼倒有个办法，一定管用。"一些夜叉鬼就问他："你有啥办法？讲讲看！"

小拆血鬼讲："我也曾听鬼祖宗讲过，阎罗大王不近女色，不吃马屁，而且还不贪吃，他的肚皮里给天公公塞满了铁石心肝、铜肚肠，不过，他的鼻子还没给天公公塞满，所以，他还挺喜欢闻人间烧给他的香烟。我们何不在他喜欢闻香烟上动动脑筋。"

老夜叉听了讲："话是不错，只是人间烧的香火，多闻了也要冲脑门的。"

小拆血鬼讲："你老虽然是地府里的鬼精，但看来对近年来人世间的消息还不太清楚。你老晓得吗，现在人世间有一种香喷喷的烟火，只要在灯头上一点，香气四散，闻着这样香烟的人，是越闻越想闻。更妙的是，这种烟一闻上瘾，就会变得懒洋洋，全身筋骨无力。我们用这种香烟给阎罗大王闻闻，你们看怎么样？"

老夜叉突然面孔一板，说："你这个小拆血鬼，我已有九百九十岁了，从未听说人世间有这种烟的，你想要寻开心，也要看看是什么时候！"

小拆血鬼急忙讲："你老如果不信，我可以领大家去见识见识。"

于是小拆血鬼就带了这批地狱夜叉来到人间"福寿堂"、"活神仙"大烟铺里，只见一些烟客横卧在烟铺上，一些烟花女子忙不迭地伺候着，把烧好的烟泡装上烟枪，递到烟客嘴里。烟泡在烟灯上一触，烟客用嘴一吸，果然，香气四溢，令人陶醉。众夜叉隐在旁边，不由自主地伸长了脖颈子闻了这股香烟，都说："嗯，好闻，好闻!"闻到后来，感到飘飘然，懒洋洋，也想往烟铺上躺下去。

这时，小拆血鬼一看苗头不对，就一声鬼叫，刮一阵阴风，吹灭了所有烟灯，顺便抓了好多大烟泡，拉了众夜叉赶忙回到阴曹地府。众夜叉都责怪小拆血鬼，不让他们多享受享受这种"活神仙"味道。

小拆血鬼说："你们也算是老鬼了，只会贪图眼前利。现在我抓了这一大把烟泡，哪一位鬼伯鬼叔有胆量送给阎王阿爸闻闻?只要他闻上瘾，我们的好日子就在后边。"

老夜叉这时笑眯眯地对小拆血鬼讲："别去理这批脓包，我看你倒邪气机灵，只有你办得了这样的大事。只要你教阎王阿爹上了这种烟瘾，你就是我们的鬼头头，今后一切都听你的。"众夜叉也附和道："事成后，我们都听你的。"

于是，小拆血鬼自己先塞住了鼻头，双手捧了点燃的烟泡，直向森罗宝殿走去。这时坐在森罗宝殿里的阎王，已经闻到殿外飘来一股舒筋活血的奇香。又看到小拆血鬼双手捧了乌油油一团冒烟的东西往案前走来，香味越来越浓，阎王也不由自主地鼓出了皮蛋大的眼睛，嚙张着狮子大鼻子不断吸动，越闻越想闻，便问："小拆血鬼，这是何种奇香，哪里寻来的?"

小拆血鬼说鬼话是一等，回答道："这是我小拆血鬼从

南海观音的紫竹林里掘到的，名叫'奇南香'。我还偷听到龙女善财的活，他们说：此香一点，凡人闻了福寿全，小鬼闻了赛神仙，你阎王阿爸闻了也胜似登天。"

阎王一边闻一边讲："不错，不错，此香果然是南海奇香，本王一闻此香，森罗宝殿也赛过九天灵霄了。只是这一把奇香，本王闻不了多久，你能否再去给本王弄点来闻闻，本王一定重重有赏。"

小拆血鬼见阎王上当，就继续甜言蜜语起来。他说："阎王阿爸，你老人家尽管放心，只要你阎王阿爸喜欢的，我小拆血鬼刀山敢上，火海敢跳。没有你阎王阿爸，哪有我这个小拆血鬼。现在我就去给阎王阿爸多弄点来。"

自从阎王吸上大烟以后，他再也不管阴曹地府的事了。倒是这个小拆血鬼在当家做主，把阴曹地府弄得七颠八倒，好无好报，恶无恶报，造成阳间贼骨头强盗当道，老百姓受苦受难。

附　记

此故事在1949年前流传颇广，主题颇为含糊，似影射清末世态，却有一定魅力。阎王，又称阎罗王，是民间传说中的阴间主宰，掌管人的生死和轮回。在中国古代的民间信仰里面，人死后要去阴间报到，接受阎王的审判；但是在民间故事中，阎王往往会被丑化，被调侃，毫无冥界主宰的尊严可言。俞衡公口述，尹培民搜集，流传于江苏太仓。

中国 鬼 话

钟 馗

丑鬼戏钟馗

钟馗，是一个善于捉鬼吃鬼的神。原先，钟馗是很英俊的，但后来却变得很丑，被人称为"丑脸神"。关于他为什么后来变得很丑，还有一段传说。

很久很久以前，有一个丑鬼，住在西山洞中。这个丑鬼神通广大，但因为生得极丑却又无法改变容貌，因此十分烦恼。

一天，丑鬼正在洞内喝酒，忽然听见洞外有一小鬼求见，丑鬼便让他进来，问道："你来这里干什么？"

小鬼答道："我来这里请求大哥帮助我们鬼族。天上来了一个神，他的名字叫钟馗，本领高强，专门捉鬼吃鬼，已吃了我们五百兄弟了。"

丑鬼问道："真有此事？"

小鬼说："没有半句假话。大哥，请你一定为我们做主啊，我是走了五百里路赶到这里来的。"

丑鬼仰天大笑："哈哈哈！什么神不神的，俺都不怕。他在哪儿？俺心烦，正好消遣一下。"

"他住在五百里外的莲花寺里。"小鬼答道。

"和俺一起去吧！"丑鬼说完，就关了洞门，抱起小鬼，驾起祥云，不一会儿就到了莲花寺。

丑鬼把小鬼放在地上，走进院内，往门缝里一看，不禁在心里赞道："多英俊的神啊！"只见钟馗身高一丈，虎目圆睁，那双圆目仿佛正在盯着丑鬼呢。

丑鬼不禁把头一缩，心里寻思：用什么方法把他干

11

掉呢？

这时小鬼在他身边说："大哥，注意，它会吃鬼。"话音一落，便没了身影。

丑鬼又往门缝里一瞧，只见钟馗正把小鬼往嘴里送呢，不禁吓得发出"呀！"的一声。就在他发出叫声时，他的身体不由自主地腾空起来，等到站定时，发现自己已立在钟馗手中了。

原来，钟馗有这样一个本领：当他发觉有鬼时，双手一招，鬼便飞到他手中。但他一次只能召唤一个鬼。

钟馗正准备把丑鬼往嘴里送的时候，丑鬼突然说道："正合我意。"

钟馗听了奇怪，便问道："你死到临头，怎么还这么开心？"

丑鬼说："啊，我能死在神的肚子里，所以开心！"

你知道丑鬼为什么开心吗？原来，丑鬼有这样一个本领：被吃下肚后不但不会死，而且还会变脸。他自己的脸会变成吃他的神的脸，而吃他的神的脸则变成他的脸。这钟馗相当英俊，能变成他的脸，丑鬼当然是十分愿意的。所以才高兴地说出那句话。

但钟馗不明白丑鬼的目的，于是说道："丑鬼，那我成全你吧！"说完，就一口吞下了丑鬼。

丑鬼顺着钟馗的喉咙一直滑到胃，才站稳了脚跟，朝四周一看，不禁叫道："好大的胃啊！比俺的西山洞还要大。"

钟馗听到他的肚子里竟有声音在响，不禁大惊，问道："谁在我的肚里说话呀？"

"嘻嘻！是俺丑鬼！"丑鬼回答完，就在他的胃里耍起拳脚来。

夜巡图 [清，任预]

赤膊鬼提灯笼在前引路，驱鬼钟馗负手躬身随后。

钟馗顿时痛楚万分，在地上打起滚来，黄豆大的汗珠洒下来，把整个大殿都淋湿了。他不得不哀求道："丑鬼，别跳了，俺马上放你出来。你只跟着屎一起，马上就会从肛门滑出来。"

"你落到这种地步，还敢叫我丑鬼，还敢让我和屎混在一起，真是不见棺材不落泪！待俺慢慢地收拾你。"丑鬼说完，又在钟馗的肚子里翻滚起来。

钟馗又疼得在地上打滚，边滚边哀求："鬼大爷，饶了我吧，以后，我再也不敢为难你们鬼族了。"

丑鬼在胃里听了，就说："那你得对天发誓，得跪在地上。"钟馗没法，只得照办，但为了威严，他就是没有下跪。

丑鬼在胃里看到了，又耍起拳脚来，钟馗终于不得不下跪。

"把你的口张着，让我出去。"钟馗立刻闭上眼，张开嘴。丑鬼马上从他嘴里跳出来，也不敢对钟馗说他已经出来了，一溜烟跑回了西山洞。

原来，此时，丑鬼的丑脸已变成了钟馗的脸了。要是让钟馗知道，被捉回去，后果是不堪设想的。这可苦了钟馗，他张着嘴等了半天，直到嘴酸得他再也忍不住了，才问："鬼大爷，你出来了吗？"见没有回答，又以为丑鬼在他胃里睡觉了，所以每隔不了多久，便张开嘴等丑鬼出来。

到底钟馗还是知道了这件事。于是，他马上到五百里外的西山洞中寻找丑鬼。然而，丑鬼因为有了俊美的脸蛋，已得道成仙了。钟馗知道了，又马上飞往天宫。但由于他已变成丑鬼的脸了，守门的天将不认识他，所以都不同意他进入天宫。钟馗解释了半天也没有用，只好重新回到莲花寺。从此，他对鬼恨之入骨，所以，只要遇到鬼便

要吃下去。

钟馗最终都没有找到得道成仙的丑鬼，所以，他的脸便一直是丑鬼的样子，而这个传说也一直流传到了今天。

附　记

在民间传说里，钟馗是一个专门吃鬼的神。《钟馗传略》记载："夫钟馗者，姓钟名馗，古有扈氏国终南山阿姑泉人也，生于甘而居于泉，文武全修，豹头环眼，铁面虬鬓，相貌奇异。经纶满腹，刚直不阿，不惧邪祟，待人正直，肝胆相照。获贡士首状元不及，抗辩无果，报国无门，舍生取义，怒撞殿柱亡，皇以状元职葬之，托梦驱鬼愈唐明皇之疾，封'赐福镇宅圣君'，诏告天下，遍悬《钟馗赐福镇宅图》护福祛邪魅以佑平安。"这里所记载的钟馗威武堂堂，不是那么丑陋的模样，只是民间将其丑陋的外貌演绎成为一个非常有趣的故事，令人发噱不已。方凯旋搜集，流传于广东普宁地区。

钟馗嫁妹

受封镇鬼官

钟馗是一个专门吃鬼的神，老百姓都很喜欢这个斗鬼英雄。民间画像上的钟馗身穿黑袍，黑苍苍的豹头脸，圆溜溜的盏灯眼，头戴一顶官帽，脚蹬一双去毛的兽皮靴子，左手下按，右手高扬着一把青锋宝剑。可是，钟馗不是生下来就会斗鬼的，他原先是个儒雅风流的书生，是死后才被封为镇鬼官的哩！

唐朝的时候，终南山秀才钟馗，家里十分贫苦，父母早亡，他和妹妹梨花相依为命。但是钟馗人穷志不穷，读书下苦功，他埋头苦读多年，学得一身文才武略，于是日日想出去闯荡，干一番大事业。

有一年，京城又临考期，钟馗想进京赶考。但他家境贫穷，身无分文，上不了路。一天，附近长明寺中来了一个钱塘富商杜平，他正在向灾民施舍钱粮。钟馗对他早有耳闻，就到长明寺求见，两人谈得十分投机。杜平见钟馗相貌堂堂，志向远大，才学出众，就与钟馗结为金兰之好，送他银两进京赶考，同时还打发一个小婢侍候梨花。

钟馗在路上晓行夜宿，急急赶向京城。在途中得了病，但还是跌跌撞撞地不停赶路。有一天晚上，月黑风高，他来到一处野山坞中，不料路遇一群恶鬼，他们见钟馗相貌堂堂，妒恨得连声怪叫。其中一个喊道："改了

16

他的容，换了他的貌！"于是众鬼一哄而上，把钟馗按倒在地。在他感到一阵撕皮刺骨的疼痛后，恶鬼们一阵狞笑，顿时就消失得无影无踪了。

钟馗挣扎着起身，继续赶路，终于按时到了京城长安。一考，果然是独占鳌头。主考大人连连称赞，将他取为贡士之首。但皇帝传见时，觉得钟馗相貌丑得出奇，不肯点他状元。主考官一再禀奏，说钟馗才华出众，理当点为状元，钟馗也说明了他在赴京途中在荒野坞的不幸遭遇，可是皇帝却以欺君之罪赐钟馗死罪。

钟馗是火爆性子，他一时性起，大叫一声："枉死人也！"一头撞在一口铜鼎上，顿时血流如注，丧了性命。

钟馗的一缕阴魂，带着怒气、恨气、怨气，飘飘悠悠来到丰都，进了阴森的阎王殿中。钟馗见了阎王，指着他的鼻子大骂道："你身居阴曹总司，却纵鬼毁我堂堂容貌，害得我中了状元，也被一笔勾销。"阎王被他骂得丈二金刚——摸不着头脑。

钟馗接着又骂道："阳世皇帝是昏君，阴间阎王是昏王。这个世界阴阳里外，都是七颠八倒！"说着，不问青红皂白，抢步操起殿前一根金光闪亮的狼牙宝杵，胡乱打起来。也真是无巧不成书，原来这是森罗殿上的镇殿宝杵，只要操在手中，一切鬼兵鬼将，统统不敢抵挡！阎王也只好提着蟒袍急急退朝。

钟馗将那镇殿宝杵七挥八舞，无意中"当"的一声打在一口大钟上。这口钟三丈六尺高，声音洪亮清远。原来这是通天钟，这"当"的一响，惊动了天上的玉皇大帝。

玉皇问："冥界出了什么大事？"太白金星掐指一算，把钟馗的事大略讲了一遍。玉皇一想，钟馗大闹金銮殿，骂了

17

人间皇帝，又下森罗殿闹了阎王。上回孙猴子拿了金箍棒大闹天宫，弄得天界不宁，这回钟馗拿了镇殿宝杵，说不定也要闹上天庭。对，快叫太白金星传阎王听旨。

不一会儿，阎王上了灵霄宝殿。玉皇说道："此钟馗，是人间奇才。他怀才不遇，触鼎身亡，自是悲恨，故而扰乱阴曹，情可容也。为息其怒，故封他驱邪斩祟将军，统领鬼卒三千，专管人间妖魔邪祟。"

阎王领了玉帝旨意，急急赶向地府，这时钟馗早已闹得丰都满城风雨。因有玉帝旨意，阎王对钟馗只得忍让包涵。阎王亲自召来钟馗阴魂，传达了玉帝旨意。

钟馗听说自己可以统管人间妖魔邪祟，倒也能为人间消些灾祸，行些好事，也便领了旨意。阎王收回镇殿宝杵，赐给钟馗一把青锋斩妖剑和一口化鬼葫芦，作为他的随身法宝。

斩鬼降雨

阎王大办酒席，宴请新上任的驱邪斩祟将军。一时间，洪钟敲响，笙管齐奏，宫娥轻歌曼舞，却也十分热闹。

谁知钟馗触景生情，不知不觉间竟泪流满面。阎王问他为什么伤心，钟馗答道："微臣在世间时与妹妹梨花相依为命，此番我一命归阴，想我妹妹孤苦伶仃，故此伤心。"接着，钟馗求阎王使自己回转阳间。

阎王叹道："爱卿归阴，照人间算来已有七天七夜，遗体早已腐解。还魂复活，已成千古之恨。"钟馗听了，更是泣不成声。阎王怕钟馗伤心过度，给他灌了些迷魂酒。钟馗昏昏入睡，等他醒来，阎王准许他隐身去阳间走一遭，看望他的妹妹，并命他早去早回。

钟馗到了人间，先到赴京途中的野山坞。他吆吆喝喝，

中山出游图［宋末元初，龚开］

图中描绘了钟馗和妹妹在小鬼的陪同下出游的情景。画面错落有致，生动有趣。

将之前害他的那批恶鬼召集过来。恶鬼听说阎王殿新任驱邪斩祟将军到此，一个个拜倒在地不敢抬头。钟馗大喝一声："抬起头来，可曾认得你爷爷！"恶鬼们一看是终南山秀才钟馗，一个个吓得三十六颗牙齿打架，七十二根骨头酥软！

钟馗说："你等恶贯满盈，从此收了你们的鬼命，永远不得超生！"说罢，举起斩妖剑一挥，恶鬼们一个个缩成肉疙瘩，越缩越小，先后被摄进葫芦里。片刻之间，化成缕缕青烟，从葫芦口袅袅娜娜地飘了出去。

斩鬼化鬼之后，钟馗飘飘悠悠来到京城长安。他看到成群结队的香客，正向一座金碧辉煌的新庙走去，稍近些，便见"钟馗庙"三个大金字，很是惊奇。刚想踏进门去，听见身后有锣鼓声，只见杜平领着一些人，抬的抬，扛的扛，尽是些三牲福礼，檀香蜡烛之类，浩浩荡荡地向庙门走去。钟馗进了庙，见庙内有自己的塑像，于是就隐身在神像后面看动静。

杜平进庙，点香叩拜祈祷。钟馗看了一会儿，才弄清是怎么回事：原来，钟馗触鼎身亡的时候，刚好杜平也进了京。听到消息，他又悲伤，又愤怒，就以钟馗义兄的名义，捐钱建了这座庙。今番大旱，天上无云，地上冒火，杜平进庙祭祀祈求普降甘露，叫天下百姓欢腾，也好显一显钟馗的灵威灵德！

等杜平走后，钟馗心想：杜平仗义疏财，心忧天下，对自家又有如此恩德，很想把孤苦伶仃的妹妹嫁给他。他想到眼前解除天下大旱更其要紧，于是他打定主意先返回阴曹，将人间大旱求雨一事奏明阎王，并请阎王转告玉帝。玉帝知道后，立即命五龙行雨，哗哗哗，人间普降甘露，百姓欢天喜地。

　　钟馗为人间求雨而耽误了看望妹妹梨花，阎王就再次准他率鬼卒去人间了却这桩私事。这时梨花因奔哥哥的丧事，还留在京城的客舍里，几次祭庙，又与杜平相遇，两人互生爱慕之情，只是钟馗去世不久，杜平也难提这门亲事。

　　驱邪斩祟将军施展神道，同时托梦给杜平和梨花，讲了他自己来到阴曹的经历，说如今自己已属神灵，亲人应该高兴，更不必疑虑害怕，最后讲出他盼杜、梨成亲的心意，还说他要亲自嫁妹送亲。

　　杜平和梨花各自从梦中惊醒，又是悲来又是喜，疑是假来又当真，杜平把梦中情景讲给梨花听，梨花说她的梦也是一样，两人方知是钟馗托的梦。

　　杜平择了个完婚的黄道吉日，写了红帖，在钟馗神庙内焚化了。到了黄道吉日的五更光景，钟馗早已挑选了生前为童男童女、又生相可喜可亲的鬼卒数十名，恢复原来的人形，为梨花送亲。

　　梨花在恍恍惚惚中觉得自己骑在披红挂彩的高头大马上，哥哥眉开眼笑地朝他拱手，向她祝贺："恭喜妹妹，恭喜妹妹。"梨花则含羞地向哥哥回礼。

　　送亲的鬼卒在红灯红火中，欢天喜地，吹着唢呐箫笙，有的做着诙谐的鬼脸，有的耸肩扭腰，边走边舞，向新娘喝彩，同人间一般欢乐。钟馗兄妹在马背上你朝我笑，我朝你笑，一时间忘了"阴阳隔层纸"。梨花在恍惚中，感到自己踩的是云天，踏的是梦地。

　　到天亮时，只听得前面隐隐传来鼓乐声响，杜平的迎亲队伍来了，钟馗恋恋不舍地和梨花告别，送亲的众鬼卒又朝新娘喝了一阵彩，在钟馗带领下渐渐远去。

　　钟馗嫁了妹妹，从此了却了一桩心事，报答了两段恩

情，对人间家事再也无牵无挂，便安心当他的驱邪斩祟将军去了。

附　记

　　钟馗嫁妹是一则流传甚广的民间故事，是绘画、戏剧、电影中的一个重要题材，受到人们的普遍欢迎。古时，长兄为父，嫁妹则是长兄义不容辞的职责。为了妹妹，即便已死，依然要牵挂妹妹的婚嫁，这就是钟馗嫁妹故事的核心，也是其感人之处。这种兄妹之间的手足感情，跨越时代、阶级，是人类共同的情感，富有感染力与穿透力，因此被代代相传，成为耳闻目睹的故事经典。王丛、王辉业搜集，流传于山东、河北、河南等地区。

中国 **鬼** 话

无常鬼

无二爷与麻老三

从前，有一个叫麻老三的光棍汉，他其他样样都好，就是不知怎么的抽上了鸦片，要是哪天没有鸦片抽，他就会觉得日子过不下去。他住在村里的城隍庙里头，替人们照看庙宇，有时也出去打打短工。

城隍庙里供奉有十殿阎罗、判官、小鬼等等，其中有一个无常鬼，尖臀、赤目、青须，样子很吓人，麻老三每次进庙都不敢多看几眼。人们都管无常鬼叫"无二爷"。

麻老三在庙里住久了，胆子也变得大了起来，就一个人睡到了无常鬼的神坛下。每次抽鸦片时，麻老三总是开玩笑地对无常鬼的神像说："无二爷，下来尝两口嘛。"

有一天晚上，麻老三照例躺在神坛下抽鸦片，突然，神坛上传来一阵噼噼啪啪的声音，麻老三吓得一个翻身坐起来，一看，只见无常鬼正从神坛上一步一步走下来，到了神坛边上，"砰"的一个倒栽葱倒在了麻老三的怀里。

麻老三这时已是三魂吓掉了七魄，他一边尽量往后仰身子，一边战战兢兢地说："无二爷，平时我只不过是闹着玩的，您就饶了我吧。"无常鬼理也不理，只是用眼睛直直地盯着那些鸦片和烟具。

麻老三急中生智想：莫非他是想抽鸦片？于是麻老三双手颤抖地把装好鸦片的烟枪递到了无常鬼的嘴边。无常鬼张口咬住，一下子躺到神坛下，就着烟灯抽了起来。抽完了一杆，麻老三赶忙又装上一杆，一直抽了三杆，无常鬼这才放

下烟枪。

麻老三又赶紧端来一个破土罐，让无常鬼坐。无常鬼把尖溜溜的屁股放在罐子里，坐了下来。麻老三这时已经不再怕无二爷了。他把剩下的鸦片抽了，觉得一点也没过瘾，但又没有鸦片了，只得打个哈欠，也坐下来。无常鬼抽完后，一句话也不说，自己从罐子上站起来，走回神坛上站住，不动了。

从此，每天晚上，无常鬼都下来和麻老三一起抽鸦片。久而久之，两个人也就亲热起来，无话不谈了。但是无常鬼的烟瘾越来越大，每次都是他先抽，剩下的才给麻老三抽，所以麻老三抽的鸦片一天比一天少了。为这个，麻老三有点不安逸了。

一天晚上，麻老三对无常鬼说："二爷，这儿天我们一起抽，烟也抽得快，今天只有最后这几口了，以后怎么办？"无常鬼也不答话，只管拿过烟枪抽了起来，他几大口就把烟烧完了。麻老三只得望着吞口水。无常鬼见状哈哈大笑，他拍着麻老三的肩膀说："麻老弟，不要紧，明天一早，你把我的帽子戴上，到外面去想点办法，我们就有烟抽了。"说完，他伸了个懒腰，就又回到神坛上去了。

麻老三被烟瘾搅得一夜没睡好，第二天一大早，他就把无常鬼的帽子摘下来戴在头上，决定上街去碰碰运气。在半路上遇见一个熟人，麻老三向他打招呼，但那个人却左看看，右看看，摇了摇头，走了。麻老三很生气，骂了一句，又朝街上走去。

街上很热闹，麻老三东逛西逛，逛到了一家烟馆门口，不知不觉地就走了进去。他一屁股坐到烟榻上，大声喊起来："伙计，端二两烟来！"不一会儿，进来一个小伙计，左看看，右看看，然后摸摸后脑勺，走了。麻老三又大喊起

来，那个小伙计又走了进来，他一看还是什么人也没有，便说了声"见鬼啰"，转身走了。麻老三气得翻白眼，可又没有人理睬他。

他实在熬不住烟瘾，就自己跑过去拿来烟土、烟具，一下子躺倒在床上，过起瘾来。一阵吞云吐雾过后，麻老三就在烟馆里游荡起来，等老板来给他结账，可是一直没有人来问他。他想：这大概是不要钱的烟，那我应该带些回去给无二爷尝尝。于是，他走到烟土柜前，大声问道："这是不要钱的烟吗？"没有人回答；他又大声问："这些烟可以拿走不？"还是没有人回答。他自言自语地说："既然是没人要的，那我就拿去算了。"于是端起几大钵烟土走了，也没有人来拦他。

到了晚上，他对无常鬼说起了白天的事，无常鬼告诉他，那顶帽子是隐身帽，戴上后别人就看不见他了。麻老三叫道："怪不得！我说怎么都不睬我呢，原来是这样的。"从此，麻老三就经常在大白天戴上隐身帽到烟馆去抽鸦片，过足了瘾还又端几钵回来。

一天晚上，无常鬼突然不抽烟了。麻老三很奇怪，就问道："二爷，是不是我哪儿把您得罪了，怎么不抽了呢？"无常鬼说："这一阵，我们一起抽鸦片，害得我身体越来越不舒服。前两天还害了一场病。既然我们是朋友，那我们就一起把鸦片戒了，你也好攒点钱过日子。"麻老三一听就笑了："哎呀，无二爷，您是不是真的病糊涂了？我们这样不是很自在么，再说，你我都是瘾中人，又怎么戒得了呢？"

不料话刚说完，无常鬼一下子就变了脸，头发成了紫青色，胡子都竖起来，睁着一双血红的怪眼，大声地吼道："你敢不听我的话，我就把你抓到阴曹地府去！"接着又拿出

一个黑红色的药丸，"你把它吃下去，不然我就不客气了。"麻老三赶紧给无常鬼跪下说："二爷，看在我们往日的交情上，你不要毒死我吧。"无常鬼一言不发，两只鬼眼死死地瞪着他。麻老三看看求也没有用，干脆把心一横，死就死吧，谁让我交上这种朋友呢。他一把抓过药丸，两眼一闭，一口吞了下去。

过了一会儿，麻老三感到肚子里一阵剧痛，然后又是一阵恶心，嘴一张便大吐起来。吐过之后，他赶紧闭上双眼，躺下等死。谁知又过了一会儿，竟一点痛的感觉都没有了，只觉得心里头空荡荡的，精神也好像好多了。他想：这可能是到阴曹地府了，睁眼一看，却发现无常鬼就在眼前。看见麻老三的神情，无常鬼哈哈大笑起来。

麻老三被无常鬼笑糊涂了，他向四周一看，发现是在自己的屋子里，奇怪地说："咦，我不是死了吗？"无常鬼对他说："刚才你吃下的是戒烟丸，你看，这是你吐出来的烟虫。"麻老三过去一看，差一点又吐起来。只见地上一大滩浓痰，里面有一条条黑色的像蛆一样的小虫在蠕动。

无常鬼拍了他一下说："现在你也不用抽鸦片了，明天把剩下的鸦片卖到药铺去，换点钱来好好过日子吧。这顶隐身帽，我要带走了，我今天来是向你道别的，以前判官叫我一个人在这儿管庙，现在我要走了，如果你还把我当朋友看，那就照我的话做吧。"说完拿过隐身帽往头上一戴，立刻就不见了。麻老三连忙叫道："无二爷，无二爷……"但回答他的只有自己的回音。他只得朝无常鬼的泥像连磕了几个响头。

第二天，他就按无常鬼说的，用鸦片换了些银子回来。买了几亩地，又修了两间屋，后来娶了本村的一个女子，克

勤克俭地过起了日子。每天吃饭时，麻老三总忘不了给他的朋友无常鬼摆上一副碗筷，他相信无常鬼会来的。

附　记

　　白无常鬼在民间传说中并非是个恶鬼，而是善鬼，会常常给人以意想不到的财物。此则故事里，无常鬼的帽子具有隐身作用，而其隐身的功能为情节带来现实中无法实现的获取财物的梦想。故事的积极的思想价值，就在于在无常鬼的诱导之下，主人公改掉了抽鸦片的习惯，过起了有房有地有老婆的甜蜜、幸福的日子。钟恒模搜集，流传于四川西昌地区。

白无常与黑无常

　　"鬼差"黑白无常是专门捉拿恶鬼的神，常作为阎王、城隍等冥界神明的部下出现。

一箭双雕

在一个伸手不见五指的漆黑夜晚，一位梁上君子悄悄地来到一个深深的巷子里。他走到巷子的中间时，蓦地一个高大的身影挡住了他的去路。他微微一愣，但并不害怕，因为他们是"夜猫子"，做惯了窃贼，认为对过大概也是同道者。既是同道，我不免跟他打个暗号便了，他心想。

小贼这样想着，便向来人拍了三个响巴掌。但来人却木然无知，没有反应。莫非是个聋子？小贼又拍了三下，仍无反应。这是怎么回事？为了识破对方的庐山真面，他壮着胆子在"多宝袋"中取出了"八蓬伞"，拔去了盖头，迎风一晃，霎时燃起了火煤子。他举着火光把来人一照，几乎把他吓个半死！这人是什么模样？

只见他身高一丈六尺开外，头上戴一顶黑麻纱烟筒大帽，身穿黑布长衫，黑布长裆叉裤，腰中系一根草绳，光脚板上穿一双多耳麻鞋。一副漆黑的面孔，除了一张红嘴唇，耳朵、鼻子都是墨黑墨黑的。

此人是谁？来者乃是夜游神黑无常。黑无常身带八件宝，哪八件？腋下夹着通天伞，肩头扛着铁镣铐；左手一根哭丧棒，右手一张勾魂票。生死簿就在怀中扬，朱砂笔项上插得高；铁算盘背在脊梁上，芒草鞋腰中系得牢。

小贼见是无常鬼，已吓得魂不附体。那无常鬼见有人竟敢拿火照他，不由怒火中烧，他支开双腿，弯下身来，伸开十指向小贼的脖子掐去。小贼身子还算灵活，一个"黑狗蹿裆"从他的裆下钻了过去，拔腿就跑。无常鬼掉转身子，追了过来。

跑到尽头才发现，原来这条巷子是个死胡同，急得小贼浑身冒汗。他脸一偏，发现有一家门缝里透出了一线灯光，想必是主人未睡，便急忙敲门，但因用力过猛，几乎栽了进去——原来此户的大门是虚掩着的，小贼一个踉跄破门而入。

他刚进门，无常已赶到门外，他赶紧用脊背死死地抵住大门，同时用目光向屋里扫视，见桌上点了一盏绿豆大的凄凄惨惨的孤魂灯，桌旁有张铺，铺上睡了一个人。小贼心里有了一线希望，他高声招呼道："喂，老哥，老哥！"经他这一喊，那人真从床上坐起来，一步一步向他走来。

小贼一看，吓傻了：天哪！他哪里是个活人，分明是一具活僵尸呀！只见他向自己走来，既不招呼，更不言语，伸出双手向着小贼脖子就掐过来。

前有僵尸索命，后有无常追魂，小贼首尾难顾，腹背受敌，看来是非死难逃，送命一条。就在这关键时刻，小贼突然灵机一动，想起了"一箭双雕"的妙策。正当那僵尸即将逼近时，他突然松开大门，身子就地一倒。大门一开，后面的无常一把勒住了前面僵尸的脖子，而前面的僵尸又抱住了后面无常的腰杆，来了个"二鬼打架"，双方都死不松手。

小贼见化险为夷，心里庆幸，乐颠颠地趁机逃之夭夭了。

附　记

民间所说的黑无常，一般被认定为恶鬼。为什么小贼一见黑无常，就吓得屁滚尿流，其原因就在这里。故事奇异，情节紧凑，步步惊心，最后人战胜了鬼，表现了人的聪明与智慧。陈金龙搜集，流传于江苏扬州一带。

中国**鬼**话

冤鬼

鬼　状

从前，在上河村东一里远的南山坡下有所学校，教书的是位年过半百的老先生，名叫欧阳松如。

一个秋天的夜晚，老先生坐在书桌前边，正借着微弱的灯光批改文章。突然刮来一阵冷风，他怕风吹灭了灯，急忙伸手遮挡。这时候，远远地传来一阵女人的哭声。老先生以为是风吹窗纸响，自己听错了，可是那哭声越来越大，越哭越悲惨。老先生有点毛骨悚然了。

第二天夜里，女人的哭声又来了，不但哭得悲惨，而且哭声越来越近。第三天夜里，那哭声已近在学堂门口了。到了第四天，只见一个女人哭着进了院内。这时，老先生整整衣襟，安然正坐，一字一顿地说道："我欧阳松如，读的是孔孟圣贤书，写的是文豪仓颉字，教的是无邪的学童，做的是万世师表的功业。我没有做过亏心事，难道怕你鬼叫门不成？"老先生的一席话，倒也有些灵验，那女人一闪身不见了。

又过了一天，老先生估计那女人今晚会哭进屋内，为防不测，晚饭时没有喝酒。饭后，他整理好了桌上的书籍，安置好了文房四宝，拿出了惩罚学生的戒尺，添满灯油，加粗了灯芯。天黑时，他点着油灯，刚要批改学生的作业，又听见那女人在门外哭了起来。

过了一阵子，只听"吱呀"一声，门开了，一个女人闪进屋内。老先生抬头望去，吓得不由倒吸一口凉气。只见那女人三十多岁年纪，头发蓬乱，满脸血污，腹部被剖开，鲜

35

血淋漓，双手紧紧抱着个婴儿。

老先生手举戒尺，厉声叱道："你这不知羞耻的女鬼，胆敢深夜哭泣，扰人睡眠，且又裸体闯入学堂，我岂能饶你！"那女人听罢，急忙跪拜道："请先生息怒。我确实是鬼，我有一肚子冤枉，故来此哭泣。老先生为人正直，办事认真，我的冤枉，只有老先生才能替我申报。"

原来，那女人姓王，小名翠姑，家住上河村北边的上土崖。在上土崖东边的刘家沟，住着一家姓刘的富户，翠姑嫁给了刘家少爷刘富贵。开始，小两口倒也恩爱，可日子一长，刘富贵渐渐变了模样，偷偷摸摸地在外边拈花惹草。翠姑知道了，憋了一肚子委屈，却又不能说出来，可也不能眼睁睁着丈夫往坏道上跑，就劝他说："你收心吧，别再胡闹了，我处处都依着你，你怎么还不知足呢？二老去世一年多了，你应该学点正道啊。"这下，刘富贵确实有些收敛，连着几天没出门。然而过了两天，他旧癖复发，又和程二癞子的老婆勾搭上了。翠姑劝他非但不听，有时还遭到他的打骂。

上土崖的崖头上，住着一家姓田的雇农，男人名叫田顺。从他爷爷那辈起，田家就给刘家扛大活。有一天，刘富贵找田顺干活，田顺不在家，他见田顺媳妇坐在炕上缝衣裳。平日里虽见过面，但没有仔细端详，今天发现她越看越有姿色，他恶习难改，不禁动起手脚来，还说了些污言秽语。

田顺媳妇陈氏，别看家里穷，性情却端正，她说："你趁早滚开，再要无礼，我拿剪子戳死你。"刘富贵是个玩女人的老手，岂能听信这套吓唬人的话，他张开双手，嬉皮笑脸地说："宝贝儿，快来呀，你跟了我叫你吃香的喝辣的，保证有福享。"这时候，门外响起了脚步声，刘富贵看是田顺回来了，这才灰溜溜地走了。陈氏对田顺说了刚才的事，

田顺气得跺着脚骂道："别搭理他，他是条活驴，将来天打五雷劈死他。"

这时正是春暖花开忙于耕种之际，翠姑眼看村中家家整田下籽，唯有自家的几亩薄田无人耕种，眼下自己要生孩子，而刘富贵又不成个人形，日子怎么过呢！她开始悔恨当初嫁给刘家。恰巧田顺这时走进来干活，翠姑听到脚步声，寻思是刘富贵回家来了。她盼丈夫能回心转意，所以故意说："你出去，这不是你家。"田顺听了，丈二和尚摸不着头脑。

这当儿，刘富贵真的回来了。他一看见田顺，就不敢动了，站在那儿愣着。他怕田顺找他来算账，但仔细一琢磨，田顺老实巴交的，哪能做这种事？这时，他猛然灵机一动，坏主意浮上心头："好嘞，就这么办。活该你小子倒霉。"他三步并作两步奔过去，一把揪住田顺，大声喊道："来人哪！抓奸夫！"

翠姑做梦都没有想到刘富贵会有这么一招，急得蹦下炕来，紧紧捂住刘富贵的嘴，骂道："你这个狗东西，坏透了！拿老婆讹人，算什么男子汉？你快住嘴，田顺是个好人，我不能跟你做那昧天良的事。""去你妈的，你敢向着田顺说话！"刘富贵飞起一脚，把翠姑踢了个跟斗。

田顺被五花大绑，押送官府。刘富贵从县衙回来，正赶上翠姑洗脸梳头，他问道："你梳洗打扮干啥去？"翠姑说："打官司作证。"刘富贵乐啦，握住翠姑的手说："你真是贤惠的媳妇，走吧，上堂就说田顺强奸了你。"翠姑气得浑身发抖，呸的一声，冲着刘富贵脸上啐了一口唾沫："我是正经人家的女儿，怎能跟你一样一肚子邪气想着害人。我上堂证实田顺是好人，你诬赖人家。"

刘富贵瞪起眼睛，气不打一处来，操起菜刀，像头发疯

的狮子一样怒吼道："你再敢胡说，我就剁了你！"翠姑说："你剁吧，我活够了。"刘富贵牙咬得咯咯响，就这样，他一刀砍开了翠姑的肚子。

老先生挥笔疾书，连夜把翠姑的冤情写成了状文。这时雄鸡报晓，窗纸呈现出光亮来。翠姑辞别了老先生，飘然而去。

早饭后，老友张七公送来一封家书，老先生看罢，对张七公说："贱内旧疾复发，吾当返回探望。"张七公道："先生且勿多虑，应速归以慰师母心。"临行时，张七公送给师母一盒果品，并嘱咐道："快去快回，近日乡里祝贺年丰，请县城优伶来村演唱，吾等应乐而共赏。"

上河村唱大戏的消息，轰动了方圆几十里地。戏院老板寻思排出新戏，但苦无戏情。他暂宿在老先生的家里，正在他翻来覆去睡不着的时候，偶然间发现了老先生写的状纸，取来一看，高兴得手拍大腿，连声叫好。他们连夜排演，到了第四天，贴出海报，乡亲们更为震动，都想来瞧瞧新戏《鬼状》是啥样儿。

锣鼓敲得铮铮响，戏开演了。乡亲们鸦雀无声，看得都入了神。扮演翠姑的角儿，技艺堪称精妙。当演到被剖腹时，乡亲们怒不可遏，台下顿时一片骚动。这时，有一对老夫妻哭上戏台，抱住演戏的"翠姑"号叫着："苦命的丫头呀，快跟爹娘回家，爹娘想你想得眼睛都快要瞎了，快跟爹娘走哇。"戏院老板一问，方知这对老夫妻是翠姑的父母。乡亲们奋力呼喊，要县衙明断此案。

邹县令是位办事公正的清官。他立即升堂，问清了事情的来龙去脉，说道："案情已经大白，本县令一定严惩凶犯。但不知写状者是谁？"恰在这时，督头崔永过来禀报："启禀县太爷，堂外有上河村教书先生欧阳松如求见。"原来，老

先生回到上河村，正赶上戏撤了台的时候，听到乡亲们正纷纷议论着翠姑的冤情，就急忙赶来县衙。

老先生上了公堂，邹县令问他翠姑之状是否出于他的手笔，老先生如实说出了底细。邹县令拍手称奇，赞颂老先生正直高尚，一纸之状伸张了正义。从此，老先生写"鬼状"替鬼伸冤的故事便传开了。

附　记

这是一则女鬼冤情得到雪耻的故事。类似这样的女鬼故事甚多，但是这个故事有其离奇、曲折之处：不仅是女性被冤而变成鬼的遭遇得到私塾老先生的同情，帮助写出申冤的状子，而且更有趣的是，这个状子被戏院老板看中，成为一出使人声泪俱下的悲情之剧，引起广泛注意，最后被清官审定，得到昭雪。洪流搜集，流传于辽宁灯塔一带。

冤鬼诉苦

有个小伙子名叫宋琼，爹娘都死了，剩下他自己，光棍一条，苦度时光。这年，宋琼的家乡碰上了百年不遇的大旱，地里的庄稼全都枯死了。宋琼在家混不下去了，便跟着大伙儿一起去闯关东。

宋琼到了关东，年复一年地在地下窑挖煤。他天天口里省、碗里省，不断地积攒钱，盼望回家后能过上好日子。五十岁那年，宋琼终于把半辈子辛苦积攒起来的五百两银子缝在一件破棉袄里，打起铺盖卷，踏上了回家的路。

宋琼朝行夜宿走了半个多月，人还没出山海关，一场铺天盖地的大雪，把他困在了一个小村里。关东的雪，一旦下起来就像那善人磕头——接连不断。没几天工夫，大雪便封了山，封了河，封了路。

宋琼一看这光景，真是进退两难，只好在这山村的一栋空屋里住下来过冬。一日生，二日熟，没几天，宋琼就和这山村里的大人、孩子们都混熟了。村里人见他为人实在，身子骨又结实，又听说他家中无亲无故，便撮合他和本村一个刚刚死了男人的马寡妇结了婚。

这马寡妇四十出头年纪，男人死后留下四个孩子，二十亩地。家中虽不十分宽裕，倒也够吃够用。宋琼刚到马家那阵子，家里人见他老实能干又有不少银子，还待他不错。谁知儿个月下来，因在马家白天黑夜操劳过度，宋琼一头病倒，卧床不起了。马家的人见他没了用处，便生了歹意：有天早上，趁给他往炕上端饭时，在他的饭碗里放了毒药，把

他毒死了！

　　宋琼死时，正值天寒地冻的三九天，地开不了坑，做不了坟。马家便买了一口薄皮棺材，把他装殓起来，抬到村西的乱葬岗，放在地上，用雪埋了起来。

　　有道是：雪窝里埋不住死尸。这话一点不假。冬去春来，冰开雪化后，宋琼的棺材，又高高地露在了乱葬岗的地上。

　　这天，村里有个庄稼人从这乱葬岗边路过，只听身后"咕咚"一声响，回头一看：啊呀呀，见那棺材盖打开了，宋琼一下子从棺材里跳了出来，走到他的跟前。庄稼人见后，吓了一跳，对宋琼结结巴巴地说："你，你是人？还是鬼？"

　　宋琼道："我是鬼！"

　　庄稼人又问："你，你要干什么？"

　　宋琼道："我求你把我背到村里马寡妇家！"

　　庄稼人听到这里，心想：马不和狗斗，人不和鬼斗，便老老实实地背起宋琼往村里走。说来也怪：这宋琼看起来五大三粗，可是，背在身上却轻如鸡毛。庄稼人背着他一溜烟地下了岗，回了村，在马寡妇家门口，放下宋琼，便头也不回地跑回了家。

　　宋琼伸手推开马寡妇家的门，走进屋去。这时，马寡妇一家五口，正围着桌子吃午饭，他们听见门响，一齐抬起头来看。这一看，一个个都吓愣了！

　　马寡妇战战兢兢地站起来，问道："你，你不是死了吗？"

　　宋琼冷冷地笑了笑，道："冤有头，债有主，俺死了也要申冤讨债。快，快把俺那五百两银子，一年的工钱拿给俺。"

　　马寡妇自知理亏，只好哭丧着脸，老老实实地把宋琼的银子和工钱分文不少地还给了他。宋琼装上银子，出了马家，来到村中间十字路口一家酒店里，把盛银子的钱褡子往

柜台上一放，高声喊道："掌柜的，使这银子，为我在门外的路边上，摆十桌酒菜，连摆十天，让南来北往的过路人，敞开吃喝。"

酒店掌柜的见了银子，一时间眉开眼笑，马上叫小二在门外摆上十张八仙桌，每桌摆上十菜一汤，一坛老酒。宋琼坐在桌边，天天陪着过路人边喝边吃边诉说着自己的冤屈，诉说着马家图财害命的缺德事。

就这样，一连摆了十天酒席，当那五百两银子花光时，马家图财害命的事，也随着过路人，传遍了九州十府一百零八个县，传进了官府老爷们的耳朵里。官府老爷们听到这消息后，个个都拍了桌子。他们联合起来办案，立即把马家五口人押进衙门过堂问罪。

宋琼亲眼看着马寡妇一家被衙役押出了村，送进城后，知道自己的冤仇已报，心头一喜，"咕咚"一声栽倒在地上，彻底死去了。

附　记

过去，闯关东是关内的人日子过不下去后不得已的选择，其中不乏有各种各样的感人的故事。而这一则说的是男子汉闯关东冤死后得到申冤的故事，情节曲折离奇，大起大落，先悲后喜，反映了普通民众追求美好生活的愿望，以及"善有善报，恶有恶报"的生活哲理。张新春口述，张崇纲搜集，流传于山东崂山一带。

42

望乡台

　　传说，地狱的亡魂们可以登上望乡台，与阳世家中的亲人们遥遥相见。

五个手指印

　　很久很久以前，山东西部有个小村子，村里有一户姓周的人家，家里只有一个男孩，起名叫周生。周生小时候很聪明，别人干什么活，他一看就会，村里的人都很惊奇，都说他以后必有大用处，能做大官，享受荣华富贵，于是周生的父亲便借钱送他到书馆读书。到了十八岁时，他已经把老师教的知识都学会了。这年春上，正逢朝廷传令让各省选举人才进京赶考。因为周生有才气，家乡就选举他去应试。

　　这天下午，周生在行路中碰到了两个别省进京赶考的书生，于是他们三人一起往京城走去。走到一个小村子时，天已经黑了，周生提议说进村借宿，明天再走也不迟，那两个书生也点头表示赞成。

　　进村后，他们看见井边有一个姑娘在洗着一些白色的衣服，就上前问道："这位大姐，我们是进京赶考的，现在天已黑了，想找个地方住一宿，请问大姐可知谁家有空房？"

　　那姑娘看了看周生，说："你们从这儿向西走，会看到有一家门前有棵芙蓉，这家正有空房一间。"姑娘话一说完，接着就不见了。周生他们觉得很奇怪，但还是按姑娘说的话向西走，果然在一家门前看到了一棵芙蓉，三人下了马，叩响了那家的黑色大门。

　　不一会儿，一个打扮阔气的老者开了门，问："何人在此敲门，有何贵干？"周生忙上前施礼说："晚辈打搅了，请多多包涵，我们是进京赶考的书生，走到这里，天已黑了，想在此找间空房借一宿，请问您这儿可有空房。"

　　老者沉思了半晌才说："空房倒有一间，就是不太干净，如不嫌弃，请随我来。"三人随老者来到一间空房前。进去一看，屋子崭新整洁，还摆有不少新婚用品。三人心想：这位老者真是奇怪，明明是刚刚结婚用的新房，还说不干净！老者走后，他们准备睡觉，见那炕太小，只能躺下两个人，于是周生就让那两个书生上炕，自己则在地上睡。那两个书生谦让了一番，也就上炕脱衣睡了。

　　可是，还不到半夜时，其中一个书生从炕上爬了下来，对睡在地上的周生说："你上炕吧，该我睡地上了。"周生看了看他，只见他脸上有五个红红的手指印，周生问怎么回事，他也不言语。又过了一会儿，另一个也下来了，脸上也有一个红红的手印，并且一脸惊恐的样子。周生问他，他说："我正在睡觉，只见一个面目狰狞的人打了我一个耳光说'滚下去吧'，然后就不见了。"另一个人也说是这样。

　　周生从不信鬼，笑了笑说："我上去看看鬼是什么样子。"他一下子跳到炕上，倒头便睡。过了一会儿，一个温柔的女声响起："老爷请醒一醒，让小女子向老爷诉一诉我的冤情。"周生一惊，坐了起来，只见在炕的另一头有一个女子在哭泣。周生说："大姐请不要哭了，快把冤情向我说来，我虽不是个老爷，但我进京时可向朝廷大官申诉，给你申冤。"那姑娘说："不，你一定会成为官老爷的，只求你考中以后为我报仇。"

　　于是，姑娘把事情经过说给了周生听：她的名字叫小翠，本是良家女子，由于生得美丽，被一个有钱人家的公子看中，来小翠家订亲。因为这公子是个浪荡子，整天胡作非为，专干坏事，小翠的父亲不答应，结果被浪荡子派家丁打了一顿，然后把小翠抢来。小翠被抢来后，决不屈从，浪荡子火了，再加上喝了点酒，就一刀把小翠捅死了。一见人死了，浪荡子也慌了神，还是他那个坏老爷子出了个主意，

把小翠埋在了炕洞里，并出去传言说小翠跟别人跑了。小翠人虽死了，但魂却没散，她得知周生来到这里，便扮成一个女子向他诉说冤情，好让他为自己报仇。

周生听完了小翠的叙述，气得脸都红了，恨不得立即给小翠报仇，但想到自己功名还未成，不但不能为小翠报仇，弄不好自己也要丧命。他想了一会儿说："我考中后，一定为你报仇。"小翠感激地说："你心真好，谢谢你了。"说罢就不见了。

周生叫醒了那两个书生，把事情向他们说了一遍，那两个书生说："我们去京城也不会考中的，这是天意，现在我们还是回去吧。"

天明以后，那两个书生告别周生，回家去了。周生自己去了京城，果然金榜题名，中了头名状元。周生做官后处理的第一个案子就是浪荡子父子杀害小翠一案。他带人从炕洞里搜出了小翠的尸体，浪荡子父子见事已败露，也就招了供，被判了死刑。

浪荡子父子被施刑的那天夜里，周生梦见小翠来向他道谢，然后笑容满面地走了。

附　记

"鬼屋"是一个世界性的民间故事题材。它具有丰富的想象力空间，中国的鬼屋，往往都是里面有冤死的鬼魂，令人不敢居住，最后有胆大者为冤魂申冤报仇，鬼屋从此平安无事，这个故事也脱离不了这样的窠臼。马小静搜集，流传于山东平度地区。

替鬼申冤

早先年，有个挺出名的学堂，教书的老先生挺有能耐，在他教出来的学生里边，有不少人当上了大官。这天，新到任的知县特意宴请自己的恩师，老先生临去的时候，告诉弟子们：好好背书，不许贪玩。

有句俗话说："老猫不在家，耗子成精了。"别看这帮小学生念书都挺好，可要玩起来，花样就多啦。先玩了一阵"藏猫猫"，又玩了一阵"扯拉拉狗"，但玩来玩去总觉得没什么意思。有个大一点的学生说："咱们先生到县太爷那儿去赴宴，先生的脸上多光彩呀！等咱们长大了也当官，也宴请咱们的先生。"

"你当官？那你会审案子吗，人家大官审案可能耐啦。"其余的学生说道。

一句话把大一点的学生提醒了："喂！咱们玩县官审案子好不好？"这帮学生一听有新鲜花样玩，一齐道："好！玩县官审案子！"

这下子可热闹了，搬桌的搬桌，搬凳的搬凳，每个人都有角色。正玩得高兴的时候，突然间，一阵大风把房门吹开了，进来两个披头散发的女子，一个约摸三十多岁，一个不到二十岁。她们俩一进屋，就给扮县官的跪下了。学生们以为是自己的同学装扮的，也没往心里去。

那个县官像真的似的，一拍桌子："下跪女子，有何冤枉，快快讲来！"

两个女子说："我们是本村老朱家的婆婆、媳妇。不知

47

因何缘故，被朱家少爷一宿工夫全杀了，望大老爷给我们做主啊！"

假县官说："好吧！本县令一定好好查访，为你们申冤。你婆媳二人下堂去吧。"

偏巧，这俩女子的话，叫赴宴回来的老先生听见了。他想：这村子老朱家婆媳俩不早死了吗，怎么又到这儿告状来了呢？再一看那俩女子，走到学堂后边一片土岗子那里就不见了。先生壮着胆子到那儿一看，是两座大坟！头发顿时根根竖了起来。他一边挠脑袋一边想：这是阴魂不散，必有冤情啊。

晚上，快三更的时候，先生听见外边有动静。仔细一听，是两个女子的说话声："咱们这个冤别人报不了，还得求先生给报啊。先生为人正直，县官又是他的学生，那帮小孩们不行，咱们找他去。老先生！我们娘俩死得冤啊！"

先生以为耳朵出了毛病，就拎着灯来到外边，借着月光看见两个白影，但一闪就不见了。

第二天，先生就病了。县官听说自己的恩师闹病了，亲自到恩师家探望。老先生就把学生们假扮县官审案，以及俩女子告状等等怪事，对县官说了。

县官也觉得这个事挺怪，大白天怎么能活见鬼呢？想必是有冤情。他访查了不少人家后得知，学堂后边那两座坟里边，埋着本村朱家死了快一年的婆媳俩。老乡们说，朱家少爷的媳妇是外堡子姑娘，进门才到两个月工夫，朱少爷怀疑她在娘家招野汉子，怀揣有孕嫁过来的，一赌气叫他给杀了。婆婆在媳妇死后不几天，突然间也死了，这两口棺材就埋一块儿了。

县官想，大伙说这婆媳俩相隔不少日子死的，恩师说她们自己说是一晚上死的，他犯疑了，决定要查个水落石出。县官吩咐衙役，把朱家父子传来，问明案情。

　　大堂之上，朱家老少一口咬定，媳妇不守家规，在娘家招野汉子，进门一个多月就显怀了。问她野汉子是谁，她愣说没有，所以一赌气把她杀了，还从肚子里扒出个血孩。媳妇娘家知道这是丢人现眼的事，也就没张扬，还出了手续，同意一埋了事不找后账。

　　县官刚接过字据，就听到外边有喊冤声。一阵风吹过后，大堂上跪着两个面色铁青、披头散发的女子。老朱家爷俩一见这个场面，魂都吓飞了。县官问："下跪女子，为何事喊冤？"

　　"回大老爷话，我们是朱家婆媳俩，来告无故杀人害命的朱家少爷。他们不问青红皂白，一夜之间把我们娘俩都杀了，望大人给我们申冤哪！"

　　有屈死鬼顶堂，朱家父子只好如实招供。原来，老朱头的老伴早死了，扔下一个儿子，今年都十八九了。别看老朱头快六十岁的人啦，他娶了一个二十八岁的大姑娘做续弦。这姑娘是外地逃荒到这边的，为了活命，硬着头皮嫁给了快六十岁的老朱头。不到一年的工夫，就有喜了。老朱头这下子可乐坏了，他想：俺们老朱家人稀，就这么一个愣头愣脑的儿子，这回新媳妇再生个一男半女，跟少爷也是个伴呀。

　　老朱头的儿子是有名的"愣头青"，人家点火他就放枪。别看他人长得不咋地，可他媳妇长得却很是漂亮。这天晚上，"愣头青"无意中听见人说："少奶奶今儿个肚子怎么这么大呢？莫不是先有后嫁呀？""愣头青"听后，心里犯了合计。

　　天黑了，老朱头又照常去局场耍钱去了。朱家少爷自个儿喝了点闷酒，很晚才回到自己住的地方。他见媳妇睡着了，被子蹬到一边去，露着肚子，他用手一摸，果真像小鼓似的。心想：难怪伙计们背地里说呀，还真是在娘家就有

了，是怕偷人才嫁给我的。真是个贱货！他越想越来气，到厨房里取来一把尖刀子，然后摇醒媳妇，逼她说出肚子里的小杂种是谁的。

媳妇睡得正香，被他这么一吵吵，就愣了："你是怎么的了，我嫁到你家，大门不出二门不迈，我招的哪门子野汉子？再说了，我是啥人你还不知道？"

"少他妈啰唆，你在娘家有野汉子没？不说我就杀了你！""愣头青"恶狠狠地逼问，媳妇一口咬定自己是清白的，没有那码子事。

"愣头青"不管媳妇怎么说他也不信，一刀把媳妇捅死了。他还把媳妇的肚皮豁开，看看里面到底有胎儿没有。等开开肚子一看傻眼了，哪来的胎儿呀？是晚上吃得太饱了。"愣头青"这回可害怕了：这要叫她们娘家人知道了，不打死我也得扒层皮呀；要不就得送审问罪，那也是非死不可呀。怎么办好呢？想来想去，想起他后妈了。干脆呀，为保全性命，来个借胎作证吧。他来到正屋，见老爹还没回来，后妈正睡觉呢，就一刀就把她给杀了，把她肚子里的胎儿取出，塞进自己媳妇的肚子里。

他刚收拾完，老朱头就回来了，一迈门槛看见血淋淋的尸体，又见儿子浑身上下全是血，惊呆了。他连哭带骂，要把儿子送交官府。"愣头青"当时就跪下了，边磕头边求饶："爹爹您别发火，听儿子说给你听。我杀了人，送交官府是应该的，可你要想想，你一辈子就这么一个儿子，官府叫我偿命，咱朱家不就绝户了吗？再说，咱家的钱多，日后你再娶一个不就得了。"

老朱头一下子心就软下来，叫儿子说到命根子上啦。他长出一口气说："小冤家！你可要我的命啦，叫我可怎么办好呢？哎！啥也别说了，办法只有一个，就说你继母串门去

50

了，等把你媳妇埋了以后，再说她是串门回来得了急症病死的。"

就这样，父子俩先把继母的尸体藏起来，然后连夜把媳妇的娘家爹妈找来，叫他们看看自己女儿干的好事。娘家人一看女儿肚子里的胎儿，二话没说，还骂自己女儿给爹妈丢了脸，说杀得好，杀得应该。这爷俩怕娘家人事后反悔，还让他们写了死后无怨言的字据。

大堂之上，朱家父子在供词上画了押。县官命人将朱少爷打入死牢，等公文下来再处死刑。朱老头包庇、袒护、纵子作恶，被判处终身牢狱之罪。县官还托人给媳妇的娘家人带话，说他们的女儿是清白无辜的。

这时，再看跪着的两个女子，一阵大笑之后，化作一阵风，不见了。大人的公案上却多了一条白绫，上面有几行字：

> 玩童扮县官，
> 先生把信传，
> 报了冤鬼恨，
> 大人是青天。

附　记

这个故事非常离奇：一边是假扮的县官，一边是复杂的案情；如果不是假官审冤情，那就会演绎成为其他的故事。方学斌搜集，流传于辽宁西部农村。

中国 **鬼** 话

恶鬼

中山役鬼图 [清，苏六朋]

　　苏六朋之画常以道释神仙及民间故事为题材。图中钟馗坐二人抬肩椅，后一鬼高举破伞为之作仪仗，并无旗罗伞扇敲打吹拉之威仪，刻画了终南进士的贫困境地。

血岭沟

祖辈杀猪宰牛的王朋，生得五大三粗，由于做惯了白刀子进去红刀子出来的生意，胆大过人，常常起早摸黑到乡下买猪赶猪，从不怕鬼。

一天夜里，他在陈家埕看好了猪，与卖主商定后天来买。为讲价钱，他和卖主一直扯到深夜。回家时，明月正当空，地面一片银白。这里离家大约有七、八里地，路上必须经过常常闹鬼的血岭沟。他仗着自己有胆量，谢绝了相送的人，独自一人往回赶。

沿路没遇上一个人，只有自己昏黑的影子陪伴。当他走进血岭沟沟口时，一阵阴森森的风迎面吹来，忽然，静得怕人的山沟里传来一声阴惨惨的声音，像婴孩的哭声。平时什么也不怕的王朋，这时也不禁毛骨悚然。他镇定了一下，咳嗽一声，硬着头皮走进了山沟。

这血岭沟人称"鬼打架"，山沟两旁坟堆丛丛，是专埋非命婴孩和难产死去的孕妇的地方。就算是白天，一个人路过这里，也会感到头皮发麻，汗毛竖立。

月光依然明亮，走进山沟不远，就见前面坟堆上坐着一个年轻女子，在月光下梳理着长长的秀发。王朋见了，心中"咯噔"一下，有些害怕，但还是壮胆走近那女子，问："大嫂，怎么深更半夜一个人坐在这个地方？"

半天，那女子才叹了口气，娇滴滴地说："我那个酒鬼，今夜又不知在哪儿喝了几泡猫尿，打了我一顿，我便逃了出来。反正活着也没意思，想在这清静地方寻死，不想遇着了

56

大哥。"

王朋走近两步，终于看清楚了，这女子不但声音婉转好听，而且生得非常貌美：肌肤白腻如雪，瓜子脸微带愁容，两片薄薄的红唇，显得妩媚动人。王朋今年三十出头，还是光棍一条，见了这么漂亮的女子，不免心头一动，便亲热地劝道："大嫂，看你年纪轻轻的，今后的日子还长哩。"

那女子嘤嘤地哭了起来，说："我好苦命啊，活着有什么意思，我本来什么也不求，只想遇个好男人，可是……"

"大嫂，千万要想开些，这么晚了，我还是送你回去吧？"

"我再也不想回去了。"那女子又叹了口气，低着头，含情脉脉地瞟了王朋一眼，羞答答地说，"大哥要真心肠好，就带我到你家住一宿吧。"

王朋听了神魂颠倒，心中好不欢喜，他全忘了初时的害怕和疑虑，忙说："大嫂如不嫌弃，就上我家暂住一晚也好。"

女子听了，又娇媚一笑，说："那多谢大哥了。"

于是，女子跟王朋一道踏上了回家的路。王朋在前面走，女子在后面跟，她走路脚像不沾地似的，无声无息。王朋不时回过头，殷勤地说："路窄，大嫂走好呀。"

走不多远，忽然听得"哎哟"一声，王朋扭头一看，那女子已坐在地上，双手抱着左脚，呻吟着："哎哟，我脚崴了，大哥快扶扶我。"

王朋忙过去搀扶她，一触碰，感到她肌肤异常柔滑，却是像冰一样凉。他一惊，忙缩回手，似乎明白了什么，有些害怕了。那女子又嫣然一笑，说："瞧大哥神情，莫不是怕我是鬼吧。"她低下头，又伤心地说，"要信不过我，大哥就走吧，反正我也是死路一条。"说完，又嘤嘤地哭了。

　　王朋此时已色迷心窍，胡思乱想道：这到口的肥肉怎能轻易放过？这么漂亮的女子，就算真的是鬼，与她共度良宵一回也值得呀。于是，他又伸手去搀扶，女子便顺势倒进他的怀里，他也趁机一把搂住她。女子微喘着，甜甜地说："大哥，你人真好……"王朋便动手去解女子的衣衫……

　　第二天，一个早起赶路的人发现王朋倒在血岭沟沟口的路边，两眼翻白，口吐泡沫，已奄奄一息。后经抢救，王朋才死里逃生。原来，他解开那女子的上衣时，女子露出雪白的乳房，含羞地要他吻上去，他一张嘴，一股苦涩的乳汁射进他口中，他便不省人事了。

　　过后，人们根据王朋描述的那女子的相貌，才知道她是一年前因难产而死的何家塆何勤家的媳妇，名叫张玉姑。

　　女鬼张玉姑用美色勾引男人，并加害于人，可谓用心良苦。但苍蝇不叮无缝的蛋，假若王朋一身正气，不起淫荡之心，女鬼就算手段再高，也无计可施。

附　记

　　俗话说得好："路边的野花莫乱采"，故事告诉人们的就是这个道理。如果男子只为了满足私欲，吃亏的往往就是你自己。姜立新搜集，流传于湖北浠水地区。

刘半仙

不知是什么时候开始，城隍庙里有了个规矩：住在那儿的小鬼，三年期满以后，可以寻找一个替身投胎成人。所以，每到第三年期满时，小鬼们就整天四处乱奔，用病魔折磨好人，以便他们好出去投胎生人。

东沟村有个名医叫刘半仙，因为他的医术高，大家就给他起了这么个绰号，他的真名字大家倒忘记了。刘半仙整日奔波忙碌，治好了许多病人，其中包括被小鬼们折磨的病人。看着自己的替身一个个被治好，小鬼们恨得牙根直痒。

一天，小鬼们在一起商议说："得想个办法，把他干掉，咱们才有出头之日。"

"可是我们有什么法子呢？他医术很高，我们又治不死他。"一个病死鬼说。

听了这话，一时，小鬼们都沉默不语，个个急得抓耳挠腮。

"哎，有了，我们何不……"一个吊死鬼低声地跟众鬼说。

"妙！妙！妙！"众鬼都跷起大拇指称赞吊死鬼主意出得好。

时值冬天，一天傍晚，刘半仙从外面治病回来，身体疲惫不堪，想休息一下。这时，突然传来了敲门声，他开门一看，原来是两个年轻人，旁边停着一顶小轿。

见有人开门，为首的年轻人上前问话："老丈是否是名

医刘半仙?"

刘半仙仔细打量那年轻人，见他眼冒杀气，满脸横肉，知道此人非善良之辈，便回答道："正是老朽。"

"我们大哥病得很重，快要不行了，你快给看看吧。"

"不行呀，我老了，眼花耳聋，行动不便，还望壮士多多包涵。"

一听刘半仙不去，两个年轻人又是拱手又是作揖，央求着刘半仙。刘半仙一看实在推辞不了，就说："好吧！请稍候，我进去收拾一下。"说完独自进屋了。

刘半仙已从两人的神态看出他们是小鬼变的，所以他上路前多了个心眼，在长袍子里装了一些猪蹄和朱砂等对付鬼怪的东西。

一路上，刘半仙心里忐忑不安。为了装出自己不知道内情的样子，他就佯装睡觉，"呼噜呼噜"的声音传出老远。抬轿的那年轻人心里可乐啦："刘老头，死在临头，还睡哪。"

刘半仙偷偷地掀开轿帘往外一看，外面漆黑一片，阴森森的，远处还不时传来几声似狼非虎的嚎叫声。

过了一会儿，轿子停了。刘半仙掀开轿帘，见那前面的年轻人正在敲门。那门是黑色的，院墙高高，看样子是个宅院。门前挂着两盏灯，挺气派的，但整个院子死气沉沉。刘半仙刚想出轿，只见门开了，几个人走过来把轿子抬了进去。

"吭"的一声，大门关闭了。刘半仙在轿子里听到有人叫喊："大哥，刘半仙被抬来了。"

轿子停了，刘半仙从里面走出来，只见面前站着许多人，为首的一个正坐在椅子上。他们一见刘半仙，都狂笑起来，这一笑，都现出了原形。

　　刘半仙往四下里一瞧,"啊"的一声,吓得蹲在地上。的确太吓人了:你瞧那个为首的吊死鬼,伸着紫红的舌头,白森森的眼珠放出寒光。那些小鬼们更是一个个怪模怪样。

　　为首的吊死鬼恶狠狠地说:"老东西,我们兄弟们三年期已满,本可以找替身出去,享受人间生活,但你却从中作梗,使我们都无法投生。今天你送上门来,别怪我心狠手毒。弟兄们,拉下去,下油锅!"

　　"好嘞!"一阵吆喝,刘半仙被四个小鬼死拉硬拽弄到了油锅旁。锅灶旁有个小鬼正往里加柴呢。

　　刘半仙一看,心想:我再不想办法来制服他们,也要变成冤鬼了。想到这儿,他眼珠一转,计上心来,就说:"诸位,治病救人是我的本分。既然你们让我死,那我去死好了,不过,在死之前,我把那些医书送给你们,你们可以再找替身去了。"

　　小鬼一听,乐了:"刘老头,早这样聪明就好了。快点拿出来,别磨蹭。"

　　刘半仙假装从怀里慢腾腾地掏书,就在那些小鬼们都往他眼跟前凑的时候,他突然把带来的朱砂、猪蹄等物向四周扔了出去。只见一阵火光闪过之后,所有的鬼、灯、房屋都不见了,四周漆黑一片。

　　黑暗中,刘半仙一边擦着头上的冷汗,一边摸索着往前走。可是走了一会儿,他又回到了原地。等到天亮以后,借着透进来的光线一看,原来这座房屋是一座坟。

　　后来,刘半仙被人救了出去。这次经历之后,他更加专心地为病人治病,为使病弱之人不被小鬼所利用。听说后来他还真的成了仙呢。

附　记

　　与鬼斗争的故事，是所有民间鬼话里数量最多的一种类型。斗争的方法十分丰富，而且也很巧妙，充分表现了创作者的智慧与才华。医生与鬼斗争的故事属于其中之一。这个故事构思奇巧，情节跌宕起伏，合情合理。李明搜集，流传于山东青岛地区。

一魔降一魔

从前，有一个叫李明的木匠，他本性卑劣，阴毒，善记仇。他的妹妹给村里的张家做事，在干活时，突然心脏发病死了。本来，这是自然死亡，与主人无关，但李明却想利用此事狠狠地敲诈一笔钱。后因没能得逞，便怀恨在心，伺机报复，以解心头之恨。

一天夜晚，四处漆黑一片。李明提着灯笼，路经一片树林时，突然见前面闪烁着磷光，一个红影子忽大忽小，时隐时现，带着可怖的笑声，拦住了李明的去路。李明抬头一望，吓了个半死，原来站在他面前的是一个青面獠牙、头发似火、瞪着铜铃般眼睛的怪物。这时，李明猛然想起村中老人对他说过，此怪物是吞人心，喝人血，生性狡诈、贪婪、凶残，世上"三大恶鬼"之一的红发恶鬼。传说此鬼神通广大，杀人如麻，阎王曾三次派兵捉拿他，都被他施计逃脱，后来下落不明。原来此鬼躲在此处养伤。

李明知道自己这下完了，他绝望地闭上眼睛。本来，红发恶鬼已经把手伸向了李明的心脏，但想了想，又将手缩了回去。为什么呢？因为红发恶鬼发现，李明的心生如铁硬，不好吃，加上李明本性卑劣，很适合红发恶鬼的收徒条件。因此，红发恶鬼改变主意，提出两条路给李明走：要么做他的徒弟，要么立刻掏心剖腹。

李明赶忙答应做他的徒弟。红发恶鬼便用鬼气冲洗李明，把李明尚存的一点好的品质全冲洗掉了，使他成为了一个十足的恶棍。红发恶鬼还教了李明两手鬼术，要李明每月

捉两个人让他享受。

李明回村后，便开始报复张家，利用张家三公子叫他做新门的机会，按照红发恶鬼所教的鬼术，在门上按上自己的手掌印，然后涂上红漆，做得天衣无缝。

新门安上那天夜晚，张三公子听到有敲门声，打开房门，却又不见人，便骂了声："活见鬼。"刚说完，就被一只乌黑的手扇了一巴掌，然后那手一闪就不见了，吓得张三公子大叫了几声"有鬼"后，便昏了过去。佣人听见了，便把老爷、夫人带到张三公子面前，把昏迷的公子背走了。这时，一只乌黑的手又出来了，把没来得及走的人都各打了一下，吓得这些人四散飞逃。

到了第二天，全村人都知道张家闹鬼之事，并越传越奇。凑巧，这天来了个过路道士，是崂山道士的徒弟，会些道术，被张家请去了。道士给张三公子看完病后说："不妨事，休养几天就好了，只是你把昨日闹鬼的情形，仔细地向我讲一遍，我看能否治住此鬼。"张三公子把事情的经过说了一遍，道士听后，来到张三公子房间，发觉确有鬼气，仔细一察看，就发现问题出在门上，便吩咐佣人把门卸下来，带到后院。然后，道士讨了五根绣花针，请了老爷、夫人一同，来到了后院。

到了后院，道士掏出一包药粉和水，撒在门上，让太阳晒了，一会儿，门上便出现了一个乌黑的手印。这时，道士迅速用五枚绣花针钉在那手印的五个手指头上，长吁一口气后，再取来了沸水泼在门上。一会儿，此手印便和绣花针一起掉了下来。道士说："做术人已自断手掌了，因为他难以忍受沸水烫手之苦，而且做术人就是做此门之人。"张家一听，火冒三丈，忙派人去捉李明，但李明早已逃之夭夭了。

李明自断手掌后，躲在山上一个石洞内，越想越恨，决

定孤注一掷，施出对自己生命有危险的鬼术。这是红发恶鬼教的第二手鬼术。到了晚上，李明把心血注入自己预先制好的纸鬼的心窝里，使纸鬼成为一个有血盆大口，身生双翅的鬼，让他前去捉拿一个张家的人，给红发恶鬼享用。

纸鬼答应一声，刮起一阵阴风，飞临张家，发出古怪的笑声，吓得全村人都闭门不出。张家人更吓得魂不附体，直唤道士除鬼。

可是，道士知自己道行尚浅，无力除掉此鬼。要除此鬼，只有去崂山找师父借金蛇剑才行。事不宜迟，道士施展神术，向崂山奔去，可是等他借得宝物金蛇剑归来时，那纸鬼早已捉了一人走了。道士懊悔不已，他下定决心要在明晚消除此鬼。

第二天晚上，李明又把那纸鬼放出，前去张家捣乱、抓人。纸鬼扇动双翅，飞临张家，在他捉人之际，道士将道袍一拂，一道金光闪出，插入纸鬼心窝，纸鬼大叫一声，倒地而死，现出用纸制作的原形。李明也因注入纸鬼心窝的血流尽，失血而死。

但李明阴魂不散，去找他师父红发恶鬼为他报仇。刚好，红发恶鬼的绝技"三昧神血"已经练成，听了徒弟哭诉后，便兴起阴风和李明一起飞临张家，要吃了道士和张家全家人。

这回，道士又故伎重施，却被红发恶鬼喷出"三昧神血"将剑包住，红发恶鬼不但收去了剑，还将一只鬼手伸向道士胸前。

道士大吃一惊，猜出了此鬼来历，并知即便师父亲自来，也难降住此鬼。三十六计，走为上策。道士就势倒地一滚，化为一阵清风逃去，气得红发恶鬼"哇哇"大叫。他把怒气发泄在张家，将张家整座房屋移至荒野，随后顺手抓起一个已昏迷之人的心和血，吃喝之后，还意犹未尽，又伸鬼

手去抓另一昏迷之人。

眼看此人又要遭殃了，突然，那道士和阎王手下的得力大将——大力鬼王和牛头马面，出现在红发恶鬼跟前。

红发恶鬼赶忙取出鬼头大刀与道士、大力鬼王战成一团。李明则敌住牛头马面。

这究竟是怎么回事？原来，道士逃脱后，便写了一封十万火急的文书给阎王说明发生的情况。阎王立刻派了大刀鬼王和牛头马面去协助道士，并说这时钟馗有事，稍晚便会来支援……

李明因气力不佳，招架不住，束手就擒了。红发恶鬼见势不妙，便喷出"三昧神血"化为烈火，就要逃遁。

在这紧要关头，突然一道寒光闪过，红发恶鬼已被劈成两半，那烈火也被阴雨灭了。大家定睛一看，原来红发恶鬼已死于钟馗的飞剑之下。

道士取回了师门宝物，大力鬼王将张家搬回原处后，和钟馗一起押着李明向阎王复命去了。

附　记

在与鬼争斗故事里，道士大多数情况下为驱鬼的主角，但是在这个故事中却没有本事驱逐红发恶鬼等鬼魅；在无可奈何的情况下，道士只好求救于阎王。民间相信"一魔降一魔"的说法，特别是等级观念非常严重的官僚社会里，其最终结果，就不言而喻了。罗云海搜集，流传于广东南雄镇一带。

杀鬼救书生

　　很久以前，有一个书生上京赶考。黄昏时，路过一座名叫虎坟山的深岭。此山前不着村，后不着店，山坡上长满了古树，埋着许多死人的尸骨。偶尔从那雾气弥漫的幽谷或树丛中，传来几声凄惨的怪叫，使人听了毛骨悚然。天黑了，书生急着赶路，谁知越走越进入深山，看不到村庄，连个人影也见不到。忽然，从深山中飞出一团白影，紧紧跟在书生后面。书生觉得有一阵凉风从背后吹来，好像有人跟在背后，但他回头看时，却什么东西也没有。

　　书生趁着月色赶路，来到一座道观前，便想进去投宿一夜。他踏进道观，只见一位鹤发童颜的老道手持一根法宝棍，下颌蓄着长胡须，直飘到前胸。

　　书生上前问道："道长仙师，今晚小生路过贵观，想在此投宿一晚，不知可否？"

　　老道问："你这位读书人披着月色赶路，有何急事相求于人？刚才，你和别人同道相行吗？"

　　书生回答说："晚辈上京赶考，贪赶路程，误了宿店，一路上孤身一人，并无人同道！"

　　老道说："我发现你脸上有妖气，今晚行路，可能有鬼缠住你身！"

　　书生惊奇地说："鬼？！我没看见什么鬼！"

　　老道说："鬼是看不见的东西，来去像一团白影在飘动，化散时像一股冷风在吹散。如没有半仙之道的人是难以看到的。"

　　书生听了，立即忆起在过深山时，确有一股风吹在自己身上。他想：这真的是鬼么？书生越想越害怕，便急忙问老道："老仙师，我没有看见鬼，你看鬼又在哪里？"

　　老道回答说："鬼一般不从寺院道观的门前过路的。因为院里有神护守，鬼害怕神，就从寺后走了。只要你过了寺院以后，鬼又会跟着你！"

　　书生越听越着急了，求老道说："老仙师，请你无论如何救我一命。"

　　老道说："救命可以，但你必须依我三件事，才能保命。"

　　书生说："只要晚辈能办到的，一定尽力而为！"

　　老道说："这三件事十分简单。第一，我在你的手掌上画一张'五雷符'，你把手捏紧，不能松开。今夜，当鬼走到你的前面时，你就立即拍在鬼的背上。此'五雷符'胜过天上打雷的五倍力；第二，拿贫道这把宝剑，今晚住宿时，挂在大门上，口中要念'门神门神扛大刀，大鬼小鬼进不来'；第三，我给你一个宝葫芦，这葫芦里装着火，如果鬼进了你的屋里，你就把葫芦盖拧开，对准鬼。因鬼终身怕火，你用宝葫芦对准它，火就直接刺射它！"

　　书生急忙接过宝剑和葫芦，作揖打拱，告辞了老道，趁着月色，继续赶路。书生走出道观，忽然，一阵阴风吹在他身上，使他打了个寒战。他越发相信老道的话是真的。走不多远，便看见一团白影出现在他的面前。书生走快一步，那白影也走快一步；书生走慢一点，那个白影也走慢一点。书生加紧几步，张开手掌，拍在那白影的身上，顿时，那白影不见了。因为老道所说的话，都被这鬼偷听到了，所以鬼早有防备。

　　书生走了许久，来到一个村庄，便敲门投宿。村中一位

68

老汉给他一间房子住。书生把宝剑挂在门框上，把葫芦放在书桌上，看起书来。"呼呼"几声响过，一团团烈火从门缝里钻进屋里，烧在宝剑上。顷刻，宝剑熔断了。紧接着，"吱呀"一声，门随风而开，进来一位如花似玉的少女。那少女腰如细柳纤柔，嘴像樱桃艳红，满头青丝插着玉簪，镶着发光的宝石，耳上吊着宝环，颈上套着用珍珠缀成的项串，脚上穿着绣花鞋，迈着轻盈的步子，款款走来。

书生见宝剑被熔断了，门也开了，心中非常害怕。那少女边歌边舞，歌声似夜莺婉转，舞姿如天女散花，但书生假装视而不见，听而不闻，依旧埋头读书。那少女见了，便慢慢地向书生走近，边走边说："读书人，快去睡觉了！"说罢，脸上露出笑容，伸出纤细白嫩的手来拉书生。书生挣脱了她的手。

少女又说："好端正的读书人，难道你还怕我吗？"说罢，又伸手去拖书生。书生烦了恼了，一怒之下，就朝少女的脸上使劲打了一巴掌。少女摸着被打红的脸，恼羞成怒，立刻发出"呷呷"的怪叫，变成了一个鬼。

只见那鬼：披头散发，张着大口，吐出红舌，露出长牙，手上长长的指甲像铁叉。忽然，鬼的口里吹出一阵风，把灯吹灭了。书生抱着葫芦，打开蚊帐，躲到床上。鬼走到了他的旁边，书生迅速拧开葫芦盖，从葫芦中射出一条火线，直刺那个凶恶的鬼。那鬼口里喷出一股冷风，把葫芦内的火吹散了，书生急得身上冒出了汗，便立即拖着棉被蒙住了自己的头。那鬼露出怪样，伸出长长的手慢慢地撩开蚊帐，猛地揭开棉被。书生慌忙把棉被罩在鬼的身上，跳下床，向门边跑去，想夺门而逃。但鬼化成一团风，又站在门口，挡住了书生的去路。接着那鬼发出"哈哈"怪笑，说："你这书生敬酒不吃吃罚酒，找你去睡觉，你不去。我要掏

出你的心肝吃了!"说完,就伸出那钢叉般的手,向书生的胸膛抓去。只听"啊"的一声惨叫,那个书生的心肝被鬼掏了出来。那鬼见了红红的心肝,张口就吞入了肚内。

鬼吃尽心肝,刚要走,道观内的老道手持宝剑,挡住了鬼的去路。原来老道算到这个鬼十分凶恶,他教书生所做的三件事还胜不了这个恶鬼,就当夜追赶书生,不想来晚了一步。老仙道看见书生倒在血泊之中,知道鬼已将书生的心肝挖出吃了,一声大喝:"畜生,哪里走!"

那鬼吹出一阵狂风,想把老道吹走。老道有降妖缚鬼之法,拿着宝剑便刺。那鬼又化成一团白影向老仙道扑来。老道早有准备,对准白影又是一剑刺去,只听那鬼发出一声嚎叫,瘫倒在地,地上立即出现了一大团血。老道用剑挑开血块,把书生的心肝拿出来,好在书生的心肝还完整无缺。

老道把书生的心肝洗净了,放回到书生的胸膛内,然后再在伤口上喷上一口水。过了一会儿,书生醒了过来。老道知道书生脱离了危险,就悄悄地走了。

附　记

葫芦、宝剑、符箓等均为道教文化符号,它们都有驱邪逐魅的功用。这则鬼话的深意是告诉人们:在恶势力面前应该毫不退缩,要理直气壮地进行抗争。佚名搜集,流传于湖南初阳地区。

中国 **鬼** 话

善鬼

报恩夜叉

  从前，目阜山下有一小山庄，山庄里住有一寡妇，名叫金莲，心地善良，为人厚道。丈夫因病早离人世，她生有一男孩，取名虎伢，母子两人相依为命。

  有一天，金莲和邻里婶婶上山打柴，在离家不远的路上看见一个赤身裸体、黑不溜秋的乞丐死在路边。她俩吓了一跳，婶婶急着跑开了，可是金莲没跑。她心想，自己也是个命苦之人，怎能看着可怜人不管呢？这乞丐也许是上无亲下无邻的，我何不做点积德事，修一修来世！于是金莲脱下了自己身上穿的褂子和一条破裤子给乞丐穿上，然后喊来邻里几个男人草草给他安葬了。

  转眼间，虎伢十六岁了，这十几年来，金莲省吃俭用，供孩子念书上学，这一年，正好是朝廷张榜开试应考。一个晚上，虎伢正在床上睡觉，迷糊中，听到房门响了一声，一个人轻足细步走进来。他走近床前，轻声说道："虎伢仔，今年朝廷开考，你去考吧，我保你能考取。"他接二连三说了几遍，最后还说："孩子，我要走了，以后我会再来的。"然后，一阵冷风吹过，人就不见了。虎伢给吓醒了，忙大声喊道："有鬼，有鬼！"

  这之后，接连几个晚上也都是如此，虎伢害怕了。一到傍晚他就拴好房门，在床上似睡非睡地躺着。半夜里，门又响了，进来一个高大的身影，走近床前，对虎伢说道："孩子呀，我又来了。你别害怕，我不是坏人，我是来报恩的，你娘是我的大恩人呀！你若不信，问你娘去，我还穿了你娘

一条裤子呢!"听了这话,虎伢简直给气昏了,他想,老娘向来是个好人,怎么会同他人共穿裤子呢。这么想着,他大声叫道:"不信,我不相信,滚!滚!你不要来骗我。"可是,这人还说是真的,最后还叮嘱道:"孩子,你明天就动身上路吧,我会暗中照顾你,时间不饶人,再等你就来不及了。"

这一晚上,虎伢翻来覆去怎么也睡不着,总觉得这男人好生奇怪,莫非俺娘她……

第二天,虎伢茶不思来饭不想,总是唉声叹气的。这可把金莲给急坏了,总是孩子长,孩子短地问:"孩子呀,你是病了还是痛,为娘只有你一条根呀,你整天不吃不喝,叫为娘如何是好?若是病了,为娘给你叫郎中来,如何?"虎伢还是一声不吭,任他老娘怎样叫都不回答。后来金莲也实在无法,只得陪着孩子不饮茶饭了。

这个办法真灵,虎伢反怜惜起老娘来了,说道:"娘,孩儿没病没痛的,只是孩儿心里有件事,不知讲不当讲?"金莲高兴了,接腔说道:"你有啥事尽管说来,只要娘知道的就告诉你。"于是虎伢就将这几天晚上如何梦见一个人,这个人跟他说了些啥事情,从头至尾地说了一遍,最后虎伢问道:"娘,你和孩儿说实话吧!到底你是做了对不起孩儿的事不?"

这一问可把金莲给问糊涂了。她心想,我这一生从未做过对不起他爹和孩子的事呀,为什么孩子会对我不放心呢?她想来想去,终于想起了十几年前的那一回事来,于是脱口而出道:"可能是我脱了裤子给乞丐穿了,给他收了尸,乞丐现在来报恩了吧!"于是便一五一十地将安葬那乞丐的事情经过讲给了虎伢听。

虎伢相信了,后来金莲劝起孩子来:"儿呀!我想,我

们祖宗世代都没一个有出息的，可能是老天开了眼，好人必有好报，不妨你就进京试试看吧。"虎伢一想，觉得有理，问道："娘，那我明天就起程如何？"金莲高兴极了，为虎伢打点好行李包裹，虎伢次日就进京了。

两个月过去，皇榜揭晓，果然，虎伢科中头名状元啦。以后，做了状元官的虎伢，为了纪念死去的乞丐和他娘，还特地为他们树碑立传呢。

附　记

夜叉是鬼的一种，形象丑恶，勇健暴恶，能食人，后受佛之教化而成为护法之神。民间传说中的夜叉，一般都被称之为恶鬼，如母夜叉、笑面夜叉等。不过，此则故事里的夜叉却是个报恩的善鬼，与民间崇信的"善有善报"有着直接的关系。余年秀搜集，流传于江西武宁地区。

交 情

从前，有个人叫李不论。为什么叫李不论呢？他一辈子什么都不信服、不在乎，不论哪家的理儿，无论你说得多真，也别想套住他。他和谁都合得来，和什么样的人都交朋友，只要你出于好心，他就下实劲儿为你办事。因为这个，人们都叫他李不论。

李不论没儿没女，只是老两口搭伴儿过日子。他在远洼里有半亩小园子，种些小葱、韭菜、葫芦、南瓜、豆角，为的是卖几个小钱混日子。园子里盖了一间小圆屋，一到蔬菜浇水、上市时，李不论就住在圆屋里。他爱晚上浇园，因为晚上清静。没人给他看畦口，他就拧着辘轳数水斗子："一二三……"数够了数，就去堵畦口，到那儿畦正满，再另开一畦新的。就这么着，他天天晚上浇园，白天卖菜。

一天晚上，他正拧着辘轳，数着水斗子，到数够了，又去堵畦口。可到了那儿，畦口堵上了，新畦也开好了。李不论以为是自己岁数大了，记性不好，忘了。他回到井边又拧辘轳，数够数，又去堵畦口，畦口又有人堵上了，新畦口又开好了。他嘴里不说，心里纳闷儿。又一想，管他呢！有人帮我更好。连着三个晚上都是这样。到了第四个晚上，李不论站在垄沟边东瞧西瞅，大洼里静静的，连个人影儿也没有。他回到圆屋里抽了两锅子烟，又出来浇园。等到这一畦还差一斗子水，他提前来到垅沟边，只见他使的那把铁锹正在堵畦口，堵好了，又开新的。李不论问："是谁帮我看畦口呀？"

"是我呀！"

李不论听见声音，环顾四周，还是连个人影儿也看不到。心想：是不是自己做梦呢？他拉大了嗓门又问："你在哪儿？"

"我在这儿！"

"我怎么看不见你呀！"

"你本来就看不见我。"

"你是谁？"

"我……嘿嘿！我说了你可别害怕呀！"

李不论大声说："不害怕！"

"我是鬼呀！"

"啊？什么……鬼，你怎么想起来要来帮我呢？"

"我是个好鬼，真的，你千万别害怕！我活着时爱打抱不平，爱讲真话，爱帮助人，就因为这'三爱'，被一家恶霸害死了。当了鬼后，我还是这个脾气儿。那天晚上我从您这儿路过，看到您老一个人在这里浇园，没人给您开堵畦口，怪辛苦的，我就来帮帮您。"

李不论一听，笑了："这么说，你真是个好鬼，我谢谢你呀！咱哥俩有缘分，来来来！到我圆屋里去歇会儿吧。"

那鬼高兴地说："好。"

这一人一鬼来到圆屋里，李不论抽着烟，给鬼倒了一碗茶水，就唠起来了。两人又说又笑讲得正欢的时候，忽然听见鸡叫了，天快亮了，于是鬼马上告辞了。临走时，李不论说："兄弟，明晚还来呀！"

鬼点点头，说："来、来。"

此后，李不论天天晚上浇园，鬼天天晚上给他看畦口。有时两个一齐干活，有时就坐在圆屋里唠家常。就这样，过了十几天，李不论觉得这鬼兄弟确实是个可交的朋友，于是

77

对鬼兄弟说："兄弟，明晚来，我打几斤酒，买些熟肉，咱哥俩喝几杯。"

"好呀。"鬼兄弟也不推让。

第二天，李不论上集市去买酒买肉，老伴好生奇怪，就问他："你钱多了咋的？没过年过节，喝什么酒？"

"这几天干活累了，喝点酒解解乏。"

老伴心想，李不论老了，这几天干下来，确实挺累，就没再多问。

这天晚上，李不论提着白酒、熟肉来到圆屋里，进屋就问："兄弟来了吗？"

鬼兄弟回道："来了，我早就在这儿等你呢！"

两人又吃又喝，连喝了五六盅，喝到兴头时，李不论说："兄弟！我自幼没兄没弟，咱哥儿俩倒投脾气，咱们拜个盟兄弟，你愿意吗？"

鬼听了很高兴："那好呀！兄弟我就高攀大哥了。"

然后，两人就在李不论的小炕上放上一堆土，插上三棵草，一齐趴下，向北磕头盟誓：咱哥儿俩地下人间不变心，死要当个清正鬼，活要做个正直人。

李不论得了这个鬼兄弟，心里乐滋滋的。回家后和老伴说了这件事，老伴吓了一跳，说："我看你是疯了是怎么着？人怎么和鬼拜盟兄弟，你是该死了！"

李不论说："人和鬼就不能拜盟兄弟？只要合得来，和谁拜都行。"

老伴问："咱两口子能沾上他的光吗？"

李不论说："为了沾光才相好，那不成了做买卖？还算什么情分？"

因为这个，老伴从此不理他了。村里人也都知道了，有的说他疯了，有的说他傻了，有的说他快死了。可他一概不

论。打那时起，他的小圆屋谁也不敢去了。

这天晚上，鬼兄弟又去了李不论的圆屋里，他告诉李不论说："大哥！明天我就要去托生了！"

"太好了，你到哪儿去托生？"

"托生到哪儿还没准儿。明天南河边会来一条大船，晌午时分会看到那船上有个人出舱看风景，那时我就把他推到河里，他一死我就顶他的份儿去托生。"

"真的吗？兄弟！"李不论非常惊奇。

"真的。"

"那人做了什么错事？"

"那个人专欺侮穷人，巴结财主。"

"该死该死！"李不论说。

第二天，李不论早早地来到南河边上。等到晌午时，果然来了条大船，从舱里走出来一位穿戴非常文雅的男子来到船尾。这时，他趔趄了几趔趄，一失手，喊了声救命，就掉进了河里。开船的听到呼喊声，赶忙过来，一篙头下去，把他拉了上来。那人没死。

过了几天，鬼兄弟又来了。李不论满脸不高兴，说："兄弟！你骗我！你说要淹死他，他怎么没死呢？"

"大哥，这里面的事你不知道，我把事情弄错了，我回去查了他的德性册子，给他一算，他不该死，还要让他多活几年。"

"哦，原来是这么回事。那么，你何时托生？"

"大哥，我暂时不托生了，我升官了。"

李不论一听很高兴，立即问："什么官呀？"

"老阎王卸任了，他见我人品不错，办事公道，让我当上了阎王。"

"也好。不过，你当了官，办事一定要公道呀！"

"放心吧，我这次来是向大哥辞行的。"

"公事在身，哥不拦你。你走了，我想你时，到哪儿找你呀？"

"到西南一千五百里地的生命山，灵台庙。"说罢，鬼兄弟含着泪告辞了。李不论好不难过。

一晃三年过去了，李不论非常想他的鬼兄弟。这年春天，他带上卖菜赚的钱，打了个小被窝卷，带了点干粮，就向西南方去了。一路上跋山涉水，风吹雨淋，过了无数的河埠、村庄，饥一顿，饱一顿，脚上起了层层血泡，他不论；脸上晒暴了层层皮，他不论；钱花光了，就靠要饭充饥。就这么一天天向西南走，走了四个多月，终于来到了生命山。

天黑前，他走进了灵台庙。庙的正殿里有不少泥胎，有人有马有驴，有男有女，有老有少，千奇百怪，五花八门。李不论张口就问："兄弟，你在哪儿？"

一个泥胎问："你兄弟是谁呀？"

"就是阎王。"

那个泥胎又说："原来是阎王爷的大哥来了，快，里面请。"

李不论笑着说："不啦！我就找我兄弟，三年没见他的面儿啦！"

那泥胎说："阎王爷出差了，三天才能回来，你就在这儿等几天吧！"

李不论想：一千五百里走到这儿了，我就等他三天吧。

他在那儿住了三天。每天不见人，可早上一起来就有吃有喝，晚上早已给他安排好了床被。三天后，阎王回来了，一见李不论，欢喜得不知是该哭还是笑。他把李不论接到自己的屋里，俩人兴高采烈地畅聊起来。这哥儿俩的交情，活像蜘蛛屁股上的线，揪不折，捋不断。

李不论一连住了二十几天，鬼兄弟是好吃好喝好侍奉。走的时候，阎王说："你这么大年纪，一千五百多里怎么走呢？我派个小驴送你回去吧。这驴是宝驴，不用喂不用饮，您老两口不愿使它了就卖掉，要钱就是五百吊，多一文不要，少一文不卖。还有人间的一桩案子要我哥帮着办办呢！"

"我怎么帮法呢？"

"你把这驴骑回去，就帮我把案子办了。"阎王又说："大哥合上眼吧！抱紧驴子，别摔下来。"

李不论刚合上眼，只觉小驴炮了几个蹶子，打了几声响，就立刻腾空而起，耳边的风声呜呜响。估计走了几个时辰，座下的驴呱嗒呱嗒停下来了，李不论一睁眼，发现已到了自己院子里。他下了驴，老伴从屋里走出来，一见是李不论，惊奇地问："你这么快就回来了？"

"我兄弟给了我一头宝驴。"老两口把驴牵到屋里，它果然是拌草不吃，饮水不喝。老伴稀罕这匹驴子，推磨时，不轰不打，它一天能推两口袋粮食，还不踢不咬，不拉不尿。俩人甭提多喜欢啦。

过了几个月，老两口的日子越来越难过了。俩人一商量，把这头驴卖了吧，五百吊钱够两人吃花到死了。李不论就把驴牵到集上，有人问价就是五百吊，少一文不行，多一文不卖。许多人都围了上来，见这驴真好，但价也够高。后来一位敢花钱的庄稼汉买了，买回去不到一年，又转手卖了，这次卖到了一个大户主手中。这个主是恶霸，欺软怕硬，抢男霸女，打死人也没人敢管敢问。

李不论自从卖了那头驴，就留心打听这头驴的下落。知道驴落到了那家恶霸手中，心里挺不是滋味。可是驴卖了，又不能去要。他想起了灵台庙弟兄临别时说的话，可又想不通意思。他细一琢磨，想起了十几年前的一件事。买驴这家

有个霸道的三公子欺侮了邻居的闺女，闺女受辱，上吊死了。邻居告到县官那里，但恶霸家的人早已买通了县官，反把原告判了罪。原告有冤无处诉，自杀了。

有一位去京城赶考的书生路过这里，听说这事后，功名也不去求了，住在这村和恶霸家打人命官司。公堂上，县官被这个书生问得张口结舌。判吧，他收了人家的钱；不判吧，这个书生舌如利剑，咬住他不放。恶霸家一看到要翻案，就趁黑夜把那书生劫杀了。这场官司也就糊里糊涂地了结了。这时，李不论突然想到，我兄弟那人品，那"爱打抱不平，爱讲真话，爱帮助人"的"三爱"……说不定那书生就是我兄弟？他越想越不安。

这头驴到了恶霸家后，还是不吃不喝，照样干活，但是到了这年中秋节，恶霸一家大团圆的时候，这驴就不老实了，它撒欢尥蹶，仰着脖子乱叫，掖着缰绳向水坑里跑。管家以为它渴了，就牵它到水坑里饮水。驴喝了一肚子水，管家牵着它往回走，刚走到门口，那驴哗啦啦散了，坍在地上，成了一堆泥。原来这驴是灵台庙里的泥胎，遇水就化。管家大吃一惊，慌忙进院禀告老爷。老爷出院一看，不敢让人动，赶快派人去报官。

这一任是个清官，他听说这件事，觉得奇怪，就立即往恶霸家去，要查个究竟。赶到一看，果然看到地上是一堆泥，就命人扒开泥堆。差人从泥堆里扒出来一个木匣子。县官打开匣子，匣子里有一张状子。状子上写的是这家三公子强奸良女，逼死人命，杀害书生之事，请县官秉公断案，澄清人间好恶。落款是：地下阎君。县官看后，不觉出了一身冷汗！当即回到县衙，旧案重审，把恶霸一家打入死牢。

这便是鬼兄弟所说的那桩案子，现在终于昭雪。这件奇事，也一传十，十传百，传遍了几百里。李不论听说了，心

里很是欣慰，他想：我帮我的鬼兄弟办了件好事，他一定会高兴的。

附 记

这是人鬼友情的故事。鬼生前就是"爱打抱不平，爱讲真话，爱帮助人"的好人，死后依然是喜欢帮助别人的好鬼，而李不论这个人物同样是个善良的百姓。他们惺惺相惜，互相帮助，不做伤天害理之事，恪守最基本的做人准则。终于，鬼的冤屈得到伸张，而善良的人也得到应有的好报。曹玲搜集，流传于湖北等地。

善鬼济人

一谈起鬼，人们无不憎恨、恶心，但鬼也分好坏，下面这个故事里的鬼就是一个杀富救贫的好鬼。

传说柴木村里有一户财主，名叫张天雷。这个张天雷可是一个刁钻蛮横的人，他虽然家财万贯，可是却滥收苛捐杂税，吃水要水钱，种地要地租，把村里人逼得家破人亡。整个村子就一口井，正巧，这口井就在张天雷的庄园里。为什么呢？原来张天雷的父亲在世时叫一个风水先生算了一卦，这个风水先生为了讨好他，就说："此地乃风水宝地，如占有这口深井，更是宝上加宝啊！"张天雷的父亲于是就修建庄园，把这口井划在了自己的庄园里。不久后，张天雷的父亲去世了，张天雷成了张家的头儿，他抢男霸女，无恶不作，每天派一个家丁往井口边一坐，拿着账簿，哪个村民挑了几桶水都要记上。到年头如果交不上水钱，不是抄家，就是毒打，村民们都敢怒而不敢言。

这一天，有个叫王四的村民，穿着草鞋，腰间系着麻绳头，正在山中抡起大斧砍树枝，忽然觉得脚下冰凉，他意识到可能遇到蛇了，因为蛇的身体冰凉，而这座山上蛇是很常见的。他全身一点劲儿也没有了，他想，这下完了，就把眼一闭，等死了。

可是，等了半天，不见动静。他睁开眼，低头一看，啊，这哪是蛇，分明是一眼清泉！这回，王四乐了，自己不但没有死，还碰上了清泉，他赶紧捧起泉水喝起来。真甜啊！他折下一根丈把长的树枝，插在泉水里，水把树枝全淹

84

没了，还没到底。这下王四更乐了，心想：这下，村子的乡亲们可以常年吃水不要钱了。

他把斧子一扔，撒开双腿飞快地跑到了家里，拿起锣，在村子的中央敲打起来，嘴里高声叫道："乡亲们，快来啊，告诉你们一个好消息！"乡亲们不知道发生了什么事，都赶来看热闹，王四高声说："乡亲们，我发现一眼清泉，以后大家吃水不用花钱了！我这就领你们去看看。"说完，就带着村民们来到泉边。

清泉汩汩地冒着清水，流个不停，乡亲们都抢着捧进手心里喝。不知谁喊了一声："走，回家拿水桶去！"不一会儿，每个人都提着两只水桶来了，大家七手八脚地往家运水，忙得不可开交。不一会儿，全村各户人家的水缸都满了，村民们喜滋滋地下山了。

这件事被张天雷这个蛮横的家伙知道了，他气得浑身发抖，带上管家拿上鞭子，来到清泉边，把泉水给守上了。张天雷一看这口清泉，乐得满脸的皱纹都开了，他心里打上了鬼主意，想让这泉水属于自己。于是，他叫家丁不分昼夜地看守，谁来喝水都得掏银子。这下，村民的希望成了肥皂泡，破灭了。因为张天雷家的势力大，大伙都没办法。

这天晚上，心里乐开了花的张天雷，多喝了几盅酒，躺在炕上抽大烟。忽然，一阵冷风吹来，他打了一个寒战，酒意也醒了。他坐了起来，左看看，右瞧瞧，很是纳闷，心里想：外面都没有风，这风是哪儿来的呢？过了一会儿，没有动静，他气得把烟枪一扔，又躺在了炕上。"呼"的一声，又一阵风吹来，他又打了一个寒战，他忽然坐了起来，穿上鞋，辨认着这阵风的方向，他觉得这风的方向是从西边钱柜的方向吹来的，吓得他战战兢兢地向钱柜走去。忽然，他听到有铜钱相撞的声音，啊！有贼，他顾不得多想，快步走过

去，因为那钱柜里的财宝是他一生的财产。

到了柜口，正好柜门闪开了一条缝，他急走几步，拉开柜门，"啊！"他吓得尖叫了一声，瘫倒在地上。原来钱柜里坐着一个鬼，一身白衣服，鲜红的舌头伸出来足有一尺多长，手上全是毛，脸上青一块，紫一块，眼睛射出可怕的寒光。张天雷浑身酥软，但心里很清楚，刚才的冷风是这个鬼吹来的。此时，鬼站了起来，别看坐着一丁点，站起来却足有一丈开外。张天雷吓傻了眼，只见鬼手里提着两串铜钱，念了一些咒语，把铜钱扔在半空中，自己慢慢地蹲下，忽地化作一股白烟破窗而出，那两串铜钱也晃晃悠悠地飘了出去。这时，家丁、丫环闻声赶来，把张天雷扶上了炕。这时的张天雷，浑身像筛糠一样地抖动不止。从此，张天雷染上重病，整天胡言乱语，把管家吓得不知如何是好。

且说那个鬼在半空中现出原形，把铜钱一扔，一枚枚地飞遍各家各户，铜钱从房顶落在水缸里，缸里的水立刻上涨；掉到粮屯里，粮食也迅速地上涨。柴木村一百多户人家的水缸、粮屯都掉进了铜钱。早晨起来，村民简直不敢相信自己的眼睛，一夜之间，粮食多出好几倍，水也涨高好几尺。乡亲们做饭时，舀出一勺米后，不一会儿，舀米出的坑就又被涨出的米填平了；舀了一勺水以后，也并不见少。大家欣喜万分，但不知到底是怎么回事。

这件事又被张天雷听到了，他气得浑身发抖。原来浑身就发抖，这时抖得更厉害了。他瘫在炕上不能下地走动，就派出所有家丁出去挨家挨户地砸缸收米。这些家丁如狼似虎地砸缸，把水缸里的铜钱拿走了，把粮屯推倒了，把粮屯里的铜钱也拿走了，就这样，全村上下都被抢遍了，共得铜钱二百三十八枚。张天雷看见这么多钱，忙叫家丁把一百十九枚放在水缸里，一百十九枚放在粮屯里。家丁把铜钱刚放到

水缸后，霎时，缸里的水如排山倒海之势涌了出来，财主张天雷的宅院成了一片汪洋，那个拿钱的家丁在慌乱中把剩下的一百十九枚铜钱扔到粮屯里，这时，粮屯也"呼"的一下子上涨起来，粮食涨得多了几百倍。上涨的粮食覆盖了整个庄园，恶霸张天雷因为不能动，被憋在粮食里面，闷死了。家丁、管家、丫环们吓得四散奔逃。

粮食被水冲遍全村，水渗了下去，粮食马上生根发芽，不到一天的工夫，渗下去的粮食就长成了金黄黄的麦子。就在同一天，村子的中央出现了一眼清泉，汩汩的清泉流遍四面八方，人们不但有水吃了，又有了肥沃的土地、满屯的粮食，大家无不拍手称快。

后来，人们知道了这幸福生活是一个善鬼带来的，就都烧香叩头，表示对这个杀富救贫的鬼的感谢，而且，全村每家都制了一个牌位，把这个鬼称为"南海大士"。因为是那个鬼带来的水，所以，每逢佳节，人们都烧上三炷香作为对那善鬼的感谢。

附　记

人们相信世上有恶鬼，同样相信世上有善鬼；从某种程度上来说，人们更希望相信有善鬼的存在。中国是个小农经济的国家，水对于老百姓来说就是生命，其生存意义远大于象征意义。故事里的善鬼不仅消灭了苛刻的财主，而且给人们带来生命之泉水，这就难怪人们将其称为"南海大士"而加以供奉了。于志坚搜集，流传于内蒙古赤峰地区。

钟馗抉目图〔唐，吴道子（传）〕

　　吴道子善画鬼神，此画中钟馗以右手食指抉鬼目，与史传蜀后主让黄筌临吴道子钟馗画改以拇指抉目的故事一致。

鬼 侠

清朝雍正年间，朝廷腐败，民不聊生，权贵阔佬们整日花天酒地，百姓却过着吃不饱、穿不暖的悲惨生活，这激起了极大的民愤。此时，在我们黄龙山头出现了一个匡扶正义、除暴安良的鬼侠。何谓"鬼侠"？且听我慢慢说来。

在湖北黄龙山下有一个通城县，城南住着本县最大的财主刘富贵，他为富不仁，心狠手辣，压榨百姓，凶残至极。做府台期间，他搜刮了万贯家财，以至于整个县城人们是谈之色变，连三岁的小伢听说刘富贵来了也不敢哭出声来。

这天，刘富贵带着那帮如狼似虎的家丁们，到城西王七家讨债来了。这样的年头，肚皮都吃不饱，哪有东西还债呢？王七一家老小只得跪在气势汹汹的刘富贵一伙面前，请求宽恕几天。

刘富贵可不管这些，他怪眼一瞪，一条毒计就涌上心头。他不怀好意地望了王七的妹妹雪妹一眼，说："没钱，好说，就叫你家妹妹到我家去做几天工抵债吧！"

王七全家知道，刘富贵存心不良，说什么也不让雪妹去，只是一个劲儿求饶。刘富贵不耐烦了，指挥家丁上前抢人。王七冲上前去与他拼命，可哪敌得过刘富贵人多势众呢？不一会儿，王七便被家丁们打得气息奄奄，眼看着他们拖着妹妹呼啸而去，王七只悲惨地叫了一声"妹妹"，便口吐鲜血，含恨离世。

第二天早上，奇怪的事情发生了。当乡亲们将王七的灵柩抬上山准备掩埋的时候，王七的老娘要最后看一眼屈死的

儿子，打开棺材一看，谁知棺材中，王七的脚下端端地摆着刘富贵的血淋淋的头。

也在此时传来大快人心的消息，刘富贵昨晚身首分家了，家中的金银也不翼而飞。他的小妾讲，昨晚她正陪刘富贵睡觉，忽听外面狂风大作，还隐约夹杂着令人毛骨悚然的怪叫，紧接着，门窗"啪"的一声洞开，她尖叫一声滚下床去了，只见一个花脸怪人手指刘富贵大喝一声"还我命来"。她当时吓昏了头，待她清醒时，刘富贵的脑袋搬家了，怪人也不知去向，即刻，家丁们寻遍了刘府的各个角落，可是连怪人的影子也没有看到。

王七一家听说后，认为是天神下来匡扶正义，于是齐刷刷跪在家门前，面对苍天，高呼青天有眼。岂料，奇事后面还有呢！第二天晚上，县里几家平日专事剥削人民、横行乡里的财主恶霸都落到和刘富贵同样的下场：大都是一阵狂风过后，身首便分家了，而且库房中全部金银都不翼而飞。而那些穷得揭不开锅的穷人门前，清早，都可以发现或多或少的一堆金银或一袋粮食。经这一闹，平日横行乡里的恶霸可变得安分守己多了。

怪侠不光是杀财主恶霸，对贪官污吏也没放过。那时通城知县是一个贪官，后来下场很惨；紧接着的第二任也是一个贪官，没想刚上任两天就遭诛杀了。直到第三任县令，是有名的清官刘江海老爷来治理通城，人们才得已安居乐业，风调雨顺，怪人也销声匿迹了，但怪人的传说却不绝于耳。有的说，是天上的神仙下凡行义；有的说，来无踪去无影的侠客就是王七的鬼魂；有人竟说亲眼看见王七提着血淋淋的人头，向南驾云而去。大家都愿意相信是王七的冤魂来为民除害，因此人们尊敬地称他为"鬼侠"。

但"鬼侠"到底是怎么一回事呢？直到现在还是一个

谜，人们为了感谢他的恩德，纷纷在家中供起了"鬼侠"的牌位，日夜香火不断。现在你若到我们黄龙山来，也许在某些人家里还会看到那堂上供奉着的"鬼侠"牌位呢！

附　记

侠是现实社会里理想中的一种人物，他们见义勇为、舍己助人、仗义疏财，其行为与性格，为人们所津津乐道。侠不仅存在于武侠小说、影视作品中，其实早在鬼话中就已经存在。故事中的鬼侠，与现实生活里的侠有相同之处，他们不仅杀死欺压百姓的恶霸、财主，而且还散财于普通民众。邱华搜集，流传于湖北通山地区。

偷油者谁人？

太行山东麓的山脚下，有个小山村，村子里有个姓高的财主，他霸占着村子的大部分土地，还在村西头开了个油坊。这山区盛产黄连籽、油菜籽，加上财主惯用敲诈、勒索、欺骗的手段，所以他经营的油坊是生意兴隆，财源滚滚。

高财主鬼心眼多，怕谁把油偷走，每天放工时，他总是瞪着眼看着长工把油倒入缸内，亲手锁上油坊门才肯离去。尽管他看得这么严，油缸里的油还是在有一次莫名奇妙不见了。

这天，高财主想把油坊内存的油卖出去。清早起来，他走进油坊，看了看油缸，一下子惊呆了：头天晚上他还见十三缸油都满着，就过了这么一夜，缸里的油没了，十三个缸都成了空的。这到底是咋回事？是谁把油喝了？量谁也没有这么大的肚子；是谁把油偷走了？可房顶没见有挖的窟窿，墙上的白泥没有动过，新窗户棂儿也结结实实，根本没有损坏。屋地是用砖铺过了的，连个老鼠窟窿都找不着，结实的黑漆大门用双锁锁着，钥匙是自己拿着的。难道偷油的有上天入地的本领？高财主想：看来这油不是人偷走的，定是闹了鬼。治不了鬼，油坊就得关闭，说不定恶鬼还会带来其他灾祸。

高财主点子多，油坊闹了鬼，少了十三缸油，他没张扬，油坊照常经营。当天中午，高财主在街上碰见个叫花子，看年岁不过十七八岁，瘦得腰如麻秆，高胸肋骨根根毕

露，柿黄色的脸上显得两只眼睛特别大，右手提了根结实的棍子，左手拿了个要饭碗。高财主一看就知道这孩子是个外乡人，就在这小叫花子身上打起了主意。他走到小叫花子跟前，皮笑肉不笑地说："喂，我看你怪可怜的，给你找个活你干不干？这活可是个美差，累不住你。"

小叫花子说道："叫吃叫喝给钱就干，啥美差？"

高财主说："我让你夜间给看看油坊门，也用不着你干活，只要油少不了，工钱可拿头等的。"

"你这油坊在野地还是在村子里？油在屋内还是屋外？"

"油坊在村子西头，油当然是在屋内。"

小叫花子听高财主这么一说，心想：油挨着村子，油在屋内，那不是在屋里睡觉就把油看了吗？他不敢相信，又问高财主："你说的这个差事是美，不过都说财主好讹人，要是油没少你硬说少了，怎么办？"

高财主看这孩子有勇有谋，暗暗喜在心头，他哈哈一笑，说："你就放心吧，油没少，我决不会说少了。我是个行善人，咋能讹你呢。"

高财主把这个小叫花子领回了家，弄了点吃的，又把他领到村西油坊，告诉他说："你的活儿就是夜间在这个油坊看油，油在缸内，只要第二天早晨油不少，你的活儿就算完成了。如果谁来偷油，你抓住他，赏你一个月的工钱；打死他，赏你一年的工钱，不让你吃官司。"吃罢晚饭，高财主还给了这个小叫花子一把锋利威武的大钢刀，作防身之用。

这小叫花子名叫李阿大，父母死得早，八岁就拖着棍子出来要饭，他走东村，串西村，白天流浪在街头，晚上安睡在庙院，根本就不知道什么叫怕。今天遇上了这个美差，再加上吃了两顿饱饭，精神格外振作。

李阿大提着那把明晃晃的大刀走进油坊，关好门，插上

门闩，坐在地上发呆，过了一会儿，有些瞌睡，干脆朝地上一躺，睡了起来。睡到半夜时，忽然听到院子里有"扑嗒扑嗒"的脚步声。他心想：是谁来了？是不是偷油的？我得小心才是。他急忙起来，把大刀紧握在手，藏在门旮旯儿里。这时，只见屋门不声不响地自动开了，接着走进来一匹白马，那马不管三七二十一，把头伸进油缸就"咕咚咕咚"地喝起了油。

终于瞧见了"偷油"的罪魁祸首，李阿大竟有点慌神。他鼓起勇气，说时迟，那时快，抡起手里的大刀，照着白马的头就是一刀，白马被这意料不到的一刀吓惊了，一溜烟地逃跑了。李阿大心里有点紧张，他知道这白马不是真正的白马，定是鬼怪，于是赶紧又闩上了门，紧握着大刀站在了门旮旯儿后边，等待天明。

第二天，李阿大把夜间的事对高财主说了说，高财主说："好，有勇气，不管它是啥东西，邪不压正，你砍了它一刀，它可能就不敢来了！油少不了，你的大工钱也就挣定了。"李阿大有些害怕，本想放弃这差事，但又一想：我是个穷孩子，让吃饭，能挣钱，怕个啥。他决定继续留下看油坊。

一个月过去了，油坊再也没出事。两个月过去了，油坊反而经营得更好。高财主知道李阿大已经把鬼镇住了，也就不让李阿大看油坊了。他对李阿大说："你给我看油坊看得不错，就是我家的长工短工对你有意见，都说你只在油坊屋内睡睡觉就挣大工钱。他们说如果这样下去，他们也就不干了，你知道我是个行善人，对人应该平等相待，我想从今天起，给你调个活儿，当然，工钱也要少一点儿。"

李阿大虽然年纪小，但性格要强，就说："我知道，你是用着了拉向前，用不着推向后，行了，你说了不算，扣我

的工钱，我也就不干了。"

高财主气道："不干你甭干，我还能巴结你！"就这样三说两不说，李阿大就离开了高财主的家，又流浪到了街头。

有一天，李阿大要饭到了张家沟，他见大街的墙壁上贴了张黄纸，就问别人上面写的是啥，有人告诉他说："本村康财主近年来不知惹了哪路神，不到三年，全家十五口人死了十三口，现在只剩下两个闺女了。大闺女名叫牡丹，今年十七岁了，说才有才，说貌有貌，是方圆几十里有名的美女。但不知怎的得了病，整天间不吃饭，不喝水，东走走，西蹿蹿，嘴里大喊什么'天不怕，地不怕，光怕李阿大'。二闺女名叫莲花，给她姐姐请了好多医生，也看不好病，急得团团转，无奈就写了这么一张黄纸。上面说谁要能给姐姐看好病，就把她姐姐嫁给谁，家产分他一半。"

李阿大听了这席话，感到有些奇怪，他想：这个偏僻的小村我没多来过，康财主家的姑娘怎么会怕我呢？莫非这个李阿大是个和我同名同姓的人？反正我是个要饭的，到她家看看也无妨，或许能碰上好运气。

李阿大走到康财主家的大门外，就听到院内"天不怕，地不怕，光怕李阿大"的喊叫声，李阿大鼓了鼓勇气走进康财主家，正好跟一个姑娘撞了个满怀。这姑娘一见是李阿大，就一下子跪在了地上，央求道："阿大哥，你饶命，咱们都是受苦人。"

李阿大听了这姑娘的话，感到奇怪：她明明是康财主家的姑娘，咋个说是"受苦人"呢？再说我这个小要饭花子，来到这个村，人生地不熟，她咋个知道我叫李阿大呢？不对劲，我得问个明白。

"咱俩从前互不相识，你咋个知道我叫李阿大呢？"

"咱俩以前见过面！你忘了，在高财主家的油坊，你还砍了我一刀呢！"

原来，李阿大在油坊砍的那匹白马，就是面前这位康姑娘变的。

康姑娘叹了口气，说道："阿大哥你不知道啊，我并不是康牡丹，说出来你可甭害怕，我叫秦三，已经死了三年了。可成了鬼，我不甘心呀，我恨人间路不平，学会了变白马，能让人看不见我，能让人替我说话。"

"你为啥去偷喝高财主家的油呢？"李阿大不解地问。

"说起来话长呀，我和高财主家有仇，高财主毒如蛇蝎，狠如豺狼，我爹娘欠了他的债，让我到他家卖苦力，没有五年，他就把我折磨死了。想起以前，我恨他呀！我要喝他家的油，破他家的财，让他不得好过……"

"这个嘛，我能理解，可穷人是善良的，你为啥要折磨康姑娘呢？"

"你要知道，天下乌鸦是一般黑的，康财主祖辈更坏，我爷、我爹都是被他逼死的。你砍了我一刀，我有些害怕，来到这个村，正遇上康姑娘，就起了报复之心，这不也叫父账女还吗？"

"你打算怎么对康姑娘呢？"

"我让她疯疯癫癫、癫癫疯疯，丢人现眼，最后把钱散完，把命送掉！"

"我听人家说康牡丹心地善良，你可不能害好人呀！"

"是的，她姐妹俩心地都很善良，不过，谁叫她俩是恶人的女儿呢！"

"一人有罪一人当，错害好人不应当。"

"你也是个受苦人，咋要替恶人的后代说话呢？莫非你

有啥心事？说出来我成全你！"

"要说心事吗……好，你起来，跪着干什么，咱们慢慢说。"

李阿大搀扶起康牡丹，然后把他要饭遇到高财主，高财主出高工钱叫他到油坊，他看到白马偷喝油后砍白马一刀，后来又怎样离开了高财主家，要饭来到张家沟，见到黄纸上写的字时自己的想法，统统说了个尽，道了个完。

康牡丹一听哈哈大笑，道："龙生龙，凤生凤，老鼠生来会打洞，穷富结亲怕难行。找不上老婆打光棍，也不要恶人的后代根。"

李阿大说："娘养身，自长心，说不定康家姑娘有好人心。我光棍一条怕个啥，能过几冬算几冬。"

就在这时，康牡丹忽然睁大两只眼睛看了下李阿大，脸一红，没说一句话，走进屋里去了。

从这一天起，康牡丹的病忽然就好了。牡丹不嫌贫爱富，情愿跟李阿大结为夫妻。莲花把家产分给了姐姐一半，从此李阿大就过上了幸福的生活。

附　记

这是一个两段式鬼话。第一段是李阿大为高财主看守油坊的故事，第二段为李阿大与康财主的女儿结婚的故事。连接这两者之间的纽带是一匹白马，康财主的女儿成为白马的附身，于是就演绎成为这样一个离奇曲折的鬼故事。李发富搜集，流传于河南鹤壁地区。

中国鬼话

鬼恋

怕掀底的鬼

俗话说：树要皮，人要脸。你可知道，鬼也有要脸的时候？当你遇到鬼时，事先最好掏出鬼的老底，然后趁它不备时再掀它的老底，鬼就再不会对你有危害了，你也就不必再害怕。所以说，鬼和人一样，都有害怕掀底的通病。下面就讲一个怕掀底的鬼的故事。

话说宋朝末年，有一个富人家死了主妇，这主妇生前万般虐待家奴，家奴背后都咒她死后变成僵尸鬼，到处流浪，不得再转世投胎成人。当时，死了人都要守夜，本来守夜之人都是家属和一些奴仆，但是死者的家人害怕生前骂她的话应验，所以死者的儿子就找了几个力壮胆大的人给死者守夜。

这几位守夜人不是光棍，就是无赖。其中有两个是老搭档，经常给人家守夜，他们是东村的万二、西村的郑五，他俩等东家全睡下后，就和其他几个商量，让其他人回家睡觉，工钱照分。那几个人巴不得，欢欢喜喜地回家睡觉了，等着天明来拿工钱。

人都走了之后，万二对郑五说："郑老弟，咱们两人不妨弄二两老酒喝喝，今天再比一比谁的胆大。"郑五一口应诺，对万二说："你提的条件我答应，你先去主人家那里弄点剩菜来，再带点酒，我一人在这里顶着。"说着便推万二走。等万二走后，郑五想：你万二胆大，我就来吓唬你一下，看谁的胆大。想着，他脱下了死妇的衣服，把它穿在自己的身上，把死尸推开，放到墙角之处，吹灭蜡烛，自己躺

在棺材里面，等万二来。

那万二来到厨房，把一些荤菜倒入锅中，点起火来，不一会儿热好了菜，倒了一点残酒，便向灵堂走去。万二走到灵堂前，看不到里面的火光，也不知郑五在什么地方，心里想：你郑呆子还想吓唬我，熄灭了蜡烛我就怕了？万二端着剩菜，拿着残酒，继续向灵堂里面走去。他摸索着找到了灵台，放下了酒菜，点燃了蜡烛，不见了郑五，嘴里直想说，人呢？刚才在这儿的，恐怕是方便去了。等了一会儿，还不见郑五，他只好自己先喝了起来。

忽然，他听见一声响，死尸从棺材里坐了起来。万二见了，仍旧不慌不忙地照样吃着，一点儿都没有害怕的样子，看了一眼坐着的死尸，说道："你恐怕也有几天没有进餐了，给。"递给死尸一只饭碗和一双筷子。那死尸不接碗，也不接筷子，一把抓住万二的手腕，大叫一声："好小子，还是你可以！"万二一见是郑五，忙问："死人呢？"郑五指了指墙角的地方，接着便和万二喝酒闲聊，两人一直聊到天亮。

这时万二想起了死人，往墙角处一看，空空如也，根本就没有死人的尸体，两人顿时傻了。看死人却把死人弄不见了，不光拿不到钱，恐怕还要吃官司。于是两人又找了一遍，还是不见死尸，他们只好到屋外找了一些碎石砖瓦之类放进棺材里面，封好了棺盖。

第二天，二人帮助主家把棺材抬到了坟地，埋了起来，照常领了工钱。而那具死尸究竟到什么地方去了？原来，摆死尸的墙角处，正好对着一个老鼠洞，气味直向洞中传去，老鼠闻到这个气味以后，一拥而上吸去了尸体内所存的魂魄，死尸慢慢地转变成僵尸鬼，真正应了家奴们的话。然后，僵尸鬼飘着离开了灵堂。

这天晚上，西村的郑五正在一位主家的庄园里看萝卜，

只见一位美貌少女走进了他的小房子里，和郑五不知不觉聊了一夜，天亮之前便离开了。这郑五至今还是光棍一条，见有一位姑娘和他谈心聊天，心里不用说有多高兴了，逢人便说。正好这事被西村的一位看相的老先生知道了，他把郑五叫来，细细端详了好一会儿，告诉他："小伙子，你遇到鬼了，是个女僵尸鬼。"然后又问他："想不想有个人做伴?"郑五忙应："想!"这位看相的老先生便告诉他如此如此，这般这般……

第二天晚上，天刚黑，那位美貌少女又来了，郑五就又和她聊起来。说着说着，天将亮了，郑五忙拉住那少女，拿起放在桌上的一小块烧饼，朝她嘴里一塞，并强迫她吃了下去。这样，天亮后，那姑娘便走不了啦，郑五便把她留下和他一起过日子。

那僵尸鬼为什么留了下来? 原来，看相的老先生告诉郑五：僵尸鬼不食人间烟火，你只要用一烟火之食便可留下她，只要僵尸鬼一吃烟火之物便走不了了。但是，有一件事，看相的老先生并没有告诉郑五。

不知不觉间，郑五和女僵尸鬼已经一起生活了五六年，他们已有了两个小孩，过起了男耕女织的日子。这一天，两个孩子到外面去玩，和邻居小孩吵架了。邻居小孩不知从什么地方听来的，知道了郑五妻子是僵尸鬼，便对他们的孩子说："你妈妈是个僵尸鬼，我们不和僵尸鬼的孩子玩。"

这孩子回家便问她妈妈是不是真的，哪料到，僵尸鬼一听，像睡了一大觉似的恍然大悟。底细被人掀开了，僵尸鬼必须得走，她忙收好衣服，打起包袱，叫回了孩子爹，说想回娘家一次。自从嫁给了郑五以后，这僵尸鬼一次也没有提到过回娘家，郑五也慢慢地忘记了妻子是个僵尸鬼。听说要回娘家，郑五便上街买了许多东西，准备带给娘家人。

　　东西带好以后，一家人上路了，从早上走到黄昏，终于到了妻子所说的地方。妻子对郑五说："我先回家看看有什么变化没有，你在这里等着，看好孩子。"说着，便顺着一条小道，朝前面一座庄园走去，三转两拐，不见了踪影。

　　天慢慢地黑下来，郑五等啊等，不见有人来，也不见妻子回来。这时，听见几声羊叫，有位老人牵着羊，向郑五走来。郑五忙走上去向老人打听。"老人家，前面是什么村庄？"那老人说："这里没有村庄，是一片荒地，全是坟墓，我是看坟的。你看！"说着，手指后面的地方，郑五一看，一堆堆的坟墓，像一座座的小山，哪有什么村庄，哪里有妻子的影子？

附　记

　　僵尸鬼与人恋爱、结婚的故事，富有传奇色彩。倪涛搜集，流传于苏北江都地区。

姻　缘

早些年，在一条大河边上，住着一个叫张福的小伙子，他父母都过世了，啥也没留下。别看张福能吃苦耐劳，就因为家里穷，二十好几了还没说上媳妇。

张福平常爱说爱笑的，也挺合人。乡亲们有点啥大事小情的，都找他、求他，张福从来都是满口答应，大伙都不拿他当外人。

有一天，邻居二大爷问他："福哇！我都是土埋半截子的人了，还能吃着你的喜酒不？"

张福笑着说："二大爷！您老就放心吧，不但请您喝喜酒，还得叫您抱孙子呢。"

"你小子净白话我，啥时候能吃你这六碗呀？"

"二大爷！今年八月十五就让您喝喜酒。"

其实呢，张福是说的一句玩笑话。可二大爷还当成真事了，见谁就告诉谁。这一传十、十传百的，没几天工夫，全堡子人都知道八月十五张福要娶媳妇了。有些好张罗的人，还主动凑份子给张福买东西，收拾房子。

这么一来不要紧，可把张福愁坏了。跟大家说是假的吧，大伙肯定不相信。谁都知道他心肠热，说到做到；借个女人当媳妇吧，那就更难了，那不是借盆子借碗呢。况且上哪儿借去呀？想来想去，想起远处有个挺有名的老画匠，干脆叫他帮忙给扎个纸人吧。老画匠帮张福扎好了纸人，还别说，扎得跟真人是一模一样。张福怕人笑话，趁着天黑把纸人背回家来。

　　八月十五那天，张福把纸人放到炕上躺着，身上盖着新做的花被。有不少和张福一般大的，都想看看新嫂子什么模样，也有准备闹洞房的，非让张福把新娘子领出来让大伙看看不可。张福对大伙说："不是我不叫她出来，这两天新媳妇得了点病，现在还没好利落，刚喝了点姜糖水盖着被子发汗呢。今儿个大伙为我没少张罗，我先谢谢各位。等她病好之后，我们再拜见各位父老乡亲，兄弟姐妹。她实在起不来见客人，请大伙原谅吧。"

　　乡亲们也这么想：新娘有病不方便，咱们以后再看、再闹也不晚。大伙说了不少祝贺的话以后，就都回去了。客人走后，等张福收拾完碗筷，天都黑了。他回到里屋，点着油灯，像说笑话似的走到纸人的身边，笑着对纸人说："汗发得差不多了吧？现在客人都走了，你也该起来多少吃点饭啦。"

　　张福的话音刚落，只见炕上的纸人动了一下。张福以为看花眼了。再一细看，纸人掀开被子坐起来啦！

　　张福吓了一跳，纸人怎么变成了一个能出气的大姑娘了呢？他忙问："你是谁家的姑娘，怎么到这儿来的?"

　　炕上的姑娘笑了："是你把我背来的，怎么想不起来啦？是不是嫌我长得丑哇?"

　　张福就纳闷了，心想：这个姑娘我怎么瞅着像在哪儿见过呢？张福急得直挠脑袋。

　　"怎么，是我长得哪点不称心?"

　　"不不！你长得太美了，样样都好。可话又说回来了，你是谁家的姑娘呀?"

　　姑娘磨身下了地，拽拽衣襟笑着说："这你就别问了，我看你人好，心地善良，才来和你过日子。要是你不急的话，等咱们到了'回九'，我再把一切告诉你。"

洞房花烛夜，张福与姑娘唠了一宿，可她就是不提自己的家乡住处。天快亮了，两人才安歇。

一晃"回九"的日子到了。张福买了不少礼物，准备跟媳妇一块儿去丈母娘家串门。

这几天，虽说媳妇对张福是百般恩爱，和他真心诚意地过日子，可是张福心里总有解不开的扣。他想：这明明是纸人，怎么变成活人了呢？难道是鬼狐变的？不管她是鬼是狐，我还是防着点好。用啥办法防呢？他猛然间想起，老人们过去讲，桃木能避邪气，于是，便到房后砍了一棵桃木树棍，削了两把剑，带在身上。

张福跟着媳妇走哇、走哇，走到日头压山了，还没到丈母娘家。一直走到三星挺高了，媳妇才指着前边有灯光的堡子说："前边就到了。"

这个堡子不太大，有一个四合套院子，三间正房，还有东西厢房，院里挺安静。张福被媳妇领到上屋以后，媳妇让张福坐下歇一会儿，她到东厢房找老母亲。

媳妇走了好长时间，才见一位上年岁的老太太拄着拐棍进来。老太太一见张福的面就说："你跟我女儿的夫妻缘分到头了，再也见不着她了。"

张福着急了，忙问媳妇上哪儿去了，老太太嘿嘿一乐，说："傻小子，我女儿和你住那几天都是好大的缘分了。以后不能回去啦。"

张福问她到底因为什么，老太太说："我说出来怕你害怕。"张福一再追问，老太太才把缘由从头到尾说了出来。

"这事都三年了。那天我和女儿到亲戚家串门，正好路过你们村西那条河。河汊上有座独木桥，我年岁大了，腿脚不好使唤，加上一见水就晕得慌，一下子栽进了河里。那条河虽说不太宽，可水流太急，我站了几回没站起来，就被水

107

卷走了。我女儿见我掉水里了，她一边喊'救命'一边跳进水里救我。岂不知一个弱女人，根本不识水性，她也被水卷走了。那天正好你在河边的树林子里割柴火，听见有喊声，你扔下家什就往河边跑。可你离我们有二三里路，等你把我们娘俩捞上来，我已经淹死了。我女儿还有一口悠气，可后来也死了。你看我们娘俩死得太可怜了，也不知道家乡居处，就和乡亲们把我们俩埋了，还给我们圆坟、烧纸。我女儿是黄花闺女，知道你人品好、又诚实，还光棍一个人，就总想还上你的那份人情。正好那天你背着纸人路过这里，我女儿叫我成全你，帮她把魂灵附到纸人身上。这也是该你的那份夫妻情分，现在还完了，你也就见不着她了。"

张福这回明白了，原来她们是一对淹死鬼呀，难怪洞房那个纸人变成的姑娘，好像在哪儿见过似的。他不但没害怕，反而真心实意地对老太太说："岳母大人，虽说你们是鬼，可你们不是恶鬼，您还是叫她出来跟我回家吧。"

老太太生气了："我把实话都告诉你了，我女儿该你的都还够了，你就别磨了，快走吧。"说着话把张福推出了大门。

这时候，就听外边响起了鸡叫声。鸡叫声刚停，张福回头一看，这哪儿有房子呀？是一片乱坟岗子。再细一瞅，离家也不远啊。张福于是起身往家走。到家一看，那个纸人还在炕上躺着呢。他打了一个咳声，自言自语地说："我救你是应该的，你干吗还我的夫妻情啊？看来你是个通情懂礼，贤惠善良的姑娘。别看你死了，可咱们终归是夫妻一回，我也不能亏待着你。"

第二天，张福买了一口棺材，把纸人放到里边。堡子里的人听说张福的媳妇死了，都感到可惜。说张福没福，好容易娶个漂亮能干的媳妇，没过十天就死了，好人没好

命啊。

众乡亲帮助张福把棺材埋了，就埋在村北的乱坟岗子上。事后，大伙都回去了，张福一个人对着新坟堆说："这回好啦，不管你是什么鬼，咱们谁也不欠谁的情了，我也尽心啦。"说完，又给媳妇烧了不少纸钱，临走时，顺手将两把桃木剑扔到乱坟岗子里了。

这天半夜，睡到一半，张福听见有叫门声。他下地开开门一看，竟然是自己的媳妇回来了。张福又惊又喜，忙说道："你怎么又回来啦，你的夫妻情不还完了吗？"

媳妇笑着说："傻样！夫妻情哪有还完的。"

张福说："你妈不是说再也见不着你了吗？"

媳妇说："叫我进屋再说不行吗？"

张福把媳妇让到屋里。媳妇两眼流着泪水扑到张福的怀里，抽抽搭搭地说："那老太太其实是我的后妈。平素待我可狠了，想方设法找我的毛病。其实呢，我父亲临死留下不少家产，后妈怕我将来分去一份，总找我别扭，嫌我碍事。那天她骗我说去串门，想在过村西的那条河时害死我。没曾想，她脚下一滑也扎进了河里。等你把我们救上来，继母已经死了，我还有口悠气，那时我想，如果我能活下来，就和你相依为命。不曾想，我也成了淹死鬼。但我总也忘不了你。继母阳气比我足，有还魂的本事，没办法，只好央求继母帮忙，借助你背上那个纸人还魂。继母开始不同意，后来经不住我天天缠她，她只好答应帮忙。这才有纸人还魂，和你共享九天夫妻恩爱。为感谢成全之恩，才在"回九"时去看她。继母为了早托生，非留下我不让我走，逼我再到河里给她抓个替身。我说啥也不干，她就把我锁在西厢房不让我出来见你。其实她并不敢惹你，她见你带的两把桃木剑，心里就害怕。"

张福忙问："今儿晚上你是怎么逃出来的?"

媳妇说："你那两把桃木剑一扔掉不要紧，没想正好一把封住了继母的东屋门，一把封住了东屋的窗户。我这才从西屋窗户跳出来的。"

张福听后，很是为媳妇高兴，但他突然想到了什么，说："哎呀! 咱堡子都知道你死了，今儿早上埋的，这可怎么办哪?"

媳妇说："那好办，我有办法。"

正说着，鸡又打鸣了。媳妇忙三火四地往外跑，张福抬腿就追。他一伸腿，醒了，原来是做了个梦。

这时，就听外边有人敲门，是邻居二大爷。二大爷说，他今儿早上路过乱坟岗子时，听到新埋的坟里边有动静。他走到坟跟前，就听里边有喊声："快救命啊! 快救我出去，我又活了!"二大爷知道张福媳妇是得急症病死的，心想: 兴许在棺材里一焐，出身透汗，病好了。他赶忙扒开坟土，掀起棺材盖，张福媳妇就坐起来啦。她一见是邻居二大爷，忙从棺材里出来，给二大爷磕头。

二大爷说："侄媳妇，你是怎么死的，怎么又活的?"

"二大爷，你老听完别笑话我，我是吃饭吃急了，一口饭没咽下去噎住了，现在顺下去了，也就好了。"

二大爷把经过跟张福一说，可把张福乐坏了。他忙问媳妇现在在哪里。二大爷告诉他："你媳妇衣服都埋汰了，我让她到俺们家你大嫂那儿换换衣服。"说话的工夫，二大娘和大儿媳妇扶着张福媳妇进了屋。张福一见媳妇，悲喜交加，禁不住哭了起来。

二大娘的大儿媳妇说："张福兄弟，你媳妇死的时候你都没哭，现在活了你怎么哭起来啦?"

张福"扑哧"一声笑了，他擦了擦泪水，说："谁哭啦?

人家是高兴得乐出眼泪来了。"

堡子里的人听说张福媳妇活了，都来问长问短。大伙说：张福人好，而且是天生的福相，娶个媳妇哪能那么容易就死了呢？而事情的真相只有张福自己心里明白，媳妇其实是个鬼。

附　记

人和淹死鬼成为夫妻，在现实中是十分荒谬的事情，但人们却津津有味地叙述这样的故事，其合理之处在于：一，娶妻不是易事，特别是穷人；二，结婚毕竟是人生一大盛事。这就决定了结婚成为鬼话的重要题材，而离奇古怪的人鬼结合成为夫妻的故事，更加能够吸引人，不胫而走，得到广泛流传。方学斌搜集，流传于北方农村。

孟婆与孟婆亭

黄泉路旁彼岸花，忘川河上奈何桥，望乡台边孟婆亭。

鬼婚记

南宋理宗年间，湖北襄阳有一青年，名叫陈瑞，他爹爹过世得早，剩下母子俩相依为命。虽然爹爹曾在朝廷做过官，清廉一世，刚直不阿，但因得罪了贾贵妃之弟贾似道，被抄没家产，罢官归田，无甚财产留于后人。

母子俩度过了十多个清贫的寒暑，陈瑞好歹长大成人，已到了该娶媳的年龄。无奈家中四壁空空，加上几次乡试不第，谁愿将女儿许配与他？母亲心急如焚，忽然想起陈瑞爹爹在朝为官时，曾为儿子向同僚王清提过亲。当时，陈瑞不过三岁，王家小姐英梅才一岁。王清倒是答应了这门亲事。只因陈瑞爹爹罢官归田，从此天各一方，音讯全无，也不知王清现状如何。儿子又无甚出息，何以去同王家小姐完婚？二十来岁的小伙子，哪有不想媳妇的道理！听母亲说了这好事，陈瑞早已按捺不住，立志天涯海角也要去寻那王家小姐。于是告别母亲，往京城方向去了。

一路上，陈瑞风餐露宿，总算到了漳州境内。一日因贪赶路程，错过了集镇，直到三更时分，还在旷野中摸径寻路。这里前不挨村，后不靠店，加上腹中饥饿，陈瑞迷了路，不觉惊慌起来。这时，忽地一团冷风掠过，陈瑞不由得打了几个寒战，感觉冷汗已湿透衣衫。看见远处黑黝黝的山坳里有一点光亮在闪烁，便径直朝亮光处奔去。

原来，亮光是从山野中一所孤零零的院宅中射出的。走到跟前，只见断垣残壁，一副破败景象。从坍塌的院墙豁口处向内看，见院中长满了蒿草。院内只有一间厢房内有一盏

油灯，晃悠着光亮，窗棂上映出一个人影。陈瑞本想从豁口处径直入院，但一想自己终究是个读书人，径直入院有失斯文，于是就顺着墙根寻找院门。

院墙虽是断垣，院门倒还严实关着。陈瑞摸索着门环拍了几下，厢房中传出一女子声音："谁在外面？"陈瑞说："过路之人，欲借贵处房檐，权避一夜。"厢房中又传出话来："家中无男子，请另寻他处。"这时，厢房中灯光灭了。

陈瑞无奈，正欲离去，见四周漆黑，全无路径；再欲叫门，又恐人家嗔怒。他进退两难，思量这漆黑旷野之中，何处是路？何处可宿？身旁又不时刮起冷风，不得不叫人疑神疑鬼。想到那面目狰狞、尖指钢爪的鬼，掏人心，剥人皮，喝人血，心中不禁越想越怕。左思右想，不如就在这院门檐下苟且一晚，待天明后再赶路吧。主意打定，陈瑞便放下包袱，蜷宿在这院门檐下，不多时，便打起盹来。

蒙眬中，感觉天色已明，想起身赶路，又觉浑身软乏无力。耳边隐约听得院内有人走动，院门打开，走出一位体态轻盈的女子，但见她容貌姣好，仪态娴雅，一副大家闺秀气度。

"客官昨夜怎的在此安宿？"那姑娘看见仍蜷倚门前的陈瑞后，惊讶地问道。陈瑞亟待张口答话，又觉口干舌燥，虽口中呓语，却不知自己说了些啥。

姑娘见状，便仔细地端详了陈瑞一会儿，为难地道："客官想是受了风寒，眼下竟发热烧成这等模样。在这荒野之中露宿，怎生是好？"想了想，又说，"依我看来，客官不如在我这里安顿几日，将息身子，待病愈后上路可好？"陈瑞自然点头应允。

陈瑞这一住下，便昏沉沉地过了月余，间或有些好转，但一提出上路，又觉得浑身酸软无力，只好作罢。这期间，

为陈瑞奉茶喂饭，可真难为了这位女子。

一日，陈瑞觉得病状已除，又向姑娘提出上路，要去京城中寻那王家小姐完婚。姑娘听罢，泪珠滚落脸庞，稍定了一会儿，她说道："客官执意要去，奴家不好阻拦，只是据我所知，王清全家早在三年前已被奸贼贾似道所害，死在返回家乡的路上。那王府英梅小姐，因为被奸贼凌辱，已上吊身亡。"

陈瑞听罢，如晴天霹雳，瘫软在地，姑娘忙将他扶起。陈瑞叹道："想我陈瑞这千里奔波，岂不枉然！"他心灰意冷，拎起包袱，要向姑娘道谢辞行。姑娘道："死者已去，生者尚存。想客官在奴处已有月余，这荒野之中，孤男寡女，相处甚久，你今去后，叫奴家日后何以为人？可叹英梅小姐已逝，月老红线自断。惟有奴家清白，终身有托，倘若你我结为百年之好，如何？"

陈瑞听她说得在理，又见她生得如花似玉，想此行也是为娶媳妇而来，回乡仍是婚姻无着，心中已经应允，口里却答道："那要祭过王英梅小姐后，再作商议。"当日祭了王清全家，又到土地庙前请土地为媒，二人拜了天地，遂即进入洞房，结了百年之好。

婚后，夫妻恩爱。陈瑞在此又住了数月。一日，陈瑞无事，想随便走走。这些日子以来，院内蒿草除尽，断垣残墙已补，楼下各房已收拾得干干净净，只有楼上有一间房，至今门上仍挂着铁锁，陈瑞几次叫妻子打开，都被妻子用他事岔开。

这天，趁妻子在楼下做活，陈瑞偷偷在那间房的窗纸上捅出一个小洞，凑眼上前，想看个究竟。不看则已，一看着实大吃一惊。只见一双绣花鞋悬于空中，定神细看，房中一股冷气袭来，顿时使他眼光迷离，几个冷战一打，便不省人事。醒来时，发现自己已躺在床上，妻子伴在床旁。他刚要

想诉说那房中的怪事，妻子却问他刚才做了什么噩梦。这是个梦吗？陈瑞自己也糊涂了。

这天夜里，陈瑞醒来，一摸枕边，不见娇妻。想着白天怪异之事，就蹑手蹑脚下了床，透过窗户朝外望。窗外月光朗朗，一阵冷风吹过，只见妻子正向楼上走去。陈瑞悄然尾随其后，见妻子一闪身进了那扇锁着的房门。他从窗纸洞往里张望，只见妻子将一只小羊斩断脖子，接了一碗热血，随即站在一张凳子上。在她身旁晃悠悠地挂着一具女尸，妻子抬起女尸头部，将热血直往女尸口中灌去。陈瑞一见这情景，"啊"地惊叫一声，昏了过去。

待陈瑞醒来，妻子正守候在他身边哭泣。陈瑞直愣愣地望着妻子，身子本能地往后退缩，嘴里断断续续地说道："你……你是鬼，鬼……走开，走开！"

妻子随即跪下，哭诉道："夫君请莫害怕，我正是王清之女英梅。父亲遭奸贼贾似道诬陷，遭返故里，在押解途中，押解正使就在这漳州城外十里的庄户人家，用鸩酒毒死了父亲，奸污了母亲，逼她跳井身亡。而后，他想长期霸占妾身，将妾锁于此房之中。妾不愿受凌辱，就在这房里上吊身亡。冤魂到了阴间，执状告遍十殿阎君，无奈阎君皆言贾氏正值大鸿运气，碰他不得。地藏王怜我死得冤苦，加我三年阳寿，叫我还阳，了却爹爹在世时应允的婚约，并悄声嘱咐：报仇雪恨还须你我成亲之后。无奈我上吊后无人解下绳索，魂魄附之不上，只得成为孤魂野鬼，在此处等候夫君来到，了却这段婚愿。虽然只是鬼婚，但我已有了身孕。生儿育女，父精母血。想我是已死之人，何来热血，只得借助畜生之血。今夜不慎为夫君撞破，惊吓了夫君。算来我阳寿已满，即将归去阴间，乃望夫君明日将我解下，待娩出婴儿，日后也好为我两家报仇。"言毕，其妻泪流满面，渐渐隐去。

　　一阵冷风骤起，陈瑞身子一惊，发觉自己蜷倚在大门外面。此时天色已明，院墙还是断垣残壁，院内还是蒿草丛生。好像这只是一个梦，但英梅的话语却记得清清楚楚。陈瑞壮了壮胆，推开院门。院门楼阁破败，与英梅同住时的景象大相径庭。陈瑞径直走到上锁的楼房前，砸了门锁，果然见一女子悬挂在梁上，一看模样，正是英梅。陈瑞伤心不已，解下绳索，抚尸痛哭。这时，忽然听到一声婴儿啼哭，一看，一男婴已从妻子的裙下娩出。陈瑞惊喜之余，忙将孩子裹好。

　　陈瑞掩埋了妻子，在坟前痛哭了几天后，背负褓褓，依依不舍地返归故里。回到家中，陈瑞给儿子取名虎臣，悉心抚育他。在此期间，又听说贾似道更加得宠，报仇之心更盛。

　　十八年后，虎臣长大，三榜及第，官拜御史。宋恭宗时，元军来犯，恭宗亲征。贾似道挂帅，兵败山倒，幸得虎臣救驾，恭宗得以生还。虎臣上疏，奏报贾似道临阵脱逃。天子动怒，罢了贾似道相位，遣放循州服刑。行至漳州城外十里，在王清一家遇害的破院宅里，虎臣用锤击死贾似道，奠祭了屈死的母亲，回京交旨去了。

附　记

　　贾似道是南宋人，他穷奢极欲，滥杀无辜，是有名的奸臣。故事的背景就放在贾似道当道之时，出现冤魂曲鬼就在所难免。故事的男女主人公都为贾似道所害，他们的结合又好像是顺理成章的事情。黄尚华搜集，流传于四川江津地区。

鬼牡丹五娘

这是明朝以前的事了。在娄江塔桥那里，不知什么时候，来了一个头扎白布的年轻寡妇，人家都叫她郝五娘。这五娘生得像黑牡丹一朵，十分招人喜欢。她向当地人诉说，自己是从北边逃难来的，丈夫死于兵火中，公公婆婆不知下落，如今她想在桥边开爿酒店，一来可维持自己生计，同时也好打听公婆的下落。当地人看她可怜，说得也有道理，就帮她张罗开店。

这小酒店开张以后，生意十分兴隆，南来北往的车夫商客都喜欢在这里喝上几杯，除了酒店地处村口、交通方便之外，五娘的姿色和殷勤招待也是个重要因素。

这五娘看上去三十不到，皮肤虽然黑了一些，但生得身材苗条，腰肢柔软，走起路来像水上飘一般。尤其一张娇脸，常带三分笑意，两只眼睛水汪汪的，带有无限柔情，只要她对你一笑，包你魂不在身。常言道："秀色可餐。"所以有好些人不是来喝酒，而是花了钱来看她的。

小酒店生意兴旺，不久又搭了几间房子兼做客栈。来这家小酒店客栈住宿的人很多，但到第二天离店时，总要少一两个人。因为这店开在交通要道，来来往往的人很多，所以也无人留心注意这事。

这一日，下午申时左右，来了个疯癫和尚。他走进店来，见五娘不来睬他，却与一些商客、车夫们行酒调笑，就把破僧帽往台上一掼，问黑牡丹为啥不来孝敬和尚。五娘见这个秃驴竟这般无礼，就不客气地讲："小店只招待俗客，

与僧道无缘，请你出去。"疯和尚讲："你开店就是做生意，只要有钱就是你的客人。"说完从胸中掏出一串大钱，又往桌上一掼。五娘哪把这一串大钱放在眼里，冷笑了一声，说："小店都是鱼肉荤腥，大师父受用得了吗？"谁知疯和尚哈哈大笑，说道："再好没有了。贫僧就是酒肉和尚，如果娘子肯来奉陪，我连和尚也不想做了。"

这番话说得五娘又羞又怒，便对旁边的一群商客、车夫们说："你们看，这好色和尚如此无礼，竟来欺侮我这孤苦伶仃的女子，请诸位帮帮忙吧。"众人一听，都道这疯和尚无礼撒野，吃起老板娘豆腐来了，就一哄而上，把这疯和尚打出店去。和尚出得店来，对里边的人说道："善哉！善哉！好有好报，恶有恶报。"说罢，就离店而去。

过了不久，小店里踏进了一个王孙公子般的白面书生。但见他纸扇轻摇，连唤五娘上酒。五娘见进来的书生竟这般风流倜傥，不觉招待得格外殷勤周到。不多一会儿，日落西山，天黑了下来，一些住店的商客车夫还要白相掷骰子赌博，关照五娘准备半夜晚餐。而那公子呢，还在一杯一杯喝酒。五娘呢，索性坐在一边给他斟酒夹菜。到起更时分，这公子喝得酩酊大醉，五娘便把他扶到自己床上躺下。

五娘走出房门，把房门反扣上后，到灶下准备了些水酒送往赌钱的旅客那里，说她等会儿再送点心来，就走出房间，一直走到后门外，突然化成一阵阴风，飘到一处荒坟之间。然后她把头摇了三下，变成一个披发僵尸，对着当空明月拜了三拜，仰头把嘴一张，吐出一颗弹丸大小的五色鬼丹。这僵尸又把鬼丹再吞食腹中，发出一阵咯咯咯惨笑，令人毛骨悚然。最后她又把头摇了三摇，重新变回美貌五娘。但听她说道："鬼要变人，必有七情六欲，如今五欲已具，但欠一欲，今晚必能如愿。"一阵动人心旌的娇笑后，便随着

一阵清风向小店飘来。

五娘端了点心，送往赌钱的旅客那里，赌徒们见五娘送来半夜点心，个个笑逐颜开，对五娘嬉皮笑脸。借着酒兴，有的拉拉她的手，有的扯扯她的裙，五娘却是笑着躲开。众人见五娘不怒，有几个大胆的狂徒干脆搂了她，想亲亲脸蛋儿。

五娘推开道："你们都是有妻儿的人了，还这样轻狂。"众人却道："五娘你不知，常言道，家花不及野花香。"五娘冷冷道："野花有毒，还有刺，你们不怕死吗？""哈哈，死？能和五娘亲个嘴儿，就是死也不冤哩！五娘，只要你同意，我们死也愿意。""你们愿死，我当然也愿意。不过要一个一个挨着来，哪个先随我到里房去？"五娘笑着问道。

几个旅客争了一番，终于，一个高大个子先闯进客房。只见五娘已坐在床沿上，在褪去头上的插带。高大个儿急不可待地挨坐在五娘一旁，搂着她准备亲个嘴儿。这时，高大个儿忽见五娘两道目光寒闪闪，深不可测地瞅着自己，像摄住魂一般，使自己动弹不得，只感到她一张冰冷冰冷的嘴巴凑上来，咬住自己的喉管开始吮吸。高大个子只觉得自己的心也给她吸去了，之后便飘飘然一无所知了。五娘对着这具已没了心肝的尸体，冷笑一声说："小，小，小。"奇怪，尸体竟变得小得像张树叶，五娘抓在手中，向树叶般的尸体吹了一口气，尸体就飘出窗外，随风飞扬。

这时，客房门外的人正在侧头细听，只听得五娘一阵荡笑，说道："第二位还不进来么？"随着这动人心旌的娇唤声，房门缓缓而开。第二个是胖墩墩的大胡子，他撂开挤着的人就蹿了进去，房门便自动紧闭，拦住了还想进去的旅客。胖胡子见五娘横卧在床，只戴一个肚兜，早就魂不在身，直扑了上去。只是他感到如同抱了块寒冰，身子马上

僵直了。看看五娘，却已变成一个生了獠牙的恶鬼，对着他不住狞笑，吓得他马上紧闭双眼。但听得恶鬼变了声音说道："我的心肝宝贝，真想把你一口吞下去。"胖胡子感到胸口像给撕裂似的一阵疼痛，但就是喊不出声音。胖胡子的心肝给冷冰冰的爪子扒去了，随后，他的身体也被缩小成了一片树叶，抛向窗外。

第三、第四、第五个，第六个……都给鬼牡丹用女色吃去了心肝，变成树叶，飘飞出客店。这时正好敲三更，五娘整理了一下裙钗，又对菱花镜照了一下，发觉自己比以前更加容光焕发，两颊红润，赛过处女，不觉莞尔一笑，便走出客房往自己房内走来。

五娘到得自己床前，见那个浑公子在呼呼大睡，便起手在他脸上拧了一下，见他毫无反应，就将他的发结解去，一双纤纤玉手忽然变成长指铁甲，一下子在他天灵盖上挖了一个洞，然后把嘴凑到洞口吮吸脑浆。

正当五娘吸得津津有味时，这公子喊道："喔唷！肉痒煞我哉！"这时五娘肚里却有声音回答道："这里阴飕飕开心煞我哉！"这样奇怪的事情，不说寻常人从未听到过，就是鬼五娘也未曾碰到过。她不由得停止吮吸，抬头想看个明白。只见自己原来吮吸的是个臭癞痢光头和尚，就是那天黄昏前被人轰出的疯和尚。她心里一怔，知道碰到克星了。

这时疯和尚却还躺着说风凉话哩："老板娘，你果然对顾客照应周到，知道我和尚癞痢头上有癞虫作怪，把这些癞虫一条条吃掉。真是善哉！善哉！阿弥陀佛！"

鬼五娘听他这么一说，顿时感到身上每根骨头里都有附骨虫在叮咬，发出一阵阵蚕吃桑叶似的声音，窸窸窣窣，窸窸窣窣，不一会儿，鬼五娘像散了骨架似的倒在地上，显出一具骷髅原形。

　　疯和尚对这散了骨架的骷髅讲："我知道你的底细，你原是青楼女子黑牡丹，生前受尽色徒玩弄，死后成了僵尸，要吃好色之徒的心肝。我数来你已吃了不少，如今又想吃人脑髓，想变为精怪，这是佛法不容的了。好在你的恩恩怨怨已有报应，如今我来超度你吧。"说完，朝骷髅吹了一口气，尸骨便变成了灰末。疯和尚又吹了一口气，灰末便飘向窗外，随风飘荡。哪个妇人撞着这灰气，必有霉运。所以从此以后，人们就不准许女子在夜里外出，免得撞着这灰气，带来晦气和灾祸。

附　记

　　在民间俗信里，佛与鬼是势不两立的，相遇一定会有一场恶斗。本故事中的五娘原是一花界妓女，死后变鬼，依然淫行不改。疯和尚只好变换不同的形象来作弄五娘，直致其化为灰烬。这一民间鬼话，故事条理清晰，情节发展有条不紊，环环相扣，读来一气呵成，十分畅快。朱兴山口述，尹培民搜集，流传于江苏太仓一带。

中国鬼话

鬼名

饿　鬼

李元刚刚死去，化为新鬼，自阳间初来阴间，不会营生，很是贫困，到了连饭都吃不上的地步，身子也瘦得不像样子了。

一天，李元遇到生前的老朋友刘生，刘生早已死去二十多年了。只见他红光满面，身体肥胖，穿戴整齐，一看就知他十分富有。刘生见李元那弱不禁风的样子，很是同情，问道："兄弟，你为何瘦成这个样子？"李元回答说："我初来乍到，找不到谋生之路，每天都饿得受不了，所以才瘦成这个样子。你来得早，经历的事情多。你教我一个办法，让我好挣顿饭吃吧。"刘生说："因为吃不上饭瘦成这个样，太不应该了。你只要能上人家去作怪，闹得人家不安宁，他们的日子没法过了，害怕了，乞求平安时，就会给你饭吃，给你钱花。"

李元听了刘生的话，就到了村东头的一个和尚寺里，在寺里转了一圈，也没找着个作怪的机会，正准备离开这个寺时，发现西边房子里有盘磨，心想：我若推得磨转，这里的人必定害怕，讹顿饭吃是没问题了。想罢便用力推起磨来。

寺里的小和尚见磨自己突然转了起来，很是害怕，急忙慌慌张张地跑去找到老和尚说："师父，不好了，不好了。"老和尚正在念经，双目似睁似闭，双手合十问道："阿弥陀佛，何事如此惊慌？"小和尚说："不得了了，西边磨房的磨突然转了起来，必是有妖精作怪。"老和尚不慌不忙，慢条斯理地说："我等众人以慈悲为怀，想必是感动了佛祖，佛

125

祖可怜我们穷，雇不起人为我们推磨，故派鬼来替我们推磨，你们不必害怕，只需把麦子运来让他推也就是了。"于是，小和尚运来好多麦子，让鬼替他们磨成了面粉。

到了晚上，磨了几百斤麦子，李元累得身子都快散架了，也没挣得一口饭吃。他有气无力地走出寺门，恰好遇见刘生，一见面，李元气不打一处来，便破口大骂刘生："你这龟孙子，为什么骗我！我一天下来都累垮了，连一口饭也没挣到。"刘生见李元那副可怜相，也没生他的气，就说："你再到别处去，遇到胆子小的人就可以得到饭食了。"

第二天，李元一大早就到了村西头的一个道观里。一进观，恰好门旁有一座石碓，李元心想：昨天推磨他们不害怕，今天我春碓他们肯定会害怕的，于是就学着人的样子用力春开了空碓。小道士发现后，立即告诉了老道士。昨天有鬼为和尚推磨的事，老道士已听说了，因此他比老和尚胆子更大，说得更慢："无量天尊，善哉，善哉，昨天佛祖派鬼为和尚推磨，今天，太上老君也派鬼为咱春碓来了，你去把谷子装来让他春碓就是了。"小道士们运谷的运谷，用畚箕簸米糠的簸米糠，一直忙到晚上，李元累得爬不起来了，老道士也没给他一点饭吃，歇息了一会儿，只好爬着离开了道观。

在往回爬的路上，李元又碰上了刘生，李元愤怒极了，说："生前咱是好友至交，别人的友情是不能和咱相比的，我因为相信你，才向你请教，可你倒好——每次都骗我，害得我两天累得半死，连一口饭也没吃上。你说你对得起我，还是对不起我！"刘生说："这事不能怪我，全是因为你不懂阴间的事才搞成现在这样。你看你去的这两家，一佛一道，专靠别人的舍施或者施点法术欺骗别人才能过日子，人们天

饿死鬼

饿死鬼，顾名思义，就是因饿而死去的鬼。老百姓也常常称怎么都吃不饱的人为饿死鬼。言下之意，也有些许对吃光家底而命丧九泉的担忧。

天养活他们，他们也不感动，你为他推一天磨舂一天碓，就能感动他们给你饭吃，那才怪哩！往后你若作怪就到平常百姓家，他们胆小，害怕鬼怪，你问他们要什么，他们就给你什么，比拿自己的还现成。"

第三天，李元照刘生说的方法，到了一个农夫家里，这个农户非常贫困，家里的房子要倒了，大人小孩都穿着破衣服。一家人正围着锅台吃饭：老头喝着粥，儿子吃米糠饼子，女儿吃菜团子，生活极为艰苦。李元心想：就是在这个家里作怪，也不会得到好吃的。转身欲走，又一想：不行，已经来了，不如吓他一吓试试，没准儿他们会给点吃的。只见院子里一条狗，瘦得皮包骨头，正趴在地上喘气，看来也有好几天没吃食了。李元上前抓起狗来，扛在肩头，在院子里东跑西蹿，横冲直撞。这户农家的人，见狗离地三尺乱跑乱蹿，吓得连饭都不敢吃，慌忙跪在地上叩头，老农夫说："哪位神仙过往此地，我们有失远迎，多有得罪，实在对不起，现在俺全家给你叩头赔理，望神仙息怒，给我们平安。"李元见状，喜上心头，在院子里闹得更凶了。

老农夫见乞求无用，更是害怕，忙到外面请来了一个巫婆。那巫婆伸着指头，扳来数去，算了好一会儿说："没有什么大灾大难，就是有一个饿鬼，饿得受不了了，向你们要点吃的。你们只需多置办一些好吃的东西，以水代酒，祭奠祭奠，让鬼吃饱走了，你家就平安了。"

老农夫向别人家借了一些钱，又将狗杀死，办了一桌丰盛的菜肴，酒壶里装上水，毕恭毕敬地祭奠了一番，李元十分高兴，狼吞虎咽，大吃大喝一顿，直到酒醉饭饱，还不甘心，又将桌上的菜肴全部带着，才神气活现地离开了农夫家。

从那以后，李元每次都到平常百姓家作怪，都获得很多的东西，以致到了利令智昏、贪得无厌的程度。这全是刘生教导的恶果。

附　记

这个故事表面上说的是新鬼如何乞讨成功的过程，其实也可称之为"上供的来历"。鬼与佛、道相斗，必输无疑，这是民间信仰所致。而在普通老百姓心目中，鬼会作祟，会带来灾难，为了化解灾祸，只好请神拜佛，用食物与水果来进行祭奠，以为只有这样，方可消灾驱邪。其实，这个故事暗含的道理，在于对鬼软弱则会吃亏，而对鬼强悍，则可驱邪免灾。于录方搜集，流传于山东莒县地区。

烟 鬼

很久很久以前，糜恒山下住着一位名叫程喜的老爹。老人儿女绕膝且都已成家立业，照理本该安度晚年，不想晴天霹雳，老伴忽然暴病身亡，剩他孤身一人，以致终日闷闷不乐、沉默寡言。

这天晚上，程喜饭后习惯性地往烟斗里装上小叶烟，眯缝着眼睛，叭嗒叭嗒地抽着。忽然瞅见窗户纸上被人捅开了个小窟窿，自个儿吐出的烟圈，拧成一缕，从小眼儿里徐徐而出。他惊诧不已，大声喊："谁呀？快点儿进来抽袋烟，过过瘾。"连喊三声，只听一个闷声闷气的声音传来："你不怕鬼？"程喜咳了几声说："我活了大半辈子了，管你是人是鬼，快进来抽袋烟，解解闷儿。"

话音未落，猛一抬头，只见一位黑脸大汉，满脸的络腮胡子，没有下巴颌，穿着一身黑不溜秋的衣服，悄无声息地站在程喜的面前。程喜一怔，自思道：奇怪，我怎么没听见脚步声？急忙热情地说："哦，快上炕吧！给你烟！抽吧，抽吧。"黑汉也不搭话，接过烟，使劲地抽着。一连几日，每当这时辰，黑汉都准时来程喜家抽烟，和他聊天。

一天晚上，黑汉来得很晚，他悄声对程喜说："大爷，明天晚上你有凶灾。"程喜一愣，忙问："这话从哪搭儿说起?"黑汉微微一笑，说道："大概你不知道，我是位烟鬼，抽了你的烟，心里真有点过意不去。"程喜连连摆手说："别这么讲!"那黑汉又接着说："你的阳寿到了，明天晚上钩尸鬼会上门来找你。你要这么，这么……"程喜听后，连连

称谢。

　　黄昏时，程喜按烟鬼所说的方法，踩上梯子，把麦秆儿抱到房上，放在烟囱的四周，放了一层又一层，直弄得筋疲力尽，气喘吁吁。

　　到了晚上，钩尸鬼悄悄地爬上了房。他想把烟囱盖上，用烟将程喜熏死，结果一连几次都因为麦秆儿太滑，从房顶滚了下来。钩尸鬼咬牙切齿地说："好吧！让这个老头儿多活一夜，明天再收拾他。"

　　到了第二天，天刚蒙蒙亮，程喜就急忙穿上老伴生前的衣服，跑到村西的河边和泥，用泥巴捏成一匹泥马，横在了小径的中央，刚来得及喘喘气，只见一匹快马向这儿急驶而来，想必是钩尸鬼追来了，他赶紧用纱面罩捂起了脸。

　　原来，昨天晚上，阎王爷大发雷霆，传令把钩尸鬼这个饭桶扔进油锅里炸。多亏烟鬼求情，才免去了他杀身之祸。第二天天一亮，钩尸鬼就急忙赶到程喜家，发现人不见了，倒吸了一口凉气，快马加鞭猛追上来。这时，程喜的泥马挡住了他的路。

　　"吁"一声高喝，钩尸鬼停住了马，大声喊道："这是谁的劣马，挡住爷的去路！"程喜提着嗓子上前答话："这是小妇人的宝马良驹，打它一鞭跑一千里；扎一锥子，行程万里，怎么能是劣马？"钩尸鬼大嘴一咧："用我的马换你那匹，你敢不换吗？"程喜一副为难的样子，"这……好吧！"他一跨腿骑在神马背上，向西急驰而去。钩尸鬼乐哈哈地跨上泥马，摸这瞧那，好不乐哉，拿起鞭子一抽，泥马却纹丝不动，背上却起了道棱；又忙扎了一锥子，嘿，一个大黑窟窿！钩尸鬼猛然发觉上当了，但是为时已晚。

　　程喜快马加鞭，一路向西急驰而去，跑啊跑啊，不知翻过了多少高山，趟过多少小河，才到了掌管阳寿的阴间，在

烟鬼的帮助下，改了阳寿，多活了好多年。

阎王爷被钩尸鬼气得暴跳如雷，烟鬼见了，忙说："请大王息怒，在下认为不是钩尸鬼的过错，是判官捣的鬼，程喜还有阳寿，请大王明察秋毫。"阎王一查，果然不假，就把判官削了职，让烟鬼顶了空缺。自从善良的烟鬼当了判官后，人们的寿命就越来越长了。

附　记

人们将对烟叶有特别嗜好的人，称为烟鬼。在冥界也有烟鬼，是民间创造的鬼神，也是由于特别喜欢抽烟而得名。这个故事里的烟鬼，却是个好鬼，与人相安无事，还帮助他人延长了寿命。对烟鬼来说，他敢言对错，也因此当上判官。赵冬平搜集，流传于山西等地。

寡妇鬼

从前，有一个寡妇，她操劳二十年，含辛茹苦地把儿子抚养成人，并给他成了家。本指望从此就能安度幸福的晚年，不料不孝顺的儿子儿媳却经常虐待她，老寡妇一气之下上吊死了。

老寡妇死后成了鬼。她想：自己在阳世受尽了苦难，肯定是前世造了孽，阎王爷在惩罚我；如今到了阴间，一定得积点阴德，下世也好转生到阳间，不再受难。于是她就在附近村庄到处游荡，伺机为人做点好事儿。

这一天，她来到村后一座山跟前。这座山上有一个大坡，有十五里长。她刚到坡底，就见一个人正推着一辆小车，在艰难地上坡，她赶忙上前暗中帮助推车。那个推车的正累得直喘粗气，忽然觉得小车一下子轻多了，推起来如行平地，不一会儿就来到坡顶。推车的在坡顶歇了一会儿，就推车下山了。

老寡妇见这座山坡太长，而且又是出山的必经之路，一定有许多行人需要她的帮助，于是就住在坡上，不分白天黑夜地暗中帮助行人。

有一天清早，天还没亮。有个赶集卖菜的老头，到坡底后就放下担子，坐下来抽烟歇息，想停一会儿再一鼓作气爬坡。老头刚坐下，后面又来了两个年轻人，他俩是赶集卖油的。他俩见前面只有老头一人坐着休息，遂生歹意，就想谋财害命。他俩提着刀悄悄向老头扑去，寡妇正好看见，她急中生智，一脚踢翻了年轻人的一个油罐。两年轻人听到身后有响声，扭头

133

一看，是一只油罐倒了，油正往外流。他俩又急忙返身回来扶油罐。这时，老头也听到身后有动静，扭头正看见两小伙手中的刀，知道情况不妙，慌忙挑起菜担就跑。寡妇又在暗中相助，不一会儿老头就跑上坡顶，翻过山赶集去了。

一天深夜，寡妇忽地听到一阵啼哭声。她往坡底一看，只见一个妇女怀中抱着孩子，正哭哭啼啼地向坡上走来。寡妇心想：这肯定是夫妻俩吵嘴，女的负气跑了出来。可是深更半夜的，万一这妇女出了事怎么办？不如我把她指引回家，回家后气一消，不就什么事都没有了？寡妇想到这儿，就亮起了鬼灯。

再说那啼哭的妇女，负气离家来到这荒野地，不由得害怕起来，有心拐回去，面子上过不去，正不知所措，忽然看见前面有灯光，不由心中一喜，急忙朝灯光走去。走着走着，忽然灯光消失了。她再仔细一看，不知怎的又回到了自家门口，她丈夫正站在大门口等她呢。于是，这对夫妻又重归于好了。

后来，人们都知道坡上有一个好寡妇鬼，专门暗中帮助人，于是就集资在坡顶盖了个庙，在庙里塑了寡妇的金身，庙名就叫"善坡寺"。后人就管那条坡叫"菩萨坡"。

附　记

寡妇因受到冤屈而死的，就叫寡妇鬼。旧时，寡妇是个弱势群体，经常挨打挨骂，她们只有忍辱负重，默默忍受生活的折磨。这样的人死后变成鬼，依然是个受到怜悯的形象。张东升搜集，流传于河南郏县。

背时鬼

很久以前，有两户人家同住在一个村子里，他们都姓张。一个精灵狡猾，人事尽知，连鬼城的事也谙知大半，他识得十多种鬼，人们称他"张天师"；另一个忠诚憨厚，人们叫他憨老张，不过憨老张勤劳能干，农夫手艺行行精通，又舍得出力，家庭殷富，小日子过得蛮不错。

张天师患有红眼病，他最嫉妒别人比他强，总想搞点名堂，让憨老张吃点苦头。想来想去，终于，他想出了一个办法，便洋洋得意起来。他要找个背时鬼送到憨老张家，叫这小子倒大霉。

张天师手提精巧的鬼笼子，准备了十多天的干粮，在腊月一个下大霜的早晨，启程去找背时鬼。他翻过高山，跨过河流，越过草地，穿过茂林，走了九天，来到一个阴森森的峡谷。

干枯的河谷没有一滴水，陡峭的山崖也没有一棵草木，到处光秃秃的。背时鬼所在的地方就是这样，万物不生，一片白地，因为这些鬼都在不时地吹着霉气。张天师站在阴风怒号的沙滩上，等待外出游荡的背时鬼归来。

一阵阴风由远而近，一群老老少少的背时鬼随风飘然而落，个个青面獠牙，披头散发，长长的手，短短的脚，样子甚是难看。张天师立即点起香烛，摆出三牲、糖果，一边磕头，一边念念有词。他叨念着："鬼大人，小的那儿是个好地方，四时有不败之花，终年有长流之水，美味佳肴任你吃，富贵荣华尽你享，拜请大人行方便，与我走一趟……"

　　背时鬼交头接耳地议论了一番，最后，一位年轻的高鼻梁的背时鬼愿意跟张大师一道出山。

　　鬼这东西，说来也奇，能大能小，能屈能伸。大时高耸入云，雄伟的山峰尽在他魔掌之下；小时细如豆丸，甚至能从绣花针的眼孔里穿过。它摇身一变，刚好坐进笼子。

　　张天师回到村里，正是大年初一的凌晨。他一路早已打定主意，直接将背时鬼送到憨老张家的大门口。他悄悄地嘱咐它："鬼大人，你就在这家坐享清福吧，你尽量地吃，尽量地喝，把他家搞得精精光光。"

　　背时鬼还是头次单独出远门，只好孤独地在门口等候，它新来乍到，不知这陌生的主人怎样待它。正心神不定的时候，大门开了，房主出来了。见房主满面春风，笑容可掬，它放下了心。

　　原来，这憨老张只知干活，从不识鬼。他只道是谁给他家送来了财神爷，而且配上此等精美的笼子，真是难得的好事。他一阵高兴，折身进屋后拿出一挂五百响，在噼噼啪啪的鞭炮声中，高高兴兴地把背时鬼迎进家，同时亲切地说道："财神爷，快进屋，有失远迎，对不住。"

　　背时鬼见主人没能把他认出来，他也不道破，顺水推舟地坐上了憨老张家的神台。看左右乃是天地君亲师诸位大人，不觉自己有了些身价。说实在的，他虽年轻，但也去过不少的地方，经历过许多事情，不管足迹踏向何方，总是遭人诅咒，被人谩骂，更不用说去享受人家的香火、供品了。唯独这家人如此亲热、虔诚，一进屋就香火缭绕，烛光辉煌，鲜果佳肴，满满一桌，好不感激。他想，既然人家这等深情厚谊，自己定要以恩报德，为主人家造福争光。

　　二月里桃花开得红艳艳，花落就要结桃子。背时鬼脸上出现一缕喜悦的笑容，他在桃园里高兴地唱歌，他的歌不算

好听，但他的力气真大，把远远近近的桃果都吸到这里来。憨老张的桃树一个花蒂结五个桃子，树枝压弯了，背时鬼用世人看不见的木桩支着。狂风暴雨袭来，他把自己的身子，变成了一堵又高又厚的墙，披风顶雨，保护着桃子。桃熟的季节到了，憨老张的桃园里香气扑鼻，桃子红红的，结得满满的，终于获得了大丰收。

憨老张家的稻麦一苗抽三穗，苞后一秆背三包，母鸡一天下七个蛋，猪一天长九斤肉；他家的钱白天用出去，夜里又自个儿跑回来，还带回许多新伴。

这一年，憨老张发了大财，特地配备了美味佳肴，酬谢"财神爷"。他还要感谢年头里为他家送"财神爷"的人。他从"财神爷"那里问得，为他家送福上门的是张天师。不能把财神爷的好处都让自己独占了，憨老张这样想。大年三十晚，憨老张彬彬有礼地把"财神爷"送至张天师家的大门口。

背时鬼在憨老张家住了一年，如今要改换门庭了。他遵嘱站在张天师家大门口。张天师最信阴阳，开年头件事是去城隍庙烧香磕头，祈求菩萨赐福。他提着香烛，兴致勃勃地打开门，不由吓了一跳，暗暗地叫道："不好，背时鬼来了!"

他折身进屋，紧闭了大门。在屋里心慌意乱转了几圈。一阵焦急之后，想出一条计来。他提着一瓶老酒，出门先跟背时鬼行了鞠躬礼，然后笑嘻嘻地说："鬼大人，你好，屋里油薰薰闷得慌，我陪你游山玩水去。"背时鬼听了很高兴："你说得极是，我们一路同行。"

沿着山间小道，张天师把背时鬼带进了深山老林。他们在一块平整的石头上摆开了宴席。张天师有海量，背时鬼只能喝两三杯。酒过数巡，背时鬼的高鼻子都红得发紫了，他不想再喝了。可张天师有一张灵巧的嘴，说："鬼大人，俗话说：'酒逢知己千杯少'，咱们难得在一起，今天来个痛痛

快快，一醉方休。"背时鬼见话甜酒香，顾不得许多，接二连三喝了几盅，直喝得瓶底朝天。张天师趁背时鬼酒醉如泥，就将他投进一个很深很深的岩洞里，并将洞口严严实实地堵上，叫他永世不得出来。

背时鬼酒醒一看，方知自己困在一个又深又黑又潮又闷的岩洞里。他叫苦连天，度日如年。在睡梦中不知熬过了多少岁月，雨季到了，大地暴发洪水，山里山外，水流成河，堵死的洞口被山洪冲开，背时鬼趁机逃出山洞。他出得洞来，首先要去找张天师报仇。他化作一阵清风，进了张天师的家，见张天师正在院子里劈柴，他便吹动阴风。张天师一斧子砍下，明明是砍在柴上，结果怎么不偏不歪，正好砍在自己膝盖上。

为了医治这只脚，张天师倾家荡产。背时鬼又上他家田里去吹阴风，直吹得庄稼颗粒无收。未到年底，张天师便成了瘸脚的乞丐。

终于，背时鬼解了心头之恨。后来，他又回到那阴森森的峡谷中去了。

附　记

这里的背时鬼，不能说是非常典型意义上的背时鬼。所谓的背时鬼，一般都是不断地受到委屈和折磨，却无法逃离这样的命运。这个故事里的背时鬼，一再受到张天师的欺骗，一次又一次地受到戏弄，不管怎样，背时鬼最终为自己报了仇，不可不谓勇敢。廖志安搜集，流传于云南红河一带。

讨债鬼与还债鬼

　　商人张甲，长年在外经商。这一年，他妻子有喜了，他算了算，快到生产日子了，就赶着回家。

　　这一日，张甲走到天黑，快要到家时路过一座小桥，只听桥下有咕咕哝哝的说话声。张甲感到奇怪：有谁能在这个地方这个时候商量事情呢？这么想着，他就放轻脚步，悄悄地向有声音的地方摸去。

　　说话的是两个要去投胎的小鬼，只听一个鬼对另一个鬼说："老兄，我们去投胎的两家都是富户。他们两家生下我们都是独崽，肯定会疼爱的，到了六、七岁又会送我们读书。尤其我要去的张甲家，他婆娘想崽想得差点发疯。咱好好享几年福，到十二岁讨满了债，我们就回。"说完，就消失得无影无踪了。

　　张甲听完，待鬼走后，迅速回到了家，老婆果然在他进门前不多久生了一个崽。张甲对孩子非常苛刻，不疼不爱，小时候哭就随他哭，稍大一些后吃不给吃饱，穿不给穿暖，而且动不动就打骂。老婆气得经常与他吵架，张甲总是不作声。

　　转眼间，孩子长到五、六岁，到了该读书的年龄了。老婆看见别人的孩子上学，就与丈夫商量，谁知丈夫说："读什么书哟，祖祖辈辈几代都是干活的，还是让他放牛吧！"

　　到了第二日，张甲真的就把几头牛牵来叫孩子放。孩子风里雨里做活，吃的是人家不吃的，穿的是家里穿破的，真如奴隶一般。

这一日，张甲老婆对张甲说："狠心人哪，孩子快十二岁了，没穿过一件新衣，你看他肉都露在外面，做一件新衣给他吧！"张甲想想就答应了。

孩子十二岁生日那天，张甲买了一件便宜的白大布褂给了孩子，过了下午，天将黑时，张甲早早就来到十二年前的小桥下躲了起来。

天渐渐黑了下来，只听"喔——喔——"两声鬼叫，两个小鬼从两个不同方向来到桥下，张甲看去，一个怒容满面，一个喜气洋洋。只见那怒容满面的小鬼问同伙："老兄，你讨债讨得怎么样啦？"

那喜气洋洋的小鬼得意地说："好得很哪，正如你老弟先前所说，我投胎那家是富户，一生下来就当宝贝一般，放在口里怕化了，抓在手里怕碎了，吃香的，穿好的，到了六岁就读书，着实享了几年福。到了今日我就来了，他们如今都在呼天唤地地哭哩。"说完，问道，"你老弟此行怎么样？"

只听那怒容满面的鬼愤愤道："我碰见了他娘的对头，投的倒是富家，但一生下来，张甲这老崽就不喜欢我，吃不饱，穿不暖，真是猪狗不如，到了六岁，不但不送我读书，那狗日的反而要我放牛，日里、夜里、风里、雨里，整日不得闲。说去讨债享几年福，还不如说是去还债受几年罪，长到十二岁没有穿过一件新衣。倒是那贼婆娘好些，要老狗买件新衣给我，谁知那老狗就买了一件便宜的白大布褂给我，看，就身上这个。我真是倒了八辈子霉，要我再到老狗家去，就是给我个银人我也不肯啰！"

躲在旁边的张甲听见那鬼口口声声地"老崽、老狗"地骂，心头冒火，奔了出来，"嗨"的一声大叫，二小鬼吓得仓皇而逃。

张甲满肚子窝火回到家，果然，儿子死了，妻子在一个

劲儿地哭号。张甲气愤地把一切告诉妻子，妻子一听，惊诧不已，便止住了哭声。

附　记

　　讨债鬼、还债鬼，原本是人们的口头禅，而真正要演绎成为一个民间喜欢的故事，却不容易。这个故事做到了，不仅有完整的故事，还有丰富的情节，更可贵的是，还包含一个朴素的哲理：对于孩子，不要一味娇生惯养，也不要听之任之。开明搜集，流传于湖北通山地区。

中国**鬼**话

不怕鬼

屈死鬼翻身

在荒郊野外住着一个屈死鬼。一天傍晚，附近一个鬼友来向她告别说，自己马上就可以翻身享福了。屈死鬼急忙问道："要翻身就得找替身，快快告诉我，你是怎样找好替身的，让我也早日离开这儿吧！"鬼友告诉她："这个很容易，你到村里找一家正在吵架的人家，只要一听到有女人痛哭声，或者诱她上吊，或者拽她跳井，不就行啦！"屈死鬼非常感激。鬼友走后，她便裹好蒙脸帕儿，穿好隐身衫儿，悄悄地爬出坟墓，朝一个村庄里走去。

月儿照得地上明晃晃，风儿吹得树叶沙沙响。屈死鬼隐着身形，鬼鬼祟祟地进入村子里，到这家门口听听，去那家窗下望望，看谁家屋里有女人痛哭的声音。她走了几条街，转了几道巷，见家家屋里静悄悄，没有一户吵架的，心里十分懊丧。正没精打采地想往村外返，她忽然听见村口有一家屋里传出说话声，就急忙来到窗子下。

原来这家人家还没有睡觉，炕上坐着个老婆婆，儿子刚刚从城里回来，还没吃饭，媳妇正拿起面盆准备和面。屈死鬼一见，喜出望外，忙念了个鬼诀从门缝钻进去，一巴掌把小媳妇手中的面盆搧在地上摔坏了，心想，这下可好啦！男的一开口骂，小媳妇必然要哭，老婆婆一定也会跟着吵起来。

不料这男人不但没发火，反而乐呵呵地劝慰妻子说："打破了不要紧，旧货走了新的来，摔破盆儿财门开！"炕上的老婆婆也接着说："人做错事不由己，摔个盆儿不稀奇，

媳妇打破了俺心里也欢喜!"母子俩这么一打趣,反而把小媳妇逗笑了。

屈死鬼恨得咬牙切齿,等着小媳妇重新做好饭,见小媳妇正用手端饭锅,屈死鬼扑过去,照她的后脊背猛推了一把,小媳妇不由得身子晃了晃,手儿颤了颤,"砰"的一声,锅打了,稀饭流了一火边。屈死鬼看到小媳妇吓得惊慌失措,心里又高兴起来,想到她男人进城一天没吃饭,又饥又渴,这下必定要发火。

谁知小媳妇的丈夫还是没有恼,走到妻子跟前关心地问道:"咋回事,烫着了没有?我饿一两顿不要紧,千万不敢烧着你!"老婆婆也忙着过来,一边帮媳妇擦身上溅的饭,一边说:"打十个锅儿也稀松,烧着俺媳妇可心疼!"小媳妇这时本来已经泪花汪汪的,听丈夫婆婆这一说,又把眼泪拭去了。

屈死鬼气得简直快发了疯,咬牙切齿地心里发誓道:今夜怎么也得让你们吵起来!她看着小媳妇那张俊嘟嘟的脸,鬼眼骨碌碌一转,又想出一条毒计,重念了个鬼诀钻到门缝外,学着男人的嗓音朝屋里喊喝道:"白日得了我的钱,快到我家伴我眠,你别砸锅来莫摔盆,门外等着你意中人。"

这一下,倒真把屋里的男人激火了,只见他抓起一根拨火棍,猛地蹿到门外边:"俺妻不是那种人,谁在外头瞎叫门?再要胡捣蛋,打掉你的魂,刨了你的坟!"一火棍抡了出去。屈死鬼躲闪不及,被打得鼻青眼肿,慌忙夹着尾巴逃走了,回到坟墓里心口还吓得"咚咚"跳。

从此,屈死鬼再也不敢出来害人了。而这家人家也因为老婆婆的慈善随和,丈夫的宽厚温柔,避免了一场灾祸。这正是:

和和睦睦家安康，
忍忍让让免灾殃；
宽宏大度莫猜疑，
你疼我爱幸福长。

附　记

鬼找替身的故事，耳闻目睹，有成千上万之多。之所以会有如此的故事，是生死轮回的观念使然。人们相信死后可以得到重生，这是千百年来中国人惯有的逻辑。这个故事所讲的道理是：夫妻应该互相体谅，互相理解，只有这样才能够家和万事兴；否则，家庭里的细小矛盾，有时候会演变成为大冲突，甚至还会导致家破人亡。王光明搜集，流传于山西一带。

"鬼难等"

　　"鬼难等"是一个人的外号，他名叫张新善，是个心地善良的菜农。他不但菜种得好，而且卖的价钱也公道。他时常用卖菜的钱去救济那些生活不如自己的左邻右舍，特别是对一些穷困潦倒，将要走上绝路的穷人，他更是倍加照顾，热心帮助，把死神从他们身边一个个赶走。为此，他赢得了大家的尊敬，却和一个大青鬼结下了冤仇。

　　这个大青鬼，平素最喜欢让人自缢，供它取乐。可是张新善常常救下那些将要走上绝路的人，使它得不到欢乐，它怎能不怨恨呢？所以，它每天都在寻找机会要治死张新善。

　　却说这一天，张新善卖菜回家，一边走，一边哼着不成调的小曲。大青鬼早早地就在后边跟上了，苦于找不到下手的机会，因此，它要等张新善走到村东的那条小沟时将他弄死。

　　"一、二、三……"大青鬼焦急地数着步子，它多么盼望张新善赶快走到沟边呀！可张新善却像发现了它似的，越发慢吞吞地了，走一会儿，歇一会儿。

　　终于走近了，大青鬼喜不自禁，它悄没声儿地跑到了沟边守候着，想等张新善两脚跨两岸的时候，它就行动。

　　张新善慢悠悠地来到了河边，熟巧地把菜挑子换了换肩，一副漫不经心的样子。他左瞅瞅，右瞧瞧，像是在选择过路。忽然，他一个箭步从狭窄处跨过了沟子，大青鬼始料不及，抓翻了一只菜筐，里面的一只秤砣掉了下来，正好砸在它的头上，疼得它龇牙咧嘴。可是为了能治死张新善，它

148

还是用手托住了秤砣，以引诱张新善来捞。

张新善是何等聪明，他一见秤砣掉到水里非但不沉，反而浮了起来，心中已明白了几分。他微微一笑，自言自语地说："哎，先委屈你一会儿，待我把菜挑子放到岸上去，再来捞你。"

大青鬼一听，可高兴了，心说：好哇，你快点，别让我等急了。

一个时辰过去了，张新善没来，一个晌午过去了，还不见张新善的影子。这时候，大青鬼才知道自己上了当。它恼羞成怒，下定决心，一定要把张新善干掉。而张新善的外号"鬼难等"也就此传开了。

一天夜里，大青鬼得知"鬼难等"张新善在邻庄喝酒，它就约了另外几个小鬼，商量着趁"鬼难等"酒醉的时候，把他引到河沟里淹死。

时间一分一分地过去了，快要到后半夜了，还不见"鬼难等"过来，小鬼们有点着急了，心说：他可真难等啊！

正在这时，从远处传来"鬼难等"哼的小调，接着就看见他醉醺醺地过来了。

大青鬼暗想："鬼难等"啊"鬼难等"，到底还是把你等到了。它立即吩咐两个小鬼上前给"鬼难等"引路，一直把他引到河沟里。

此时的"鬼难等"经河水一浸，顿然醒悟过来。他知道事情不妙，想跑也跑不掉，便突然想起了一条古训：鬼污人专往头部污。我何不用东西把头护着？于是，他慌忙把裤子连同内裤都脱了下来，裹在头上，让屁股裸露在外。

大青鬼只知道已经把"鬼难等"拉下了水，就不管三七二十一往他的屁股上糊污泥。糊呀糊呀，糊了许久，"鬼难等"的一股气在体内憋不住了，"扑哧"一声放了出来，熏

得几个小鬼们嗷嗷直叫。大青鬼命令道："这家伙不好死，他身上带有毒气，千万别让毒气传入我们体内。现在我们赶快走，明天晚上我亲自到菜棚去治死他。"于是，鬼们相随而去。"鬼难等"被弄得哭笑不得，他洗净身子，穿好衣服，又哼着小调回村了。

第二天晚上，万籁俱寂，风静树止，淡淡的月光从天空中斜射下来，整个菜园中显出一派神秘的气氛。这时，大青鬼悄悄地来到了"鬼难等"的菜棚外，向里窥探，见"鬼难等"正在擦刷一个长长的木制的东西。大青鬼不认识这是啥玩意，它猜测这可能是"鬼难等"的大烟杆。于是它现出原形，推门走进了菜棚。

"鬼难等"此时正在专注地擦刷着自己求人做的一杆木枪，忽然他感到一阵透骨的寒意，身体不由自主地抖动了一下，抬头向门口望去。这一望不要紧，他的全身神经都紧张起来了，只见一个披头散发，青面獠牙，红鼻子绿眼睛，吐着长长舌头的怪物正对着自己，他知道这是鬼上门向他挑战来了。他的脑子在急速地打着转，竭力想寻找一个安全可靠的办法来解决眼前的险境。

这时，大青鬼开口了："张大哥，你好清闲自得呀，来了客人也不说让一让，一个人抱着你的大烟袋吸烟，恐怕不够味吧？"

"鬼难等"赶忙站起来，他已有了一个绝妙的主意。"噢，是您呀，来来来，里边坐，唉，都怪我眼不中用，慢待了您，请您别生气。来，陪咱吸一袋。"说着，把大木枪口塞到了大青鬼的嘴里。

大青鬼得意洋洋地让"鬼难等"给它装满了"烟末"，又等待"鬼难等"给它点火。

"鬼难等"说："哎，你不晓得，我这烟杆与众不同，不

需点火，只要拉这个就行。"说着，就动手拉动了枪栓。

只听"嗵"的一声响，大青鬼跌倒在门口了，它赶忙爬起来，连滚带爬地往外逃，心里说：哎呀，我的妈呀，这家伙可不敢得罪，原来他和雷公神相通了，刚才我吸一下他的烟，雷公神就发脾气了，我还敢和他作对吗？算了，这仇怕是一辈子也难报了。

"鬼难等"张新善望着消失在远处的大青鬼，禁不住一阵哈哈大笑。

附　记

"鬼难等"，此名颇为响亮，顾名思义，这是一位不怕鬼的人。他不让鬼找到替身，惹鬼生气，鬼想作弄他，甚至想把他置于死地；然而他一次次与鬼斗智斗勇，一次次让其企图失败，最后用智慧镇住了恶鬼。故事用了传统的"三段式"的叙述原理，层层推进，可读性较强，令人发噱。卢晗搜集，流传于河南方城地区。

看 瓜

从前，在尹右村西北三里多的地方，有个乱葬岗。所谓乱葬岗，就是外地逃荒要饭的穷人死了，没有坟地，就埋在这里。据老年人说，这个地方经常闹鬼，一般人夜里是不敢从这里经过的。

尹右村有个叫刘小年的年轻人，八岁时父母双亡，因家里穷，年已三十，还未娶妻，只有靠乱葬岗一亩薄地度日。刘小年为了多挣几个钱，就在这一亩薄地里种上西瓜。西瓜即将成熟的时候，就需要夜间看管。可刘小年胆小怕鬼，不敢去乱葬岗看瓜，只得廉价转让给王大胆。

王大胆原名叫王大青，他胆子大，不怕鬼，不迷信，不论谁家死了小孩，只要跟他说一声，他都给扛到乱葬岗埋了；跳井、上吊死亡的人，相貌凶恶，他也都去给卸吊、换衣，一点不害怕。所以大家给他送了个外号，叫王大胆。

王大胆廉价得了这块西瓜地，自然欢喜，他很快就在瓜地边盖了半间小屋，带上横笛和杯子搬到小屋里。王大胆为什么要带上横笛呢？一是他爱吹笛子，横笛不离身；二是为了壮胆解闷。谁知他横笛吹得悠扬动听，招来了很多小鬼。

开始小鬼只是听，后来竟要求王大胆把横笛给他们吹。一天，王大胆吹横笛到了半夜，小鬼听得入了迷，情不自禁地说了话："王大胆，咱能不能吹吹横笛？"

王大胆听到窗外好几个小孩窃窃私语，心想：半夜三更谁家的小孩敢来乱葬岗听横笛呢，一定是小鬼。他心里说：大的妖魔鬼怪我都不怕，何况几个小鬼呢！他暗下决心，我

非教训他们一下不可！他随即说："小朋友，想吹横笛不难，三天以后怎么样？"

小鬼说："三天就三天；三天后不让吹，我们就进屋了。"

王大胆说："我从来说话算数，板上钉钉。"

小鬼说："一言为定。"

第二天，王大胆回家借了杆猎枪，装好药，暗暗带到瓜地小屋，夜里照常吹横笛，小鬼每夜都来听。

到了第三天半夜，小鬼又要吹横笛。王大胆说："吹横笛可以，你们不能拿出去吹，只能隔着窗户吹。我拿着让你在窗外吹。"

王大胆说完，把猎枪口递出窗外，让小鬼噙住。他问："小朋友，噙住横笛了吗？"

小鬼说："噙住了。"

王大胆一扣扳机，咚的一声，小鬼惨叫一声，火光一闪而灭，其他小鬼撒腿就跑。王大胆暗暗骂道："狗娘养的，看你们下次还敢不敢要吹横笛了。"随后顶好门，放开铺，准备睡觉。

这下他可捅了马蜂窝，其他小鬼马上跑回去向老鬼汇报：王大胆打死了小七鬼！

老鬼一听差点气得没了气，小鬼们有的捶背，有的顺气，有的活动四肢，有的掐人中，老鬼苏醒后，怒吼道："孩子们！马上通知所有鬼迅速围攻瓜地小屋，抓住王大胆，给小七报仇！"

不多时，小鬼们就把小屋围了个里三层外三层。敲门声、乱吼声混作一团："王大胆快开门，出来受死！"

王大胆刚躺下，就听得门外小鬼乱喊乱叫，知道小鬼是来算账的，吓得他两腿发麻，头发倒竖起来。王大胆一下子

变成了胆小鬼。他心想：我寡不敌众，要再不走，一定落个乱鬼分尸。他下定决心，鼓足勇气，一脚踢开窗棂，跃出窗外，顺着豆地往北猛跑。小鬼们见王大胆逃跑了，马上告诉老鬼。老鬼说："给我追，千万不能叫他跑掉！"

王大胆跑到豆地里不见了。老鬼下令："给我搜。"这块豆地大约有一百二十亩地大，豆苗长势很好，这头推，那头动，藏个把人还不容易吗！可是老鬼下了苦功。他吩咐每个小鬼一垅地，像梳头发一样，一连搜了三遍，也没有搜着王大胆。老鬼心想：这是怎么回事？正在疑惑的时候，一个小鬼喊叫起来："王大胆在这里！"原来地当中有眼废井坑，王大胆就藏在废井坑里，所以一连三遍也没有搜着他。

在搜第三遍的时候，一个小鬼掉在废井坑里，才发现了王大胆。小鬼在废井坑一喊，王大胆怒不可遏，挥起铁锤般的拳头，照小鬼猛砸下去，小鬼惨叫一声，一阵火光一闪就逃走了。王大胆跃出井坑，拔腿就往村里跑。老鬼率领小鬼随后紧追。王大胆边跑边想：我跑到家，鬼追到家就难办了。

眼看到了村头，村头有座土地庙，他一见，计上心来：有庙必有神，神灵必管鬼。我何不到庙里躲躲呢！心里想着，几步就跨进庙里，双膝跪地，鸡子啄米似的磕起了响头，并默默祈祷："土地爷爷显灵，救救小人吧！后边一大群恶鬼跟踪而来，要抓我，害我！"土地说："小神官小，无力救你呀！"

王大胆说："请求土地老爷，广施恩德，若能保住小人性命，我给你重修庙宇，再涂金身！"土地说："那……你就藏在我的背后吧。"

王大胆刚藏到土地身后，五六个小鬼就进来了，吆喝着搜起来。可是庙里旮旮旯旯搜遍了，也没有搜着王大胆。一

个小鬼说："我亲眼看到王大胆跑进庙里，为什么搜不着呢？"另一位小鬼说："是不是藏在土地身后了？"其他小鬼也异口同声说："对！到土地身后看看去！"

正在千钧一发之际，王大胆大吼一声，如同晴天霹雳，把五六个小鬼吓得像大年五更往锅里下饺子一样，噼里啪啦倒了一地，有的摔掉胳膊，有的摔掉腿，怪叫声、呻吟声混乱一团；庙外的鬼误认为是天神显灵，吓得个个仰天注视，像木偶似的。王大胆乘机弯腰从他们腋下溜了。

等他们清醒过来时，已到五更，村里公鸡喔喔乱叫起来。鬼听鸡叫，不敢停留，老鬼无可奈何，只好垂头丧气地带着小鬼回去了。

附　记

将猎枪当成横笛，这是小鬼的无知。被教训之后，小鬼依然不屈不饶，对不怕鬼的王大胆紧追不舍。看起来好像是一部现实版的侦探影片中的追杀，情节高潮迭起，镜头不断切换，最后王大胆依靠着智慧与勇敢，战胜了小鬼。其结局与所有的文学创作一样，都具有这样一个主题：正义战胜邪恶。韩金荣搜集，流传于河北永年地区。

雍和宫打鬼

　　每年农历正月末，北京雍和宫的喇嘛们都要举行"打鬼"仪式，旨在驱除邪恶，祈愿天下太平。

吃　鬼

　　从前，有个人非常好赌，每天都要赌到深夜才回家。一次，他的一个朋友问他："你每天都是深夜回去，难道不怕鬼吗？"他只是微微一笑："哪来的鬼呢？都是你们自己吓唬自己罢了，我才不怕呢。"这个朋友想试试他的胆子，就告诉他说："我们这里刚死了一位产妇，埋在荒郊里，有的人说看见过她的鬼魂。你能一个人晚上到她坟上去守夜吗？"他满不在乎地拍了拍胸说："去就去，要是真的有这回事，真的有鬼魂的话，我非降服它不可。"

　　于是，他手里拿根木棒，每天晚上到那产妇的坟边，敲敲这儿，捅捅那儿，还到别的坟边转转，那样子活像他就是个鬼魂。一连几天过去了，什么也没出现，他每晚也还是等到鸡叫才归。

　　又是一个晚上，阴雨濛濛，天黑沉沉的，像一口大锅笼罩着大地，那雨就像在锅里炒菜一样唰唰直响，整个坟地一片阴风惨惨。他一手撑着雨伞，一手拿着木棒，木棒上挂着灯笼，摇摇晃晃地照常来到这荒郊野地。他用灯笼照了一下周围，见没有什么动静，便吹灭了灯。就在这灯笼熄灭的一刹那，他看见前面一个白影迅速从那产妇的坟里飘出，它披着长长的头发，看不清脸面，忽左忽右飘了一会儿就不见了。他以为是幻觉，不由得揉了揉眼睛，但好奇心使他又想过去看看。他刚要起步，一阵"嘿嘿嘿"的阴冷的笑声从他背后传来，那笑声使人听了毛骨悚然。他本能地转过身，但什么也没有看到，难道真有鬼魂？他在心里思量着，手里的

木棒不由握紧了。

突然，"啪"的一声，他觉得肩膀好像被人狠狠地拍了一记，还隐隐有些疼痛。他慌忙转过身，点亮灯笼向四周照了一遍，什么也不见。他犯疑了：怎么点亮灯就什么也不见呢？难道它怕亮光不成？好吧，我就熄灭它，等你再出来我非抓住你不可。想到这儿，他轻轻地舒了口气。

灯刚熄灭，一股阴风轻悠悠地从他背后飘出，钻入他的后衣领。他浑身猛地一抖，不由打了个激灵。接着，一阵"嘿嘿"的阴冷的笑声从坟地的周围传来，却仍然看不见它们出来。他感到被鬼魂们捉弄了，不由怒骂起来："你们有什么本事就出来和我试试，在背后暗算别人算什么东西？"

这时，"呼"的一声，他发现眼前有团黑影朝他扑来，他不慌不忙向旁一闪，让过鬼魂的袭击，手里的木棒闪电般地扫过去，可什么也没扫着，还险些摔倒。原来，那鬼魂在快扑到他身上时，发觉他已有准备，便急忙收住身子，忽地闪到他背后，不等他明白过来，又向他扑去。

当他发觉上了当，就觉得背后逼来一股强劲的冷风，他想让已来不及了。说时迟，那时快，只见他慌忙顺着那股风势向前一扑，接着飞快地朝旁一滚，手中的木棒顺势朝那股阴风扫去……"啊"的一声惨叫，接着又是"啪"的一声，好像有什么东西从高处摔了下来。他慌忙爬起来，摸到灯笼点亮，走过去一看，原来是一块棺材板。他明白，这是刚才被他打中的鬼魂变的。他顾不得擦掉身上的泥水，拾起棺材板，寻着雨伞，飞快地朝家奔去。

一到家，他忙大声冲屋里喊道："老婆子，快开门，你看我捡了个什么回来了。"他老婆忙打开门，接过他手里的灯笼一看，吓了一跳，不由得生气道："我说你是发了神经，还是老糊涂了？深更半夜地打着灯笼从哪里捡回来这块棺材

板？还弄得满身泥水？"

他拍了拍身上的泥水，指着手上的棺材板对老婆说："咱家不是缺柴吗？刚巧我从朋友家串门回来，碰上棺材板，我就把它捡回来当柴烧，一不小心就摔了一跤。"

他老婆一听他要把棺材板当柴烧，就急忙拦阻说："这棺材板不能烧，若烧了，咱家今后会不吉利的。"

"咋的不能烧？这不是木头吗？我今天非烧了它不可，你快给我准备饭，我今天要吃宵夜。"他边说边找来锯子锯了起来。

说也奇怪，这棺材板在他每锯一下就流些血下来，连地上都溅得到处都是。

他老婆站在旁边见了，便惊疑地问："哟，这棺材板怎么还流血呀？你快别锯了，把它扔出去吧，怪吓人的。"

"这有什么好怕的？一会儿它就不流了，你别老呆着，快去生火吧。"他瞪了老婆一眼，低头又锯起来。

不一会儿，火生好了，他也锯完了。这时，他扔掉锯子，把棺材板拾到一起，用草捆好，然后扔进了灶膛。

这时，一股细微的阴风从灶里缓缓飘出，慢慢地落在他身边，忽地化成了一只肥大的鸟。它形状似白鹤，又比白鹤大，全身乌黑，人们叫它大青。传说这大青都是鬼的化身，只要人一碰上它，就吓得跑开，口里还不停地喊叫："碰上鬼喽，鬼出来了。"

这时，只见他连忙伸出手把大青抓住，嘴里欢叫着："嘿嘿，你还是逃不过吧；正好，我喝酒正缺下酒菜，就吃你吧。"边说边动手，不一会儿，这只洗剥干净的大青被扔进锅里，和着水煮起来。

时间不长，大青煮好了，屋里飘着一股肉香味。只见他用钩子把煮好的大青从锅里捞出来，放在案板上，然后用刀

把它剁成一块块的，盛进碗里，让老婆拿来酒，坐在案板旁就吃喝起来。

吓得他老婆在旁边劝道："你，你快别吃了，你吃了它，今后它会来找我们算账的呀！"

他略带着醉意看了老婆一眼，说："你用不着怕，今后它若再来，等于又是给我送好东西来，我有的是办法，我还愁它不再来呢！你怕啥？"

这时，屋外好像聚集了好些人，闹哄哄的，还不时传来鬼魂们的乞求声："求求你，别吃了，我们服你了，饶了它吧，求求你……"

果真如此，鬼魂们从此再也不来招惹他，还在他赌钱的时候暗地帮忙，使他家渐渐富裕起来。他也常常给些钱帮助周围的贫苦穷人，还在初一和十五这两天摆碗饭敬送鬼魂呢。

附　记

众所周知，钟馗会吃鬼；而普通老百姓会吃鬼，说来定无人相信。这则故事中，人能够吃鬼，只不过所吃的不是鬼本身，而是由鬼转化成的鸟肉。这是另一种不怕鬼的故事类型，同样非常精彩。罗珊搜集，流传于湖北潜江地区。

农民和鬼

　　很久以前，在一个偏僻的山村里出现了鬼。这些鬼经常趁黑夜出来害人，村里人又没有办法制住他们。一到晚上，家家都拴上了门，不敢外出。

　　一天晚上，月亮又大又圆，一个胆子大的农民想趁明亮的月光，到地里把剩下的麦子割回来。他拿了一根绳子和一把镰刀就出门了。刚走不远，就遇到一个陌生人。农民在村里没见过这个人，而且他这么晚了还敢出来，农民感到很奇怪。

　　这时陌生人问他："喂，朋友，你干什么去？"

　　"我去割麦子。"农民回答。

　　那人说："正好我也去割麦子，咱们一起走吧。"

　　农民仔细打量那人，回想了一下，发现在附近村中也没见过这个人。他明白自己遇到鬼了，但是他没有惊慌，还若无其事地同鬼一起走着。

　　这个陌生人果然是鬼。这鬼本来想害死农民，但看见农民镇静的样子，反倒不敢下手了。他想试一试农民的本事，然后再下手，于是问农民："你说是你的牙齿快还是我的快？"

　　农民一听，就把镰刀含在嘴里说："你来摸一摸。"

　　鬼上前一摸，手被刀割破了。连忙说："还是朋友的牙齿快。"

　　他们又走了一段路，鬼对农民说："我们来比一比谁的肠子长。"

农民一听，就跨前一步把腰间的绳子一盘一盘地放下来说："这就是我的肠子。"

鬼一摸农民的肠子这么长，害怕了，惊慌地说："还是朋友的长，还是朋友的长。"鬼见农民的本领比他大，吓得逃跑了。

农民见鬼被他吓跑，自己也不敢去割麦子，就回家了。

再说那鬼，跑回去对同伙说农民的本领如何大，别的鬼一听都不服气，想去见识见识，害死农民。他们一起来到农民家，喊农民出来，农民从门缝里往外一看，忽然想起鬼是怕鸡叫的，于是就学起鸡叫来。他这一叫，别的鸡也随着叫起来。门外的鬼一听鸡叫就都吓跑了。

农民想，这次鬼是给吓跑了，但是以后还会再害人，得想个办法除掉它们。他想来想去终于想出了一个办法。他把村里人都叫来，如此这般地向他们说了这个办法，然后让大家照所说的去做。

到了晚上，人们在农民的院子里生了十堆火，放了一个喂羊用的长木槽，编了十件蓑衣，在长木槽边放了十把真刀，十把假刀。先在木槽中装上火，把蓑衣让水湿透了，再把水喝干了，然后拿起用木头做的假大刀来耍，穿起湿蓑衣在火上一边跳来跳去，一边拿刀你砍我、我砍你地乱砍。人们这么做，都是给外面的鬼看，让鬼上当的。

果然，他们这样玩耍时，那些鬼在外面偷看呢。

一会儿，蓑衣被烤干了，村里人脱了蓑衣，收起假刀，把火烧得更旺了，又在木槽中倒了三桶酒，都躲了起来。

这些鬼见人都走了，就闯进院子里，也学人的样子，把蓑衣放在酒里浸湿，穿好，喝干了剩下的酒。一会儿酒性发作，都醉了。喝醉酒的鬼，拿起十把被磨得飞快的大刀，跳上火堆，你砍我、我砍你地砍起来。这时，蓑衣上的酒一遇

162

火就着了，加上他们拿刀互相乱砍，不一会儿，这些鬼就砍死的砍死，烧死的烧死，死得光光的一个不剩。

从此村中再也没闹过鬼。

附　记

斗鬼需要的是智慧，而农民这一特定的对象来与鬼进行争斗，就必须要有与其身份相应的方法。如在故事里所用的镰刀、蓑衣等，就是斗鬼的基本工具，这些工具是农民劳动、生活的必需品，因此也更有生活气息，这则不怕鬼故事也有了特定的背景、人物以及场景。王玉珏搜集，流传于黑龙江等地。

文燕臣

很久以前，有个姓文的老财主，家财万贯，牛羊成群。他有个儿子叫文燕臣，生得聪明伶俐，十分讨人喜爱。

一天夜里，文燕臣正在床上睡觉，忽然听得外面有人说话。他侧耳细听，是个老太太的声音，她恨恨地说："十年前我因欠文家的债，被文财主活活逼死，今天我非向他讨还血债不可。"又一个老太太的声音说："祥姐，你不必着急，你不如投生到文家，那时，我再与你配合，慢慢向他讨还血债也不迟啊！"接着便是哈哈几声大笑，就恢复了平静。文燕臣听后，好奇心起，决定先不向家人说破，看看到底有什么怪事发生。

过了一年，他的母亲怀孕，接着生下一个女婴，取名燕娥，从此，文燕臣便密切注视燕娥的举动。

转眼十五年过去了，家中一直平安无事。这天，家里大摆宴席，为燕娥庆祝十五岁生日。忽然文家老管家匆匆跑来说："老爷，不好了，咱家的羊一夜之间全都死了。"

文财主听后，不以为然地说："不就几百只羊吗，知道了，你下去吧！"于是宴会照常进行。

文燕臣喝得酩酊大醉，回到屋里，便鼾声大作。睡到半夜，他觉得肚子难受，便出去解手。走着走着，听见牛棚里有响动，便蹑手蹑脚走到牛棚外向里张望，只见妹妹燕娥正嘴对着牛鼻子，不知在干什么。过了一会儿，她抬起头，那牛便一下子倒下了。她如法炮制，不一会儿，整个牛棚的牛全都死了。燕娥这才拍拍肚子，走出牛棚，把自己颈上的头

164

摘下，拿出梳子梳了梳头发，又放回颈上，这才走了。

文燕臣看到这一切后，直觉头皮发麻，赶紧把这事告诉父母，谁知双亲听后竟大骂他诬陷自己妹妹。文燕臣无可奈何，只得舍下妻儿，连夜离家出走。

文燕臣出走后，到处求教如何除鬼，但一直一无所得。冬去春来，转眼十年过去了。这天，他正失魂落魄地在路上走着，忽然一个道士走来，他赶紧上前拱手作礼，将自己的遭遇说了一遍。谁知道士听后，竟破口大骂道："你这狂生，竟然怀疑起你妹来，我岂能帮你这个忙？我看你们兄妹俩准是闹别扭，你便起了杀心。我送你一副项链，虽然不值钱，但你却可以拿它向你妹妹赔礼道歉，你兄妹重归于好，我岂不是做了件善事吗？哈哈！"说完，道士丢下项链便走了。

待道士走后，文燕臣气得狠狠地踢了那项链一下，正要想走，忽然想到："如果真是我眼花，那我倒可以拿它送给妹妹，讨她喜欢。"于是他便将项链揣进怀里，回家了。

回到村里，村子早已破烂不堪，他走到自己家门口，只见门庭冷落，院内长满青草。他刚跨进家门，就被一股臭气熏得倒退一步，定睛一看，只见屋内到处都是尸首白骨，有些尸体还没有完全腐烂，散发出令人作呕的臭味。

正当他站着发呆的时候，只听一个娇滴滴的声音说道："哟，大哥，什么时候回来的？"

文燕臣一看是妹妹燕娥，吓得拔腿就跑，可是他怎能跑得过燕娥，眼看就要被追上了，只见文燕臣忽地一下爬上了一棵大树。燕娥跑到树跟前，上不去，便又娇滴滴地说："大哥，你怎么开那么大玩笑，我可不跟你玩，快下来，跟我回去见过父母。"

过了一会儿，燕娥见文燕臣无动于衷，顿时眼露凶光，恶狠狠地说："我自有办法叫你下来！"说完，就地一滚，变

成一个青面獠牙的恶鬼，走到树前，开始啃树。

眼看树就要被啃断，忽然，文燕臣怀里金光一闪，一个金项链飞了出去，在空中一抖，变成了一串大金链，一下子套在恶鬼身上，越套越紧。开始那鬼还在挣扎，一会儿便不动了。接着就变成了几根骨头和一摊浓血。

文燕臣下了树，向那几根骨头拜了拜，默默祷念道："这位祥大娘，你害文家到这种地步，也算报了大仇，希望你在九泉下瞑目，不要再到人间作恶。"祷念完后，便进城买了口棺材，将骨头装上，隆重安葬之后，又请了许多和尚为遗骨超度。一切完毕之后，他便回到家乡定居下来。

文燕臣回乡定居后，再也没有怪事发生，一直活到八十四岁方才逝世。他的儿子也和他一样聪明伶俐，十八岁就考中状元，最后官居宰相之职。

附 记

这里有两个故事要素：一是因果报应，一是兄妹之情。因果报应，是中国人信奉的人生哲理。正是如此，才有鬼投胎作祟的情节。故事并没有仅仅局限于此，而是进一步发展，有了兄妹之间的矛盾，这是真正的人鬼的争斗。在这种争斗中，道士却暗中扮演了抓鬼降魔的角色，表面上怒斥兄长不顾手足之情，暗地里却送其驱邪项链。真是神来之笔，令人叫绝。达廷军搜集，流传于甘肃新江地区。

卖鬼皮

从前，有个几十户人家的小村子，村中住着一个年近花甲的老人。老人姓于，以修鞋为生，人们都管他叫于鞋匠。于鞋匠人好心好，忠厚老实，乐善好施。村子里的人对他很尊重，大事小事都愿意找他帮忙出主意。

话说这天，本方土地神在土地庙里无事打坐，忽然心惊肉跳，屈指一算，心说不好，于鞋匠有难。此人乐善好施，我应该搭救他。怎么个救法呢？土地神眉头一皱，计上心来。于是他摇身一变，变作一个走街串户的相面先生，朝着小村庄走去。

再说这天一早，于鞋匠照常在街上摆开工具箱，在没干活之前先拧上一袋烟，一边抽着，一边举目四望。今天是个集日，比往日更加热闹。市场上摆满了农家用品、柴草菜蔬、烟酒茶糖……还有做小买卖的、吹打的、变戏法的、摆摊摇卦的，应有尽有。

这时，打远处来了一位相面先生，手拿竹板，一边走一边说："相面，相面，相得不对不要钱。能相何时生死，能相何时发财。"

这相命乃土地变的，他走到于鞋匠跟前，说道："老师傅，你好啊！"于鞋匠也急忙回敬问好。

土地神说道："老师傅，你不相相面吗？"

于鞋匠回答道："我凭力气挣饭吃，相面何用？"

土地神道："我看师傅印堂平漠，过于忠直，乐善好施。而恶邪却视为异己好欺，欲将加害，或索钱或要命。今夜子

167

时就该你大难降临，你还出什么摊?"

于鞋匠一听，吓了一跳，赶紧抱拳问道："先生，可有解救之法? 请指点于我。"

土地神道："有。今天你不要出摊了，多买些五色纸，回家把满屋上上下下都糊严实，连地皮也糊上，一点缝隙也别留。你呆在屋里，天黑以后，不管外面有什么动静，你千万别出声，等到鸡叫天亮就没事了。"

于鞋匠十分感激，忙掏出钱相谢。土地神道："我不要你兜中钱，只要你家中银。"

于鞋匠就回家去拿银子，回来以后，哪里还有相面先生的影子? 跟旁人打听，都说不知其去向。于鞋匠低头一想，猜定是神人相救，故而不敢怠慢，赶紧买了不少五色纸张，回到家后，打些糨糊，把屋里上下左右都糊了个风雨不透。然后，放上炕桌，端上酒菜，自斟自饮起来。

不知不觉已是夜深人静了。三更一过，忽听外边刮起了阴森森、凄惨惨的大风。于鞋匠虽然尽量让自己保持镇定，但还是毛骨悚然。风声过后，就听到了鬼声鬼气的说话声。

一个道："兄弟，我和你顺着他这房子转了好几圈，一个孔隙也找不到，真真难以进去。待到鸡一叫，你我回去交不了差，可如何是好?"

另一个搭言道："是呀，怎么办呢?"

于鞋匠听得清清楚楚，心中暗想，难道真是人们所说的鬼吗? 想着想着，因为酒喝多了，有些口渴，就沏了一壶茶，喝完茶水，随手把剩的茶根倒在地上了。这样一来，把地上糊的纸浸透了，露出一个小眼。

再说外面这两个小鬼，一个叫歪风儿，一个叫邪气儿，正愁锁不到于鞋匠难以回去交差，急得抓耳挠腮之时，忽见地上露出了一个小孔，都高兴极了。

歪风儿鬼对邪气儿鬼说："我膀宽头大进不去，还是你进去吧！"

邪气儿鬼的鼻子又尖又灵，已从小孔里嗅到了酒香，巴不得自己先钻进去享受一番，于是高兴地答道："好吧。"说完，就顺着小孔钻了进去。

于鞋匠一看从地下钻出个小鬼来，不禁大吃一惊，再往地下一瞧，才后悔自己刚才不小心把茶水倒在地上，将糊在地上的纸浇出了小洞，给小鬼造成可乘之机。他抬起头来，仔细打量这位不速之客，只见它小脑瓜上长着黄黑间杂的卷毛，两眼如豆粒儿般大，鼻子尖尖，八字胡黄而稀疏地缀在唇上，两排小耗子牙，两只小耳朵带着两个大耳环，叮当直响。它身高不过三尺，穿着一身小红衣服，全身上下干巴巴没有一点肉，是个男鬼女打扮，手中还拿着一根索魂链，上面系着一个白布条，布条上写着四个大字"无钱索命"，字旁还盖着阎王的蓝印。

于鞋匠见了，吓得差点昏过去，但他马上冷静下来，招呼小鬼道："不知大驾光临，有失远迎，快请炕上坐。如不嫌弃，你我共饮几杯如何？"小鬼早已流出了口水，舌头向外伸着，一副丑鬼模样。它心想，阳间的酒真真比我们阴间的香。今天来索老头的命，量他也逃不掉，何不先享受几杯，再办差事？想罢，就跳上炕去，拿起酒就喝，夹起菜就吃。

于鞋匠一看小鬼如此，心想，大概它在做鬼之前就是个仗势白吃贪占之徒，只要有酒肉奉迎，它就会忘乎所以的。这么一想，胆子就壮了起来。他对小鬼说道："你我初次见面，我敬你三大杯。"

小鬼说："好好好！"就接连喝了三大杯酒。

于鞋匠又斟满三杯，说："这三杯酒为你接风洗尘。"

小鬼说:"好好好!"又一一灌进肚里。

于鞋匠又把酒满上,对小鬼道:"我再陪你三大杯。"小鬼又喝了下去。于鞋匠的词令不断更新,这小鬼就左一杯右一杯地喝,直喝得酩酊大醉,倒在炕上,那酒劲不断上攻,小鬼就渐渐失去了知觉。于鞋匠不慌不忙,从工具箱里拿出一把修鞋刀,对准小鬼咽喉就是一刀,小鬼惨叫一声,喷出黑血,一命呜呼了。于鞋匠一不做二不休,想起他们平日作恶多端,顿时义愤填膺,把小鬼挂起来,拿起刀慢慢地扒起鬼皮来。

再说那歪风儿鬼,在外面等着邪气儿鬼,左等也不出来,右等也不见。眼看快天亮了,急得没办法,只得使劲把头顺着地上的小孔钻了进去,弄得两块面皮竟被划出血来。

于鞋匠正在扒鬼皮,忽听地面又有动静,扭头一看,只见从地下又钻出一个大鬼头来,似牛非牛,似马非马,眼如铜铃,红头发,红眼睛,嘴里长着四个獠牙,上下交叉,真是凶神恶煞。

歪风儿鬼钻进脑袋,睁眼一看,也大吃一惊:那老头手持利刃,正在扒那邪气儿鬼的皮呢,吓得他一声怪叫,缩回脑袋,一溜烟地跑回阴曹地府去了。

此时,阎王正高坐在王位上,等着两名小鬼回来交差。忽地看到歪风儿鬼上气不接下气地跑了回来,跪在阶下。阎王急忙问道:"歪风儿鬼,你为何这样惊慌,邪气儿鬼呢?"

那歪风儿鬼诚惶诚恐地说:"大王,不好了!"

阎王问道:"出了什么事?"

"我和邪气儿鬼兄弟到了那于鞋匠的住室,谁知没有门窗缝隙可入,等了好长时间,才出现了一个小孔。我就让邪气儿鬼进去,可是等了一个多时辰也不见他出来。我着急了,也顺着小孔钻进去一看:我的妈呀!那于鞋匠正手拿宝

刀在剥邪气儿鬼的皮呢，吓得我赶紧回来报信。请大王定夺。"

阎王一听，也吓了一跳，心想：一个修鞋老头，敢把阴曹钦差鬼的皮给剥了，真是前所未有，看来这老头定是非凡，我得多加小心，别撞见他。他镇定了片刻，装腔作势地说道："他没敢打听我吧？"

歪风儿鬼献媚地附和着说："他岂敢打听大王。"

"我掐摸那老头明天定会到大街上卖鬼皮。你拿上五两银子，把邪气儿鬼的皮买回来就行了。"歪风鬼诺诺而去。

第二天，歪风鬼拿着银子来到阳间，他变成一个大汉，头戴一顶青帽，穿着一身青缎衣，裤子紧紧地箍在腿上，装作轻闲无事，在大街上转悠。时间不长，果然看见于鞋匠手拿鬼皮，一边走一边高声叫卖："谁买鬼皮呀，谁买鬼皮！就这一张，不买就买不着了。鬼皮铺着可以防阴风，祛寒气，治风湿。"

于鞋匠一喊，立时就有不少人围上来看奇货。有两个小偷，因为心中有"鬼"，一听"卖鬼皮"三个字就吓得急忙逃了。这歪风儿鬼见有不少人看货色、问价钱，生怕被别人买去，就急忙挤到前面，说道："老人家，这张鬼皮要卖多少银子？"

于鞋匠说："十两。"

歪风儿鬼说："十两太贵了，五两卖不卖？"

于鞋匠回答说："不行。这张鬼皮世间少有，来得不易。我实言相告，下次我要扒着张大鬼皮，要卖三十两呢。"

歪风鬼一听，吓得脸色立刻由黑变黄，急忙挤出人圈，溜回地府去了。回到地府，大鬼阎王急忙问它："你把邪气儿鬼的皮买回来了吗？"

"没有。他说那张鬼皮世间少有，来得不易，少十两银

子不卖。"

"他还说些什么？"

"他还打听你了。说'等有朝一日，捉住阎王大鬼，扒出一些上等的鬼皮，要卖三十两呢'！"

这阎王一听，吓得"啊哟"一声，从高座上摔了下来。

正是：人间多正义，恶鬼怕强人！

附　记

一个皮匠竟敢扒下鬼的皮，真可谓胆大。显然，这是一则超现实主义的作品，其中的人物设置、情节构成，虽是虚构，但都有一定的合理性。赵玉成搜集，流传于河北承德地区。

中国**鬼**话

斗鬼

小二寻父斗鬼

南方有个强人村，村中不论男女老少都有三拳二脚的功夫。有一对夫妇一次相互比试，丈夫败给妻子，觉得脸面无光，便出走他乡，一去七八年没回。

就在丈夫出走的当年，妻子生了一个男孩，取名小二。小二从小聪明伶俐，到了八岁已经能单独出去干活，可是却常常被人辱骂，说他有父生，无父养。小二回家问母亲："为什么我没有父亲？父亲到哪里去了？"没办法，小二母亲只得如实地告诉了他。小二听后，决定去寻找父亲，母亲制止不住，只得答应他。

第二天临别时，母亲交给他四样东西：一把梳子，一个秤砣，一包针，一把柴刀，并千叮咛万嘱咐，要他一路小心。于是，小二告别了母亲，踏上了寻父的路途。

小二寻父的路上有一座必经之山，叫鬼头山，山中有一个长发鬼，专等从山中路过的小孩。只要有小孩从此路过，她先通过各种手段骗得小孩的信任，然后再设法挖小孩的心吃。

这一天，她正在山上闲着，看见一个小孩往山上走来，便藏在一棵大树后等着。小二来到大树前，忽然被一个人拦住了去路，他吃了一惊，再仔细一看，站在他面前的是一位老太婆。她头发零乱，脸色苍白。

小二问道："老奶奶为何在此？"长发鬼答道："我在这里等那些过路的小孩。"小二觉得奇怪，于是又问："你等谁的小孩？等他干啥？"长发鬼说："你不知道，前面有一条小

沟，沟宽水深，小孩是过不去的，我就帮助小孩过沟。"

小二心想，这么说我也得要她帮忙了，便说："老奶奶，我要过沟去寻找父亲，你能帮我过去吗?"长发鬼一乐，说："行，不过……""不过什么?""不过你要按我说的去做。"小二立即答应了。长发鬼说："你先把我的头发梳成辫子，然后把辫子捆在你的脖子上，我一用劲就可以把你扔到沟的那边。然后，你就可以赶你的路了。"小二高兴极了，就拿出他母亲给他的梳子准备为她梳头。

可是，当他拿起梳子准备给长发鬼梳头的时候，小二从梳子缝里看到的并不是什么老奶奶，而是一个怪模怪样的长发鬼。小二再仔细一想：要把她的头发捆在我脖子上，这不明明是要我去死吗？小二暗里庆幸自己没上当。接着便寻思着对付这个长发鬼的办法。

过了一会儿，小二大声叫道："老奶奶，你头发乱了，一下子很难梳好，这个地方又闷，不如找棵大树，到树上去梳，那样既凉快，又能借风为您吹吹头发，梳起来容易多了。"长发鬼觉得有理，说："好吧。"小二便带着长发鬼，指一指这棵树，瞄一瞄那棵树，不是说小了就是说大了，不是说树枝密了就是说稀了。最后，他俩终于来到了沟边一棵又大树枝又密的树跟前，小二说："那棵树最好，我们就到那棵树上去梳吧。"

他们爬上了那棵树，小二一心一意地梳起头发。长发鬼暗暗高兴：今天又有一顿美餐了。就在这时，小二手中的梳子突然掉了下去，小二说："我下去拾梳子，你在这儿别动，一动就很难梳了。"小二下了树，拾起梳子，对长发鬼说："这梳子很脏，我去洗洗就来。"小二跑到沟边，跳下去，过了沟，扬长而去。长发鬼一看急了，怎能让他跑掉呢，于是从树上就往下跳。

　　这一跳可糟了，原来，小二梳头的时候，把她的头发扎在了树枝上。长发鬼抱着血淋淋的头站着，看见离树不远的地方有一堆石灰，以为这东西能止痛，于是跑过去抓了一把石灰撒在了头上，这下更不得了，痛得她又赶快到沟边去洗头。当她正要洗头时，见水下面有一个人也在洗头，长发鬼正无处出气，就跳下水要去抓那人，谁知她一跳下去便永远没有上来。

　　再说小二摆脱长发鬼后，继续赶路。一天，来到了一个村庄，小二觉得累了，想在这儿停留一天再走。他到了一座庭院前敲响了门。开门的是一位老汉，老汉见是一位小孩，便对小二说："你快离开这里吧，不然晚上你就没命了。"小二觉得奇怪，便决意要弄清什么原因，于是老汉把庭院里的事情告诉了他。

　　原来，这村里前不久来了一个抓人鬼，专吃小孩的心。这老汉以打铁为生，膝下有两个女孩，大的十岁，小的六岁。抓人鬼已告诉他，今晚要吃他小女儿的心。小二听后，低头想了一会儿，在老汉的耳旁叽叽喳喳说了一遍，老汉一听，转忧为喜，开门让小二进了屋。小二进了屋，先要老汉起炉打铁，并把他母亲给他的秤砣放进炉中，又叫老汉的女儿来到打铁房，小二背来一个石磨，要她俩坐在石磨旁。

　　天黑不久，一阵阴风过后，从老汉的睡房里传来了抓人鬼的叫声："臭老头，你的孩子到哪里去了，快交出来！"老汉回答："在我这里，我正在为您挖她们的心。"说话间，小二要两个女孩推起石磨。抓人鬼一听猛叫道："这是什么声音？"老汉告诉他："这是雷公的声音，如果你害怕就睡在桌上别动，我一会儿就把心送来。"小二从炉中取出烧得红红的秤砣送了进去，说："你别动，只要张开嘴就行了。"抓人鬼乐得照办。小二把秤砣对准抓人鬼的口一下扔了下去。就

这样，抓人鬼还没来得及反应过来就被烫得一命呜呼了。

老汉很感激，想挽留小二长久住下，小二把自己的事情告诉了老汉，老汉当晚便好好地款待了小二。第二天，小二告别了老汉，又继续赶他的路了。

小二又行了几日，一天傍晚，来到了一座庙前，准备在此过一夜。他走进庙堂，堂前神佛森严，再往里走，看到一群和尚正无精打采地躺在地上，一见小二进来便都活跃了起来。其中一个问小二："小兄弟，你从哪里来，往何处去？"小二回答说："我从远处来，去寻找父亲，今晚想在这儿过一夜，不知各位师兄愿意不愿意。"

这群和尚一听乐开了怀，一齐答道："愿意！不过我们没有什么可以给你吃，你看我们已经三天三夜没吃过东西了。"小二说："我这里还有点干粮，如果各位不介意，就和我一起吃罢。"和尚说："谢谢你，我们不能吃干粮。"小二就自个儿吃了些干粮。和尚说："你明天还要赶路，你先去睡吧。"小二觉得有理，就准备去找房间睡觉。和尚说："小兄弟跟我们一起睡行吗？"小二说："不打扰了，我还是一个人睡一个地方吧。"

小二找了间独门的房子，睡在了楼上。正欲入睡，忽然听见了声响，把耳朵贴近楼板一听，吓了一跳。原来和尚们正在磨刀，边磨边说："想不到今天有送上门来的，我们又可以饱餐一顿了。"小二听到这里，不禁打了一个寒噤，原来那群和尚并不是真和尚，而是一群吃人的魔鬼变的。小二在身上摸了摸，摸着了他母亲给他的一包针和柴刀，心里便有了主意，于是躺下睡着了，还打起了呼噜。

群鬼磨好刀，来到小二睡的房前，听到小二在打呼噜，放心了，就派其中一个上去杀小二。第一个上去了很长时间不见回来，又派了一个去看看，第二个仍是一去不复返；再

派了第三个去，第三个也是一样。其余的鬼觉得不对劲，便一齐往那房间奔去，前面的刚到楼梯口，下面的正准备上楼时，突然从楼上飞下了许多像细雨般的针，针好像长了眼似的，直往他们的喉咙里钻，群鬼一齐从楼梯上栽了下来，一个也没活。其实，小二打呼噜是装的，第一个鬼上楼时，小二先把他的脑袋砍了下来，第二个、第三个也落得了同样的下场。等群鬼一齐上楼时，他便撒了一包针。

小二从离家到找到父亲，经过了许多次的磨炼，战胜了无数魔鬼。回到家后，别的小孩再也不说他是没有父亲的孩子了，并且，都很敬重他，把他当作他们最崇拜的人。

附　记

世界上的鬼不计其数，名字也千奇百怪，这则故事里的长发鬼、抓人鬼就是例子。小孩子与鬼斗，是鬼话里的一种类型，抓住了孩子机灵与智慧的特点。他们没有成年人那样的威猛、雄壮，但善于智斗，是斗鬼取得胜利的关键。雷礼贵搜集，流传于安徽一带。

典当吊死鬼

从前，有一个穷苦的农民，名叫张三，机智勇敢，乐于助人。张三夫妻二人住着一间小屋，租种地主的田，过着半饥不饱的生活。

有一年秋天，蝗虫成灾，庄稼颗粒无收，民不聊生。好些农民只得背井离乡去逃荒。张三见许多老人、孩子在死亡线上挣扎，心中十分不忍，便想留在本地帮助穷乡亲度过荒年。然而他自己家里也断了粮，怎么去接济别人呢？张三便找村里见多识广的李爷爷去商量办法。

李爷爷说："张三，你胆大心细，有勇有谋，可以捉个吊死鬼来当当，也可治一治黑心当铺的万进利老板。"李爷爷一席话，正中张三的下怀，他谢过李爷爷，回家用左手搓了一条草绳，藏在怀里。傍晚，他又带了一条麻绳，来到半路凉亭。据说这个凉亭已经有好几个人吊死过了。

这时天快黑了，张三捧来一块垫脚石，唉声叹气地说："与其饿死难受，还不如吊死痛快！"说着把绳头丢过梁架，打了个结，拉着绳圈往耳朵上挂，"啊，怎么吊不住？"他又将绳圈往鼻子上挂，"啊，吊死也这么难！"说着他又把绳圈往嘴唇上挂，说，"唉，怎样才能吊死呢？"

"吊死嘛，最容易。"张三听到身后有个女人在说话，"你只要把下颚挂进绳圈就行了。"张三知道说这话的是吊死鬼，便故意说："下巴怎么挂绳圈？你做个样子给我看看！"吊死鬼说："这个便当。"于是她便站到石块上用手去拉绳圈，做吊死的样子。

　　张三趁吊死鬼不防，悄悄掏出左手草绳，猛地把她捆了个结实。吊死鬼"喳喳"直叫，张三什么也不管，把她扛在肩上，拔腿便向家里跑。

　　他跑着跑着，觉得肩头越来越轻。回到家里，拿下来一看，见吊死鬼已经变成一个葫芦形的东西，敲敲它"吱吱"会叫，丢一下"蹦蹦"会跳。张三十分欢喜。

　　第二天早上，张三拿着这个"葫芦"到黑心当铺去当"宝贝"。朝奉见这个"葫芦"敲敲会叫，丢丢会跳，如获至宝，问他想当多少银子。

　　张三说："这件活宝价值五百两银子，今天我只要当五十两就够了。"

　　朝奉说："我们老板有言在先，凡是当宝贝的，三天之内就要来赎取，过了三天就不能来取了。"张三答应了，并再三嘱咐要把宝贝妥善保管好，否则得赔他五百两银子。朝奉点了点头，他把银子和当票交给张三，准备向万进利报喜。

　　张三回到家里，估计吊死鬼会逃出来找他的麻烦，便砍了一棵野桃树，削了一把桃木宝剑，砍了不少桃木桩。他把桃木桩在前门、后门插遍，把桃木剑藏在床头。傍晚，他拿出一张渔网对妻子说："今晚你迟些睡，在外间等着，吊死鬼定会来找我的麻烦。你如果听到房里有'乒乒乓乓'的声音，就把网放在泼水洞里，如果发现有什么东西蹿到网里，你就一把把它抓住。切记，切记！"妻子答应了。

　　再说那个朝奉拿到这个"宝葫芦"到老板万进利那里去献宝，万进利见这件敲敲"吱吱"会叫，丢丢"蹦蹦"会跳的宝贝，真是爱不释手，他丢丢敲敲，玩了许久，十分欢喜。但总觉得这么个好宝贝却用一条草绳拴着，实在太不雅观，便取来一根红花头绳，准备亲手换上。可他一解开草

绳，这个"宝贝"便"吱"的一声飞走了。万进利惊得目瞪口呆！

当天夜里，这个吊死鬼果然到张三家来寻衅了。她见前门后门都插满桃桩，走不进去，便从泼水洞钻了进去。到了房里，吊死鬼破口大骂张三不该用计将她捉来，害她吃尽苦头。

张三说："阿嫂，你别动气，我只不过借你的身子换一些银子，分给乡亲们度过灾荒。"

吊死鬼说："哼，你倒说得轻巧，我不仅被你捆绑、敲打，还遭到朝奉、老板的多次戏弄。今晚我决不饶你！"说着便挥起吊死绳恶狠狠地向张三扑去，张三不慌不忙地擎着桃木剑沉着应战……

妻子听见房内有"乒乒乓乓"的声响，便赶快将渔网在泼水洞上装好。这时，张三越战越勇，杀得吊死鬼连连后退。吊死鬼招架不住，便窜向泼水洞逃命。张三妻子见一个黑影蹿进渔网，便上前一把紧紧抓住。张三追出来，把网兜拿到灯下照看，见吊死鬼又变成一个葫芦。

张三对吊死鬼说："今天我再三跟你讲道理，你竟这么不讲义气。现在我可饶你不得了，或者用桃木剑将你捅死，或者浇上油将你烧死！"吊死鬼连连告饶，并发誓再不敢来寻衅闹事了，若违背诺言，甘愿堕入十八层地狱。张三这才把她放了。

当晚，张三悄悄地来到半路凉亭墙后探听，他听到那个吊死鬼在跟同伴说："那个张三，你们切不可去惹他，我已经被他捉住两次。我发了重誓，他才放我回来。"众鬼唯唯诺诺地点头答应。

第二天，张三便带着银子和当票到黑心当铺去赎"宝贝"。万进利失了"宝贝"无计可施，只得把五百两银子赔

给他。张三便把这些银子分给受灾的穷乡亲，让大家买米、买柴，以度荒年。

附　记

　　故事情节比较曲折，既有张三与吊死鬼的矛盾，又有张三与典当老板的矛盾，而主要脉络是张三与吊死鬼的争斗。最后张三不仅控制了吊死鬼，而且还从典当行里拿到了银子，帮助村子里的人度过了难关。陈望林口述，滕占能搜集，流传于浙江慈溪地区。

报　复

　　从前，在一个村庄里住着一位胆大心细的年轻人，名叫王大。他生来嫉恶如仇，但日子却过得穷苦，整天起早摸黑，耕田种地。他与本村王老爹最要好，经常去他那儿，听他唠叨一些鬼的故事。

　　一天晚上，王大做完活回到家里，吃过晚饭，就往床上一躺，睡着了。约摸三更时分，王大模模糊糊感到胸口像被石头压住似的，喘不过气来，微微睁眼一看，只见一个黑影在胸口飘动。王大知道是恶鬼要害死他，就偷偷地把大拇指放到嘴里，咬出鲜血，朝胸口一甩。鲜血甩到黑影身上，那黑影怪叫一声，在地上滚了几圈，变成一个身长三尺、穿着黑衣服、面貌凶恶的老人。它跪在王大面前，咿咿地叫着，像是在求王大宽恕。

　　王大这时也穿好衣服站在床前，踢了鬼一脚，吼道："起来！"鬼便顺从地站了起来。原来，王大听王老爹说过，有些恶鬼半夜到人家害人，把人压死，喝人的脑髓，但是鬼怕人的鲜血，只要鬼沾上鲜血，就会失去妖法，三年后洗去鲜血才能恢复。王大看着眼前的恶鬼，心想："这家伙不知害死了多少无辜的人呢！"

　　第二天，王大抓住鬼的事不胫而走，王老爹听说后，急忙赶到王大家，看着鬼对王大说："王大，这鬼虽然没有妖法，但是有力气，你可多了个帮手啊！我给这鬼起个名字，就叫'不是人'。"王大听了，说："好！"王老爹还对王大说："注意不要让鬼洗澡，洗去了鲜血，鬼就会跑掉！"王大

点点头。

从此，“不是人”跟着王大干活，王大为了惩罚恶鬼，让它拉犁，叫它烧饭，还把水桶做成尖底，让它挑水想歇也歇不了。有时不顺心，还将“不是人”打一顿出气。就这样，王大折磨了“不是人”三年，煞住了它的一些恶习。

到了抓住“不是人”第三年的最后一天，王大叫它准备两口大缸，一口装满开水，另外准备石磨一个，然后指着空缸对“不是人”说：“下去，把缸底的衣服给我拿上来，注意不要把缸弄破了！”

“不是人”点点头，小心翼翼地爬进缸底。这时，王大急忙拿起石磨盖在缸口上，把另一个缸的开水朝石磨眼里倒。里面的“不是人”还愣着呢！直到开水泼到身上，才知道王大想害他。“不是人”被烫得咿咿乱叫，一会儿，身上的鲜血被开水冲掉，他立即恢复了妖法。但是，恶鬼被开水烫得伤痕累累，使不出妖法，只好推开石磨，溜之大吉。

第二天，王大到田里干活，走到田埂上，看到自家田里堆起了一堆堆大大小小的石头，王大知道这是恶鬼干的，眼珠一转，计上心头，笑道：“嘀嘀……大石头屙屎，小石头屙尿，就怕狗屎烂稻！”

王大讲到“就怕狗屎烂稻”时，故意放低了声音。其实，恶鬼在一旁听得一清二楚。又过了一天，王大到田边一看，自家田里堆起了一堆堆小山似的狗屎，而石头却不知去向。王大知道这又是鬼干的，心里高兴，可嘴上还说：“这狗屎又脏又臭，要把我的稻烂掉，我可吃什么？”那恶鬼躲在一旁听了，高兴地想：你王大没粮吃，饿死变成饿鬼，那才好呢！

到了秋天，王大地里庄稼丰收了，那恶鬼才知道上了王大的当了。

附　记

鬼被人用来干活、驱使，而且被一再作弄，的确属于鬼话中的另类，这是一个很有趣的故事。细节生动，很有画面感，能够想象出那种滑稽、可笑的场面。这里的鬼不再是那么吓人、恐怖，而变得顺从、低微，是民间创作的妙笔。李祖强搜集，流传于安徽太湖地区。

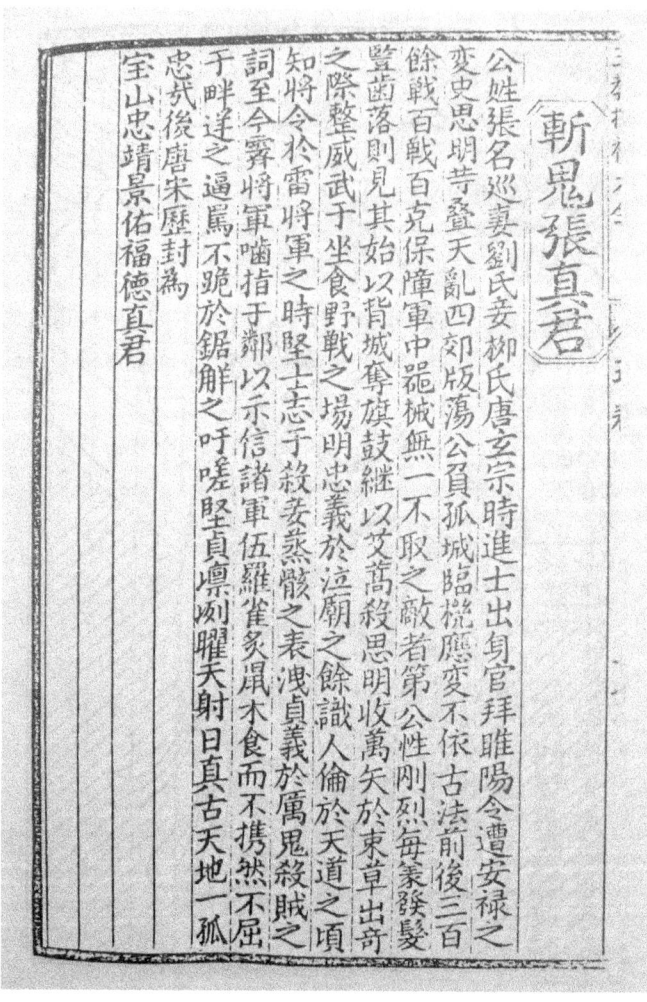

斬鬼張真君

公姓張名巡妻劉氏妾柳氏唐玄宗時進士出身官拜睢陽令遭安禄之變史思明莩登天亂四郊版蕩公貟孤城臨槃應變不依古法前後三百餘戰百戰百克保障軍中砲械無一不取之敵者第公性剛烈每叢髮暨齒落則見其始以背城奪旗鼓繼以艾蒿殺思明收萬矢於束草出奇之際整威武于坐食野戰之場明忠義於這廟之餘識人倫於天道之頃知將令於雷將軍之時堅士志于殺姜燕骸之表洩貞義於屬鬼殺賊之詞至今霹將軍喵指于鄰以示信諸軍伍羅雀炙鼠木食而不攜然不屈于畔逆之遇罵不跪於鋸觧之呼嗟堅貞凛冽曜天射日真古天地一孤忠武後唐宋歷封為室山忠靖景佑福德真君

《斬鬼张真君》书影

唐代"安史之乱"中因坚守睢阳牺牲的张巡，死后备受百姓崇拜，道教亦封张巡为"司马圣王"，也称"斩鬼张真君"，不少地方建有供奉张巡神像的祠庙。

187

木匠与墨斗

传说清朝末年，有个木匠叫阿根，他的祖先给他留下一个用了很多年代的墨斗。墨斗是木匠必不可少的工具，传说墨斗也能避邪治鬼，只要用墨线在四周一拉、一弹，就能使鬼怪不敢作祟了。阿根不但有一手漂亮的斗木技术，还在祖先那里学会了看风水，有能知晓有无鬼怪出没的本领。

就在阿根历代祖居的小镇上，有个老板，这老板人缘好，生意越做越旺，挣下不少钱，又娶了妻子，生活过得倒还美满、太平。可是这样过了十多年，却未有生下一儿半女。经别人提点，老板找来媒婆撮事，又娶了个二房妻子，希望能生下儿女来。老板原想两个妻子会相处融洽，哪知大婆是个心胸狭窄、妒忌心重的人，她以大婆自居，不时借题发挥、大吵大闹，搞得鸡犬不宁。这小婆也是个强势的女人，凭着自己年轻漂亮，不把大婆放在眼里。

从此，这个家庭吵得翻天覆地，日无安宁。大婆受不了小婆常常冷嘲热讽，丈夫又是个谁也不偏宠的和事佬，一气之下上吊自杀了。自尽之前，还声称做鬼也不放过他们。

大婆死后不久，这里果然就开始闹鬼了。在他这里打工的工人，不时会莫名其妙地被打；厨房里刚煮熟的食物上面，不知何时给撒上了炉灰；老板夫妇经常睡到半夜突然被揪起、被重重地被抛下床……搞得一家子人心惶惶，无法安生。

一天，老板看见阿根从门前经过，急忙把他请进屋里。老板知道阿根有治邪之术，便把家里发生的事前因后果讲了

188

一遍，并问阿根有什么法子能帮帮忙。

阿根沉思了一阵后，说："让我今晚亲自来这里过一夜，观察一下这个鬼是如何出没的，好想法治住她。"跟着，又吩咐老板，"今晚，暂时不要留人在此屋过夜，不妨到亲戚家去暂避一晚，明天再回来。"

傍晚时分，阿根把自己的工具箱和墨斗带来，首先，选中老板前厅的阁楼，用墨斗在睡觉地方的四周弹了一个框。然后把工具放在一边，挂好蚊帐，安排好之后，又在四周巡视了一下。待天黑下来了，就上了阁楼角，钻入帐内躺下休息。

他躺到半夜，外面也没有什么动静。一直等到凌晨时分，忽然听到楼梯上有响动，有个一步一跳的脚步声慢慢接近帐前。阿根一惊，心想，这个鬼果然来了，于是大喝一声："谁？"

"谁？你干的好事，我们家的事要你来管？我今晚要你死个明白，看谁还敢来掺和我的家事。"

阿根说："你要明白，并不是我要来掺和你的家事，而是你这样以死威胁，死后现形来害人的做法太过分。其实，你丈夫再娶个妻子是为了续后，是为将来着想。但你这样做，对不对？"

可女鬼听了，并无半点悔悟，反而进一步逼近阿根。阿根见状，作好了防身准备。就在女鬼想冲过来抓他时，突然一道闪光，只听得"啊"的一声大叫，原来女鬼撞着了墨斗线，被它的法力弹了开去，跌在地板上。但她仍不罢休，一次又一次地从几个方向冲过来。结果还是失败了。

阿根有点发慌了，他从未见过鬼如此猖狂难缠。虽然自己懂点法术，但这样凶恶的鬼还是第一次碰到，怎么办呢？

阿根正在想着怎样对付时，墨线框已被女鬼冲破了，她

把手伸了进来，而且正使劲想把身子挤进来，情况万分危急。阿根突然想起自己的工具箱，伸手取过一把斧头，向着挤进来的女鬼掷去。只听"哎呀"一声，女鬼被斧头打中，弹出楼梯口去。

稍候，女鬼又爬起来向帐前逼近，阿根又掷出凿子，把女鬼逼至楼下，但女鬼仍旧往上冲。这样反反复复，阿根的工具差不多掷光了，最后手中只剩下了一个墨斗，他作好了和女鬼拼死一搏的准备。

正在紧急关头，阿根偶然碰倒了墙边的一只缸，用手一摸，是米。于是，他顺手抓了一把米向着女鬼撒去。

咦，奇怪了！那女鬼立即没有动静了。原来，这米也能治邪。阿根急中竟错有错着，米竟给他解了围。为防女鬼再捣鬼，他不停地朝着女鬼撒米，一直折腾到天将破晓，四面已一片寂静，阿根也累得筋疲力尽，倒下就呼呼入睡了。

这时，在亲戚家里过夜的老板担心阿根的安危，一夜没有合眼。天一亮，他带着妻子、工人一齐回家敲门。哪知敲了很久仍无动静。老板心想，糟了！是我害死他了。于是，大声叫着阿根的名字，仍然没有回音。这时，四周已经站满了围观的人，大家都关心地询问情况，老板急得眼泪都掉了下来。

众人忙叫老板撞门入内，看阿根能否有救。在众人的帮助下，门撞开了，大家一齐冲进屋内，只见满地散落着木匠工具和撒得乱七八糟的米，屋内一片狼藉。

老板见状，以为阿根必死无疑，马上跑上阁楼，见阿根倒在楼板上，老板忙伸手往他鼻前一摸，这一下倒把阿根惊醒了！阿根忙说自己没事，老板这才一块石头落了地。

阿根把夜里和女鬼打斗的事向老板讲了，把老板吓得要命。阿根正说着，猛然想起一件事，连忙走到昨晚拉线的地

方做了检查，这才发现昨晚自己在拉墨斗时一时大意，拉空了一条线位。就这么一条线位，差点引出大祸来。

阿根走到楼下来，追寻女鬼出没的走道，只见两张凳上搁着一副棺材，老板告诉他，这就是大婆的灵柩，现在还未满七（以前这里的人死后要把棺木摆在家里安放七七四十九日，才能抬上山安葬）。阿根发现棺木上没用四根镇魂大钉钉上，怪不得能让她出来害人了。

于是，阿根叫老板拿来四根棺材钉，用钉钉住棺材的四个角，又用一把凹口圆凿朝棺材头打下去，再用墨斗线绕棺木四周一拉，这样就可万无一失了。

老板十分感谢阿根的帮助，于是做了一顿丰盛的酒宴向阿根致谢，又新买了一套工具送给阿根，作为赔偿。

从此，老板夫妇相安无事地过起了日子，还生下了一儿一女，他们感谢这平安幸福是阿根所赐呢！

附　记

传说墨斗也能避邪治鬼，只要用墨线在四周一拉、一弹，就能使鬼怪不敢作祟了。在这个故事里，墨斗、墨线却不管用了，足见女鬼猖狂。紧急之下，木匠急中生智，用米来驱鬼，成功了。米代表的是一种民俗的力量，是驱逐鬼魅的法器。民间相信，鬼再凶残，还是抵不过人的智慧与力量。黄福生搜集，流传于广东中山地区。

盼子招祸

从前，有一对夫妻，妻子善良，丈夫忠厚，两口子相亲相爱。但是他们三十多岁了，连个孩子也没有。夫妻为此广做善事，求告佛祖开恩，让他们有个孩子。

一天，夫人又去庙中祷告佛祖，在半路上，经过一片荒凉的坟地。这块坟地，一过中午就常常闹鬼，因此人们下午都不敢经过此地。这天，夫人因有事去庙里去得晚了，回来时太阳已经快落山了。正当夫人走到坟地时，只见一个约十七八岁的美丽姑娘在一坟堆前啼哭，哭得十分伤心。

夫人见了，赶忙上前问道："姑娘啊！何事这样悲伤？能不能对大娘说说？"姑娘转过身，抬起头来，用颤抖的声音说道："大娘，小女是远方人，早年失去了母亲，父亲忠厚老实，只靠他一个人种庄稼维持生活，小日子过得还算不错。可是家乡忽然闹了旱灾，庄稼歉收，我和父亲无法生活，只好逃生在外，以讨饭为生。可不幸的是，父亲把讨来的饭都让给我吃，以致饿死在街上。我把爹爹埋在了这里，现在我成了孤儿，我以后……"姑娘还没说完，就泣不成声了。夫人听了她的话，心里也非常悲伤。

忽然，夫人有了一个念头：如果这位美丽的姑娘做我的女儿多好啊！于是，她上前用商量的语气说："姑娘啊！我现在连一个儿女也没有，我看你也挺可怜，想收你做我的女儿，不知你……"姑娘一听，忙跪在地上连连磕头，口中叫道："母亲在上，受小女一拜。"夫人见此情

景，高兴得合不拢嘴，赶紧把她搀扶起来，带了女儿高兴地回了家。

到了家里，夫人带着女儿去见丈夫，丈夫见了也特别欢喜。夫人把女儿安排在自己的房间里，跟她同床睡觉。

转眼过了一个月的光景，三口人过得非常安定幸福。这天，丈夫的生日快到了，夫人挎着小竹篮去街上买些东西。当她买好东西正要走时，忽然有一位老道士走到她身旁，对她说："哎呀！我看一定有鬼在你的身边纠缠。"

夫人听了，吓了一跳，赶忙前后左右看了个遍，却什么也没见到，便有些生气地对老道说："大白天，哪里来的鬼？净来吓唬人！"老道听了哈哈大笑，说："此鬼此时的确没在你的身边，她现在正在你的家中。"说完，老道靠近夫人，在她耳边小声说，"你在坟地中收下的那个姑娘就是女鬼所变。"

夫人听了，又惊又气，怒道："我那女儿是位美丽、聪明的姑娘，哪个不知，哪个不晓！"老道听了，笑道："我劝你还是快快将此鬼除掉吧。不然，这鬼心毒手辣，一百天内她会将你的心吞吃了的。如果你不相信，晚上上床的时候，不要吹灭灯，闭上眼睛假装睡觉，等到你听到身边的女鬼鼾声如雷的时候，你把眼睛略微睁开，你会发现她并未睡觉，她正现了原形，用鬼法降着你。"说完，老道扬长而去。

夫人半信半疑，晚上，她果然点了一支蜡烛，和女儿躺在床上睡了。夜间，夫人听到女儿已经酣然入睡，就悄悄地略微睁开眼，从眼缝中向女儿瞧去。谁知一瞧，大惊失色，床上哪有女儿？她朝床前的梳妆椅子上一看，吓得打了个冷战，只见椅子上坐着一个披头散发、绿眼长舌的女鬼，吞着鲜红的长长的舌头，吞舌时发出的声音就跟鼾声一样。夫人

吓得"啊"的一声，睁大眼一看，鬼却不见了，身边仍躺着
自己的女儿。

女儿被声音惊醒，忙坐起来问母亲："怎么啦，母亲？"
夫人也坐起来，装作无事地说："啊，我做了一个噩梦，
梦见我看见了鬼。"姑娘听了一笑说："母亲，不必害怕，
有女儿在，鬼不敢来。就是来了，我们一起把它打跑。"
夫人点了点头就又躺下了。虽说她身子躺在床上，但她的
心早跑得没影了。这一夜，她翻来覆去地睡不着，老想着
鬼的事……

第二天，夫人忙去街上寻找老道。她一见老道，就跪在
地上，哀求道："老道长，您救救我吧！"老道连忙搀起夫人
说："这好办，我有一粒宝丹，只要你能把宝丹放进热茶里，
让女鬼喝下去，她就会腹痛，现出原形，到时我会赶来降服
她。"夫人听了点点头，接过宝丹回家了。

夫人回到家里，倒了一杯热茶，趁女儿不防的时候，悄
悄把宝丹放进了茶里，很快，宝丹融化成水了。夫人把茶递
给了女儿，女儿不知是计，接过茶杯一饮而尽。

过了一会儿，女儿直喊肚子疼，疼得在地上直翻跟头，
连滚带爬。突然，女儿好像想起了什么，一个鲤鱼打挺站了
起来，伸出魔爪凶狠地向夫人扑去。夫人吓得魂都飞了，呆
呆地站在那儿，不知所措。

眼看女儿已扑到跟前了，在这千钧一发之际，道士冲了
进来。道士把手中拂尘一抖，女儿惊叫一声，现了本形。

那女鬼散着头发，张着血盆大口，摇晃着身子，伸出手
向老道扑去。老道不慌不忙，把拂尘向上一抛，立刻在空中
变成一把利剑直向鬼劈来。

女鬼由于吃了宝丹，难以支持，没有躲过利剑，只听
"啊呀"一声怪叫，女鬼倒在地上，顿时变成了一摊鲜血。

附　记

　　盼望得到子女，难以如愿；天赐一个漂亮女儿，谁知却是女鬼。危机关头，幸得驱鬼道士相救，化险为夷。时起时伏，亦缘亦劫，此乃生活。刘晓艳搜集，流传于河北迁西地区。

赔　鬼

　　有个穷人名叫李喜，家中只有个八十岁的老母。快过年了，母亲把李喜叫到跟前，说："儿呀，富人过年是过年，咱穷人过年是过关呀。咱家穷得叮当响，这年可怎么过啊？"李喜听了，心中一阵难过，他安慰母亲说："老天爷饿不死瞎眼的雀，你老人家等着，我出门去盘算盘算。"

　　李喜干转了一天，投亲亲不认，访友友不接，一点东西也没盘算上。这回去怎么给老母亲交代呀？他暗地里咬了咬牙，心想：就是要饭，也得弄点吃的回去孝敬老娘。

　　天黑了，李喜来到一家财主门口，硬着头皮喊叫起来："老爷，给点吃的吧！"话音没落，财主家的狗像恶狼一样蹿出来汪汪乱咬，吓得李喜头发根子都竖了起来。等了好一会儿，也不见人出来，李喜只好走了。

　　李喜挨家挨户地要，好不容易要到了几块干粮。虽说早就饿得肚里咕噜咕噜直叫唤，但他舍不得吃一口，拿破裈子把干粮裹好，转身直往家里奔，好让老母吃一口干粮，解解馋。

　　李喜刚走到胡同拐角，就看见两个小鬼走过米，一个提着绳，一个扛着棒。李喜一闪身，躲到黑影里，靠住墙，听他们说些啥。

　　一个小鬼说："咱们千万别拿错了哇，这世上重名重姓的多着哩。"另一个小鬼说："错不了，田家庄田二牛家大闺女病了半年，家里穷，别说看病吃药，连饭也吃不上，饿就把她饿死啦！"一个说："时辰到了吗？"一个说："不是子时

三刻吗？还没到。"一个说："千万别错过时辰，错过时辰，咱们回去得下油锅。"一个说："还早哩，走，喝点酒去！"说着，俩小鬼一晃不见了。

这些话叫李喜听了个一清二楚。李喜心里想，快过年了，穷人们少吃没穿就够难受啦，再死一个人，这哪受得了？见死不救非君子，他也顾不上回家，打听了一下田二牛家在哪儿住，找到田二牛，把这件事原原本本地告诉了他。

田二牛听后，哭了起来，说："唉！咱人穷命苦呀！怎么这大祸为啥偏偏落到咱头上哇？"李喜说："二牛兄，先别着急，赶紧叫闺女吃点东西吧！"二牛叹了口气，摇摇头，说："有什么好吃的？几个糠窝窝，土面粥，好人还咽不下哩，病人更吃不下啦！"李喜把要来的干粮递给二牛："快，叫闺女吃点。"闺女接过干粮咬了一口，接着一口气把一整块都吃了下去。

吃了干粮，闺女精神立刻好多了。二牛看着闺女，又激动又难过，眼泪吧嗒吧嗒地掉下来。李喜说："光着急没用，咱得想法搭救闺女。"二牛问："怎么个搭救法？"李喜说："赶紧准备一张黄纸，拿朱砂画一道符，再准备一升黑豆，一簸箕生大灰，半盆子黑狗血。"

不一会儿，二牛就把东西都备齐了。到了子时三刻，俩小鬼前来拿人。刚要进屋，就"噔"一下给顶了回去。俩小鬼一看，原来门上贴了一道符。小鬼"哼哼"狞笑了一下，说："没有三把刀子两把剪子敢下圈捉猪？这顶个屁用？吓唬胆小的吧！"接着用棒一指，符就落了地，俩小鬼把门一推，闯进屋里。

闺女一见小鬼来拿她，直吓得浑身打战。李喜说："不要怕，快躲到我背后。"小鬼一见有人护住闺女，就说："年轻人，咱们远日无仇，近日无冤，何必跟哥们儿过不去？快

闪开！要知道，阎君叫她三更死，谁敢留人到五更？"

李喜把胸脯一挺，说："有我在此，姑娘你们捉拿不成！"小鬼说："哈哈！你的胆子也太大了！不给你点厉害看看，你还不知道马王爷长着三只眼！"说着举棒就要打李喜。李喜和二牛抓起黑豆冲着小鬼撒，捧起生大灰向着小鬼抛，舀了黑狗血就往小鬼身上浇。小鬼最怕黑豆、生大灰、黑狗血，招架不住，败阵跑了。

李喜说："过了时辰，没事了，我该走了，家里还有老母亲等着哩。"二牛拦不住，就从院里拿了一把小铁锹，递给李喜，说："给，扛上它，黑夜走道仗胆。"

谁知李喜刚出村，就听到有人大喊："站住！你走不成啦！"李喜一看，俩小鬼正在村口等着自己哩，于是抡起铁锹就跟小鬼打起来。俩小鬼挺凶，把李喜的鼻子都打破了，血溅到了一个小鬼脸上。

正打着的时候，鸡叫了，天明了，其中一个小鬼跑了，脸上有血的那个跑不了，变成一个羊头猪身狗尾巴的四不像，叫李喜捉住，用绳子绑了起来，牵回家里。

李喜告诉村里人，自己捉了一个羊头猪身狗尾巴鬼，谁要想看，要给一个钱。听说有鬼看，别说花一个钱，花两个钱也值，于是前来看鬼的村民跟赶庙会时候一样多，李喜这回可发了鬼财。

这事传到县太爷小姐的耳朵里，小姐非要看鬼不行，县太爷说："这好办，传李喜带鬼上堂。"

李喜牵鬼上了堂，鬼大喊："大老爷快帮个忙！"

县太爷问："你是个鬼，我怎么帮你忙？"

鬼说："听说小姐要看我，我脸上这么脏，没法见人，求老爷给我洗洗脸吧！"县太爷就叫衙役打水给鬼洗脸，洗着洗着，鬼脸上的血洗掉了，它吱溜一下就跑了。

　　这下李喜可不干啦，非让县太爷赔他的鬼不可。县太爷到哪儿去捉鬼呀？没办法，只得赔了李喜许多银两。打这以后，李喜娘儿俩就过起了好日子。

附　记

　　一块干粮救了一个人性命，这并不稀奇，而要在鬼的眼皮子底下将人救出来，那才是新鲜事呢。这则故事就这样稀奇，李喜不仅救了人，而且还把"变了一个羊头猪身子狗尾巴的四不像"的鬼抓了去，让其表演来发财，谁不想来看一看呢。李予搜集，流传于河北石家庄地区。

中国**鬼**话

鬼友

酒　友

　　从前有位教书先生，嗜酒如命，每天都断不了酒。这天他睡到半夜，忽然听到房子里酒瓶子在响，等他点上灯看时，发现瓶里的酒竟然已经没有了。一连几天晚上都是这样，教书先生却连一点蛛丝马迹也没找到，这事弄得他一筹莫展。

　　苦苦思索了几天后，他终于想出了个好办法。这天傍晚，他把瓶子都装满酒，用盛粮食的斗把灯一罩，就上床睡觉了。到了半夜，他听瓶子一响，立即把斗拿掉，屋里顿时明亮了，他发现一个"人"正拿着瓶子喝酒。于是，他轻声问道："你是哪里人氏？为什么深更半夜到此偷酒？"

　　那人听后，哭丧着脸说："我是个鬼，生前非常喜爱喝酒，因为在阴间喝不到，就只好半夜里来偷。你放了我吧，我再也不敢来了。"先生听了，笑着说："原来咱们还是酒友呢，既然你也爱喝酒，那你就每天来我这儿，咱俩一起痛饮，怎么样？""我一定不再来了，放了我吧！""唉，不必客气，天快明了，你把这瓶酒喝下再走吧。"鬼见先生诚心诚意，就把酒喝下了，并答应还会再来。然后，向先生磕头一拜，转眼便消失了。

　　从此，每到半夜，鬼总是准时来到，和先生一起饮酒畅谈。时间一长，两人热络起来，还结拜为了异姓兄弟，教书先生为兄，鬼为弟。

　　有一天夜里，鬼说："大哥，我马上就要高升了，要到天王庙里去做神，但在上任之前必须找个替身。""你打算找

203

谁呢?"教书先生问。"我已经找好了,在六月十五那天上午,有一个年轻妇女抱着一个小孩走到村西头的桥上,正好小孩屙她一手屎,她要下河去洗手,到那时我要把她推下河去做我的替身。"先生听后,默不作声。

到了六月十四那天,先生对他的学生说:"明天上午咱们不上课了,我交给你们一个任务,你们到村西头桥上去玩,看到一个抱小孩的妇女要下河洗手时,你们一定要把她拉住,不让她下河洗手,否则她就会被淹死。"学生们不知其中的原因,但听说有人命事,所以都格外小心。

十五这日,天空分外晴朗,村西头的桥上,一群小孩在追逐嬉戏。大概十一点多钟的时候,果然来了一位抱小孩的年轻妇女,走到桥中心时,小孩恰好屙了她一手屎,她连忙把小孩往地上一放,就要下河洗手。这时,一群小孩跟她拉拉扯扯,任凭她怎样挣也挣不脱,她一气之下抓把土在手上一搓,抱起小孩走了。

到了夜里,鬼对先生说:"大哥,你怎么坏我的事?"先生看看他,严肃地说:"你把那妇女淹死,她抱那小孩怎么办?再说她不就家破人亡了吗?"鬼自知理亏,不吭声了。过了一会儿,他忽然说道:"七月初一上午,村东头有姑嫂二人走亲戚,由于天气炎热,她们要到池塘边洗脸,到那时我把她们其中的一个推下水去做我的替身。"先生听后还是默不作声。

转眼到了七月初一,天一亮,先生就对他的学生如此这般地交代了一番,学生们都高高兴兴地走了。到了上午,果然有两位女子走到塘边,热得汗流浃背,要用池水洗脸。她们来到塘边一看,池水发黑,而且还散发着一股坑泥的臭气,心想,还不如不洗呢,于是转身走了。原来这又是老师安排好的,让孩子们在塘边追打嬉闹,把池水搅浑了。

夜里，鬼又埋怨说："大哥，你怎么老和我唱对台戏呀。""老弟，"先生不无感慨地说，"她俩同行，若淹死小姑，那么嫂嫂能担得起这责任吗？若淹死嫂嫂，小姑更担不起责任。况且她嫂嫂的娘家也不会罢休，这样事情不就闹大了吗？"鬼听后点点头。

先生接着问道："难道就没有别的办法吗？""有是有，只是我已无亲无故，没人给我办。""你说说什么办法，只要我能办到的，一定尽力。""唉，其实不难，用纸扎一个人在初一或十五烧掉就行了。""唉呀，你怎么不早说呢！差点闯了大祸。这件事包在我身上，到七月十五我给你扎个替身烧了，你千万不要再找替身了。""好，如果大哥能办到，小弟没齿不忘。"说着就要给先生磕头，先生忙把他扶起说："不要客气，不要客气。"

到了七月十五，先生果然扎好了一个纸人，穿红挂绿，远看还真像个人呢。先生把它点着，嘴里默念道："灵魂上西天，灵魂上西天。"直到烧尽才满意地回家。

到了晚上，鬼来了，一进门就说："大哥，谢谢你啦，明天我就能上任了。"先生忙向他祝贺，随即又摆上酒菜。真是酒逢知己千杯少，两人一直谈到鸡叫才告别。临走时两人拜了又拜，"此时一别，不知何时才能相见，"鬼伤心地说，"其实，我真不愿离开大哥，可我也不能做一辈子鬼呀，大哥今后如果有事，请去天王庙找我。"说罢二人洒泪而别。

一晃两年过去了，到了第三年，天大旱，庄稼颗粒无收，老百姓到处逃荒要饭，财主更是趁火打劫，搜刮民财，因此学生无法上课，先生也是整天揭不开锅。这天，他忽然想起了天王庙里的朋友。于是他一路讨饭来到天王庙，刚烧上香，就听身后喊道："大哥，你辛苦了。"

先生忙转身，刚想说明来意，鬼就打断他的话说道：

"事情我已经听说了，你先到后边吃点饭，然后我和你一起回家乡。"先生和他来到后院，见桌上已摆满酒菜，也不客气，就自斟自饮起来。

酒足饭饱之后，鬼和先生一起回到了家乡。进屋后，鬼对先生如此这般地交代了一番，先生来到村中高喊："乡亲们，都准备好口袋，跟我到财主家抢粮去！"一连喊了几遍，大多数人不敢去，只有一部分胆大的拿着口袋跟在先生后边。他们想，不抢也是饿死，干脆豁出去算了。

先生领着这部分人来到财主家，财主听说要抢他家的粮食，就指使打手拿着木棍守在门前，个个张牙舞爪。先生走上前去，打手们举棍刚要打，先生说了声："定。"只这一个字，那些打手连财主立即站在原地动弹不得。先生走近仓前指着锁说："开"，锁便自动地打开了，先生连忙招呼乡亲们过来装粮食。于是，人们一拥而入，个个把口袋装得满满的，打手和财主看着干瞪眼，就是不能动。一时间，整个大院像赶会一样热闹，家家抢到的粮食都足够度过这一年的。

最后，先生看看抢粮的都走了，就对打手和财主说："对不起，你们进屋吧。"刚说完，打手们又能动弹了，他们立即举棒又要打先生，先生说道："再定。"果然打手又不能动了。先生接着说："你们今后若再欺骗人，抢占乡民的财产，我就让你们站定一辈子。好了，回屋吧。"说完先生扬长而去。这回打手们可不敢轻举妄动了，只好眼睁睁地看着先生离去。

回到家，先生衷心感谢鬼的暗中相助，二人又叙了些别后之情，鬼就起身告辞。先生尽力挽留，鬼说："大哥不知，我还要到别的地方去，那里也有受苦的百姓。"先生知道不好强留，二人又一次洒泪而别。

自从乡亲们又有了粮食，学生们又回到了学堂，财主和

打手们知道先生会法术，所以再也不敢在乡里横行霸道、鱼肉百姓了。

附　记

与鬼做朋友，有两个条件：一个是人要善良，一个是鬼要无害人之心；否则是做不成好朋友的。这里，人虽几次阻止鬼寻找替身，但还是用了合适的方法，让鬼得以去天王庙上任。当然，既然是好朋友，相互帮助就是合情合理的事情，于是有了到地主家抢粮的情节发展。欧阳玉东搜集，流传于河南沈丘地区。

十王图·秦广王与楚江王

　　地狱有十殿阎罗，亦称冥界十王。一殿秦广王主管人间生死，二殿楚江王司掌大海之底。

刘二与彭沾

明末清初，山西西北角有一个刘家湾。刘家湾地方不算大，却是个山清水秀的好地方；再加上这里地处偏僻，远离城镇，见不着肚凸肠肥的豪绅地主，真可算是个理想的世外桃源。因此，住在这儿的人，男耕女织，人人心安，过着平静的生活。可是近来，刘家湾的平静被打破了，据说这里开始闹鬼了。

刘家湾西头住着一户人家，是一对刚成亲不久的小夫妻。男的叫刘二，生得虎头虎脑，膀大腰圆，是刘家湾鼎鼎有名的庄稼好把式；妻子刘姚氏，贤惠、聪明、美丽，是个有口皆碑的好媳妇。两口子恩恩爱爱，日子过得很幸福。

可是不久后，刘二发现家里老丢东西。有时，一篮鸡蛋会无缘无故地摔到地上；有时，枕头底下的几贯钱会无影无踪；有时，门窗关得好好的，门上还上了两把锁，回来看门窗分毫未动，但家里仍然丢了东西。

刘二大为惊讶，觉得这类绝妙的偷盗闻所未闻。他想，像这样偷东西，恐怕人是办不到的，于是他联想到近来刘家湾闹鬼的事，难道真是这样？他决定把事情弄弄清楚。

刘二向来以不怕鬼而闻名于刘家湾。刘二小时候，曾和一个大人打赌，半夜里跑到坟地里过了一夜。第二天，便堂而皇之地赢得几贯铜钱。

刘二和妻子商量这件事，聪明的刘姚氏贴在他的耳朵边，神神秘秘地说了几句悄悄话，刘二不禁连连点头称

是……

第二天，刘姚氏像往常一样，将窗子关紧，门上上了两把锁，出去了。一会儿，刘二家变得阴气浓浓，屋里出现了一个年轻书生。只见他头扎白色头巾，身穿青色长衣，一条黄色布带束于腰间，面容白皙而英俊，朴而不寒，秀而不娇，真是人间少有的美男子！

他轻轻踱到案边，抓起案上的一个蓄钱的铜佛像，就转身想走；谁知窗户突然打开，一个银光闪闪的银项圈从窗外划着弧线飞进来，不偏不倚，正套在书生的脖颈上，使他动弹不得。

接着，刘二从窗外跳进来，走到书生面前，得意地说："死鬼，你想偷东西，却逃不过我的手心，你还有什么话说？"

原来，刘二的妻子嘱咐刘二第二天躲在窗下，看看到底是不是鬼在作祟。她想到银能锁邪的说法，就把自己戴的银项圈拿出来，让刘二套鬼；自己则装作已经出门的样子，引鬼上钩。

那书生却不慌不忙地盯着刘二，安然地往椅子上坐下，两人对坐了好久，那书生说话了："刘二，你想把我怎样？"

"怎样？还好意思问。"刘二恨恨地说，"你三番五次溜到我家偷东西，我能饶你吗？我要叫刘家湾的人来看看，我刘二是怎样用火惩罚鬼的。"

那书生惨然一笑，说："看来，不仅阴间的火要折磨我，连阳世之火也要惩罚我了。"

刘二听了一愣，忙问："为什么你在阴间要受火刑，莫非你生前做了什么坏事吗？"

那书生摇了摇头，凄凄惨惨地说出了他的经历……

刘家湾东部的小县城内，住着一户人家，母子二人相依

为命。母亲已年过半百，她三十岁时，丈夫由于劳累过度而去世，为了养活才八岁的儿子彭沾，她日夜不停地为人做针线活，结果熬瞎了一双眼睛。彭沾从小喜欢读书，长大后，靠卖字画养活自己和母亲。

一天，他正在街上卖画，突然，一个人从他身边跑过，把一包东西抛给他，他没敢去接，那包东西正落在他的脚下，而那人早一溜烟地不见了。他觉得很纳闷，好奇心驱使他蹲下来打开包袱想看个究竟。天哪，那里面全是金银珠宝，灿烂的光芒照得彭沾眼睛都睁不开。

就在这时，巷道口响起了捉贼的喊声，没等他反应过来，一条粗大的铁链便套到了他的脖子上，接着他被拉扯到了衙门，被控告偷了县太爷的财物。不久，知府便将他押到刘家湾斩首了。

那书生说到这儿，已经泣不成声了。他沉默了很久，说：“我便是彭沾，死后，我的冤魂飘到阴间，谁料到那蛮横的阎王竟然不分青红皂白，硬把我打入十八层地狱，让我受火床之刑。不久，老母由于无人赡养，也去世了，在阴间，我缺钱缺食，只好干出这丢人的事来。”刘二听后，叹息不已，他伸手把彭沾脖颈上的银项圈取下来，让他走了。

这之后，为了答谢刘二的不杀之恩，彭沾经常去看望刘二，两人常常一起把酒畅聊，日子一长，还成了刎颈之交。

一天，彭沾又来了，脸上带着焦急之色，不等刘二说话，就喊道：“坏了，刘二哥，坏了……”刘二忙问是怎么回事，彭沾便诉说了起来。

原来，昨天判官去视察地狱，走时，他对身旁的催魂鬼说：“刘家湾的那个刘二，阳寿也快到了。后天，你到刘家湾去抓他，千万别抓错，知道吗？”这话正好被彭沾听见了。于是他连忙赶来告诉刘二。

　　刘二听后，大惊失色，想到自己年纪轻轻就这么死去，心里好不悲伤。他抱着头，一声不吭地蹲了下来。俗话说："富贵在天，死活在地。"在他看来，只有等死了。

　　彭沽在屋里踱来踱去，皱着眉头，思索着怎样搭救刘二。突然，他停住脚步，对刘二说："事到如今，只有一个办法了。"刘二似乎得到了大赦令似的从地上蹦起来，问："什……什么办法？""有句话你一定知道，'钱能通神'。"刘二猛然醒悟，但很快又颓然地低下头来，说："我哪有什么钱啊，整个刘家湾都穷得只剩下一些种田的力气，即使借，也没地方借呀！"彭沽微微一笑，说："刘二哥，你别急，我观察了很久，你家地面上常有贵气冲出，想必有什么东西埋在下面，我们不妨挖一下试试。"

　　刘二当即拿出锄头，照彭沽指的地方挖下去，果然从地底下挖出一个盒子来，打开一看，里面全是金银珠宝。他激动得不知说什么好，眼含泪花地把珠宝交给彭沽，托付他交给判官。

　　第二天，刘二果然安然无恙，他对彭沽感激不尽。自此，两位好友来往更加频繁了。

　　一天，刘二预备了酒饭，等着彭沽来共饮，片刻后，彭沽果然来了，脸上洋溢着喜气。他一进门，就冲着刘二喊道："刘二哥，告诉你一件喜事。"刘二忙问是什么喜事。

　　彭沽说："昨天，我听别的小鬼说，那个害我成为刀下之鬼的县令被查抄革职，阴司也洗清了我的冤案，我可以重新投胎做人了，听说是投在你家呢！"

　　"噢，真的？"刘二又惊又喜。

　　彭沽微微一笑，举起酒杯说："来，为最后一次兄弟聚会，干杯！"

不久，刘姚氏果然生下一子，脸庞长得极像当初的彭沾。刘二给孩子取名为刘沾，以纪念彭沾。

附　记

阳间有冤案，阴间同样有冤案。历史上由于冤案而身首异处的不胜枚举，这些人死后无法还魂，即使冤案得到昭雪，人依然不得复生。但在鬼话里，被冤屈之人得到平反后，还能重新获得新生，这就是阴阳最大的不同之处。康志刚搜集，流传于湖南辰溪地区。

鬼　弟

相传明朝时，在安徽颖州境内有一个村庄，村中家家杏树迎门，一到春天，杏花盛开，如喷火一般，因此得名杏花村。

村里有一远近皆知的接生婆，姓王名翠香，三十有二，虽是布衣之民，却不失端庄、美丽的风韵。丈夫张路两年前因病身亡，留下一个遗腹子，取名龙儿。

龙儿天生聪明伶俐，惹人疼爱。翠香三十多岁得子，真是含在嘴里怕化了，放在手上怕摔着。翠香为了使龙儿像富人家孩子一样吃穿不愁，才不得已年纪轻轻就干起了接生这行当。经她手接生的孩子，不但聪明，而且健康活泼。加上她才貌出众、干净利索，所以方圆百里无人不知、没人不晓。

一天夏夜，翠香睡得正香，突然被"咚、咚、咚"的敲门声惊醒。俗话说，寡妇门前是非多，况且这深更半夜的。于是翠香厉声喝问："谁在敲门？"只听门外一男子声音传来："大嫂，我家娘子快要临盆，无人接生，我备有轿子，请你走一趟，求你了。"

翠香听了，犹豫不定，但经不住那男子的苦苦哀求，赶忙点灯穿衣，又用小棉被包上龙儿，坐上轿子便走。

过了一会儿，轿子停在了一个大院里，明亮的月光下，但见楼台高筑，雕梁画栋，曲曲回廊，小桥流水。在月色下，这一切更显得空寂、幽暗，一看便知这是一豪富之家。

这时，两个丫环走上前来，接过翠香怀中的龙儿，搀她

到楼下一室内。屋内烛光通明，香炉中烟气袅袅，飘着一股淡淡的清香。只见紫色帐幔的沉香木床上，躺着一个美丽的女人，她双眼紧闭，脸色苍白，头上汗珠淋漓。

翠香忙让丫环端来温水，准备好一切。不一会儿，只听"哇"的一声啼哭，打破了沉寂的院落。翠香利索地接生后，随向主人报喜道："恭喜老爷，生了个少爷。"

那主人忙起身还礼："不敢当，小弟姓王名卓，真感激不尽，你家贵子龙儿，乖巧伶俐，将来必定前途无量，不知能否与我家孩儿结成金兰之好。"

"这……我怎敢高攀！"翠香不知所措。

"过奖了，过奖了。"那主人说完，拿出一对玉佩，那白色玉佩，上面各雕了一龙一凤，背面均篆刻了"龙凤呈祥"四字。突然，那主人吹灭了烛灯，只见满屋生辉，玉佩闪着灼人的光芒，那龙凤也栩栩如生，像是就要腾空展翅飞走一般。

他亲自把那雕龙玉佩挂在龙儿脖子上。临走，还送了翠香一百两银子作谢礼，又命轿夫把她送回家去。

过了几日，翠香买了些精美糕点，雇了一顶小轿，顺着那日所走之路，去看望王卓之妻。一路上，到处是荒草野地，越走越荒凉。最后轿子在一座挡着小路的坟前停下，坟前立着一块石碑。一轿夫失口念道："王卓之墓。"

翠香听了，如五雷轰顶，头皮发麻，瘫在了坟前。难道自己是给鬼接的生？天哪，我哪世缺了德，居然和鬼结亲！王卓呀王卓，你如是鬼，求你别再来吓我！

回到家，翠香大病了一场，从此再也不在夜晚接生了。

转眼十八年过去了，翠香已两鬓染霜，早也不做接生的活儿了。儿子张龙也长成了一个英俊的小伙。由于家庭富足，张龙八岁进了私塾，十五岁便中举。但因为母亲从小对

他过于娇惯、百依百顺，他又结交了一些纨绔子弟，开始变得讲吃讲穿，骄奢淫逸，整日花天酒地。母亲的话只当成耳边风，渐渐地荒废了学业。

翠香又气又悔，伤心过度，一病不起，花了许多银两，终不见起色。岂知她得的是心病，心病须由心药医。然而，张龙在外整日不归，翠香越想越气，病情加重，临死前颤抖着把玉佩拿出来，戴在张龙脖子上，断断续续道："儿啊，这玉佩，千万不可丢失，要不……会……会带……来灾难。"说完，命归黄泉。

张龙在村里人的照应下，埋葬了母亲。翠香一死，一些赌徒便找上门来讨债。家里银两为办丧事，已用得一干二净，没法，只得将值钱的东西卖了抵债。最后实在走投无路，连五间房也以五十两银子卖了。张龙只落个家破人亡，孤苦伶仃，告借无门。平时那帮酒肉朋友，都不愿见他，即使见了也捂着鼻子赶忙走开。如今，他才真正清醒，越想越悔，越悔越恨自己，真不如一死了之。他跑到母亲坟前放声痛哭，哭毕，解下腰带，在树上打了个死扣，脖子向上一套，眼前一黑，便什么也不知道了。

当张龙悠悠醒来时，见自己躺在一间宽敞的屋里，床前坐着一位俊美书生，方知自己求死不得，被他所救。于是猛然坐起，失声痛哭："你为何救我？我自作自受，如今活在世上又有什么意思……"那书生一声不响，从袖中掏出一块玉佩，和张龙的放在了一起，张龙见到那一般大小的龙、凤玉佩，猛然想起母亲所说的鬼弟之事，不觉心惊胆战，不寒而栗。

那书生对他作了一揖，说道："龙兄，我是麟弟。我虽是鬼，但并不伤人，不是像你所想的那么可怕。"说完，轻轻一口气吹灭了蜡烛。霎时，只见满屋明亮，两块玉佩闪着

耀眼的光芒，一龙一凤活灵活现，好像随时要飞走一样。张龙原本当它是一块普通玉佩，没想它有如此奇特之处，多亏母亲当初未说，不然自己早把它卖了。想着想着，不由黯然泪下。

王麟重新点着蜡烛，劝张龙道："龙兄不必伤心，父母、姨母都已转世为人。十八年前，因姨母不愿和我家往来，我父母只得常把银子放入你家银两之中，从不让你们发现，一直到姨母死之前。这些银子乃父亲生前所埋，在院子中间，你挖出来用吧！这房子因父亲亡故早，久无人住，你就住在这里吧。"说完，瞬间就不见了。

第二日，张龙挖出两个大缸。一缸空空如也，另一缸放满银两。怪不得自己常偷拿许多银两，母亲从未知道。后来，母亲不去接生，存下的银子一直没少一纹，原来如此。

从此他大彻大悟，开始重学那荒废学业。王麟每天都来，兄弟俩吟诗作赋，无所不谈，亲如兄弟。这王麟虽小张龙两岁，但琴棋书画，无所不通。张龙因天生聪慧，文章过目不忘，又加上勤奋好学，在这年大考中，名列榜首。

一天，王麟一见张龙，便说："龙兄，我从未求你办过什么事，但有件事你一定要答应小弟。离此不远的桃店，有一员外之女，姓郭名小凤，你明日前去拜访那员外，必定要和小凤喜结姻缘。"

第二天，张龙到郭府登门拜访，心里忐忑，不解为何与郭家小姐能结良缘。郭员外见他衣着华丽，长相俊美，谈吐文雅，不像是轻浮子弟。行过礼，彼此落坐之后，张龙站起作了一揖道："小生姓张名龙，未能早日拜访你老人家，望海涵。"

"噢，你就是今年状元及第的张龙。幸会！"说着，他突然眼睛直直地看着张龙颈上戴的玉佩，高兴地喊道："春红，

快去叫小凤来。"不一会儿，只见年方十八的小凤，轻挪莲步，袅袅婷婷地进来了。张龙不觉两眼一亮，但见她长得粉面桃腮，明眸皓齿，如天女下凡一般。

郭员外忙取下女儿玉佩，和张龙的放在一起，细细看着。那不是麟弟的玉佩吗？张龙见了，百思不得其解，难道小凤也有一块这样的玉佩？

这时员外说："前不久，小女突病，整日昏迷不醒。命在旦危，四处求医，也无人能治。一日，一老翁手拿一块玉佩前来，说此玉佩乃吉祥之物，能治百病，但玉佩本一对，乃一龙一凤，今世必定合一，这乃前世姻缘，天地注定，说完便不见了。小凤戴上这块玉佩，病立即便痊愈了。"说完，看了看含羞的小凤和张龙，高兴地哈哈大笑。张龙此时终于明白了真相，心里更加感激王麟。当下，便和小凤彼此交换了龙凤玉佩，作为信物。

不久，张龙、小凤欢欢喜喜成了亲。婚后，夫妻恩爱，相敬如宾。小凤亦很感激王麟，知道他为了张龙和自己，从中牵线，很是敬慕他的为人和品性。

一日，王麟见了张龙，一改往日笑颜，抱住张龙放声痛哭："龙兄，咱俩缘分已尽，小弟不指望你能出人头地，只求你堂堂正正地做人，你我兄弟一场，望保重，小弟投生去了。"说完，化作一股青烟，悠悠而去。张龙夫妻泪流满面，对着那远去的青烟，深情地磕了三个头。

后来，张龙为官清正，爱民如子，深受人民爱戴。每当他看到那玉佩时，好像麟弟就在他身边一样，时时告诫着自己，要堂堂正正地做人。

附　记

　　这又是一篇人兄鬼弟故事。鬼弟帮助人兄改正不良习惯，扶持他考进状元，并娶了妻子，可谓是事业、家庭一切都满意、和美。而就在此时，鬼弟却要离开，显示了中国人传统的"患难与共"美德。季艳搜集，流传于安徽阜阳地区。

中国**鬼**话

奇缘

还 魂

从前，东平府有个书生姓张，自幼习文，刻苦好学，为人诚恳老实。二十岁那年，经舅舅说合，娶了漂亮、温顺、贤惠的张氏为妻，两人婚后你恩我爱，勤俭能干，日子倒也过得挺红火。

可谁料半年后，妻子张氏突然下落不明。这真是晴天霹雳，张生悲痛欲绝，四处奔走寻找。张母也一病不起，无人照料。张生一连找了几个月，连一点眉目都没有。没有张氏在身边，张生总像丢了魂似的，饭吃不下，觉睡不香，连书也看不进去了。

京城开科应试后，不几个月就开榜，张生名落孙山。从京城回来，张生骑在马上，无精打采、昏头昏脑地向家里走。不知不觉，天渐渐黑了下来，张生只顾赶路，却不知早已走错了路，误闯入了一片坟地。这里坟丘遍地，蒿草没人，好不荒凉，张生不禁打了个冷战。只见坟头上飘着白纸带，坟头上的茅草随风左摇右摆，一群群乌鸦惊恐地叫着。风声和鸦叫声掺在一起呼呼的吼响声，就像无数冤鬼在诉说苦衷。

张生吓得浑身直起鸡皮疙瘩，两腿也不住地打战。正要离开这恐怖的地方时，猛听得远处传来一女子的哭泣声，中间还夹杂着叫唤自己的名字："张——公——子——，张——公——子——，张——公——子——"这声音由远及近，由小到大，悲悲切切，悠悠长长，好不凄凉。

张生发觉这声音好熟悉，像是妻子张氏在叫喊，于是循

声望去，只见不远处有一女子朝自己走来，轻飘飘的身影，像鬼魂一样。

那女子来到张生眼前，张生一看，正是自己的娇妻张氏。遇见娇妻，张生心中激动不已，便顾不了那么多了，上前搀起张氏，和张氏抱头痛哭。两人再次相见，有说不尽的缠绵话。

张氏随张生回到家，张母自是高兴得不得了，忙着给儿媳做饭。饭后，又拉起儿媳的手细细地端详着她，把张氏羞得双颊通红。

不久，张母把这件事告诉了张生的舅舅。张生的舅舅觉得此事十分蹊跷，其中必有缘由，便假说来张家做客，以探张氏虚实。张生的舅舅学过道术，一眼就看出张生有妖气缠身，也识出张氏不是凡人，乃是鬼精。

舅舅把这事告诉了张生，张生哪里肯信，他气呼呼地对舅舅说："娘子刚回来，你就说她是鬼变的，哪有这样的事呢？"

舅舅见张生不信，便道："那好，你等到下雨天，偷偷地看她在有雨水的地上走路，脚是不着地的，鞋子也沾不上泥土。鬼虽能克水，但怕纸灰，如果你雨天在门口撒些灰土，她必定不能进得屋来。"

没几天，天正巧下起小雨来，张生便要张氏去买盐，果然应了舅舅的话，张氏的双脚好似着地，其实却轻飘飘的，溅不起半点泥水。张氏来到门前忽然刹住，原来她见了门前的纸灰，不由得皱起了眉，脸色开始变白，见张生在屋里，便问张生说："这是谁撒的灰？"

张生这时已有些胆怯，开始相信舅舅的话了。

"张公子，你怎么了？你如果不扫去灰，我就不进屋。"

张生正不知所措时，忽然，一把利剑从屋中飞出，直

向张氏飞去，张氏不曾提防，被带符的宝剑镇住了。这时，张生的舅舅口中念念有词，自里屋出来，把张氏绑了起来，吊在了门前的树上，然后对张生道："这回你看清了吧。"

张生虽然知道张氏是鬼，但他却十分爱怜她。他望了望被吊在树上的张氏，张氏正眼巴巴地朝自己落泪呢！张生不禁一阵心酸，也落下泪来，心想：张氏虽然是鬼，但总还是自己的妻子。于是一面上前解绑绳索，一面对张氏说："妻呀，我也舍不得你呀，只是人与鬼不能在一起，我也是没办法。"张氏一被放下，就一下子不见了。

自从张氏走后，张生便一病不起了。慢慢地，人消瘦得像皮包骨头。在睡梦里，张生还一遍一遍地念着张氏的名字。

一天，张生正迷迷糊糊地躺着，忽然见张氏微笑着向自己走来，轻轻地说："张公子，我不怪你，如果你还想我的话，就到山东坳里龟找我。"说完，又笑着走了。

张生一下子醒来，不料却是南柯一梦，可张氏的声音老在耳边回荡。张生觉得奇怪，是不是妻子托梦给我呢？是不是真的叫我去山东坳里龟去找她呢？张生捉摸不定，犹豫再三，最后，决定去寻她。

第二天，他就带了干粮，骑着马向东奔去。他一路打听，可没有一个人知道山东坳里龟在哪儿。有个好心人让他往东走，他不知翻了多少座山，趟了多少条河，一天，来到一座山前，在路上碰到一个老太婆，他便向她打听。那老太婆回手指给他看，说："那山上有个坳里龟庙，想必就是你要找的地方。"

张生听了，高兴得不得了，终于找到了！他觉得娇妻似乎就在眼前，激动得心也跳得厉害起来。他上了山，到了庙

门口，才发觉这是一个荒山野庙，早已断了香火，煞是荒凉。正感失望之时，忽听得里面有女子说笑之声，只听其中一个说道："红霞姐，你看门外谁来了。"

"妹妹别闹了，谁还会来呢？"这是张氏在说话。张生听了好不难过。这时，只见张氏从里面走出来，张生连忙迎了上去。他俩见面后真是又惊又喜，抱在一起痛哭不止。于是张生就在这个破庙里住了五六天，和妻子真有说不尽的贴心话。

一天，张氏突然对张生说："公子，你回去吧！你在这儿住长了，母亲会惦记的。"

张生感到意外："怎么，你要赶我走吗？"

"不，张公子，你还是回去吧。到家后，你会再见到我的。不然的话，我们今生今世再也不能在一起了。"于是张生只得同张氏依依惜别。

张生赶了几天的路，快到家门口时，听到村里传出一片哭号之声，只见许多人身穿孝服抬着口棺材由村里走出。张生上前一打听，原来是殡葬本村的张老太太，她八十多岁了，是几天前老死的。

张生刚进家门，就见蚊帐中侧卧着一人，张生以为是母亲，不料上前一看，却是自己的妻子张氏。只见张氏挪动了一下身子，睁开了眼睛，缓缓地坐起身子，打了个哈欠，又伸了一下腰，见张生站在床前，便对张生说："公子原来是早起床了，母亲起来了吗？她昨晚睡觉时腰痛得厉害，现在好些了吗？"张生惊得睁大了眼睛，傻呆呆地看着张氏。

原来，半年前阎王差小鬼来阳界拿张氏，其实要拿的是八十多岁的张老太太，谁知小鬼却稀里糊涂地把张生的妻子当张老太太拿入了阴府。后来阎王在复查生死簿时，发现拿

错了人，便重责了那小鬼几十棍，又遣他把张老太太拿入阴府，然后又将张生的妻子的魂魄送还了阳间。

附　记

夫妻情深，历历在目，即使妻子是鬼，丈夫亦不弃不离。故事的结尾，情节急转直下，让妻子重新复活，不失为一个动天地、泣鬼神的篇章。窦艳军搜集，流传于山东沂源地区。

送魂使者

送魂使者将亡灵送至阴府，画面简单而生动。

杨其良

　　清朝乾隆年间，云南举子杨其良上京赶考，头一场试就考得牛头不对马嘴，方知自己才识有限，求官无望了。回到旅店，他就吩咐书童杨香收拾行李，第二场试不准备考了。小杨香只想在北京多逛几天，好话说了几兜箩，总算把小主子留了下来，生拉硬扯地硬把他推进了考场。

　　不料，第二场的考题发下来，杨其良一看，简直不晓得该如何下笔。他急得冷汗直冒心打慌，想弃考又脱不了身，交白卷又怕犯皇规，只能手提笔杆似扯疯，两眼翻白数楼楞，半死不活先受罪……

　　"好个臭举子，如此眼高手低！"

　　杨其良闻声吃了一惊，正眼一望更吓掉了魂：只见一个金冠黄袍的人站在面前——乾隆皇帝来了！

　　他一个翻身，跪倒在地，结结巴巴连呼："万岁……恕罪……举子该死……"

　　"尔是何方举子？"

　　"在下是云南省……澂江府……路南州人氏，才疏学浅……斗胆应试……不解题意难落笔……求万岁恩准退场免考……放草民回家去吧……"

　　乾隆皇帝本是闲来无事，破例来考场转转，不料撞上了杨其良。听了他这番话，乾隆眼睛一亮，笑起来，还拍拍他的脑袋说道："云南远在万里之外，尔不惧千辛万苦来会试，虽说才学不足取，忠心实可佳！你甭考了，朕赐你进士吧！"

　　"谢主龙恩……"

　　就这样，杨其良中了个"御封进士"，比正牌的进士还荣耀。吏部又委他做了河南省长葛县知县，待印信颁发下来，主仆二人就欢天喜地出京上任去了。

　　杨其良来到长葛，倒也算得为官清正，深得民心。他不忘寡母弱妻对自己的辛勤照料，特命杨香回乡把她婆媳接来同享富贵。

　　一天傍晚，杨其良独座花厅纳凉，朦胧间忽见厅外花丛中枝摇影动，跑出一群筷子般高的裸体小人，围着那花丛嬉戏玩耍。他惊得叫了一声，小人便顷刻不见了。他心疑花丛中有异物，马上叫来杨香把花树连根刨开，结果挖出六只大瓷花瓶，再打开泥封的瓶口一看：全是白花花的银元宝！

　　"老爷！您当清官有好报，不爱银子天送来，这回我们发大财了！"杨香乐得手舞足蹈，大嚷起来。

　　"禁声！这银子既然埋在衙内，定是哪位前任在危急时刻藏下的库数，我杨某岂敢染指私吞？你且照原样埋好，不可内外张扬，待本官暗自查明来龙去脉，再全数掘出缴公！"说完，杨其良不再多看元宝一眼，扬长而去了。

　　小杨香深悔自己有过贪财之念，老老实实把瓷花瓶照旧埋了，并且一直守口如瓶。几天后，老夫人身体欠安，杨其良得知母亲是思乡心切而得病，急忙把杨香招来，打发他护送老夫人回滇。

　　杨香送老夫人回到家，又伺候了她一年多，才治好了她的病。老夫人惦记儿子在外没有可靠的帮手，又打发杨香回到长葛。

　　小杨香跋山涉水第三次来到长葛县，只见县衙里张灯结彩大宴宾客，好不热闹。他急忙向衙役打听，才知是老爷三年任满，要离任了。他高兴得急忙去给老爷、夫人道喜，接着就钻进厨房指挥排宴，一直忙到深夜还不歇息。后来是老

爷亲自来厨房给他敬酒，他才喝了个烂醉，被人送进卧房睡下了。

不料，次日清早，有个衙役上茅房大便，突然发现小杨香淹死在茅坑里了。杨其良闻讯，大哭而至，推测他是带醉上厕房，溺死在坑中，并马上安排了隆重的装殓仪式。几天后，新官来上任，旧官交清手续，带着家眷，抚着杨香的灵柩回乡了。

杨其良回到路南州，厚葬了小杨香，然后就广买田地，建造新居，过起了富裕悠闲的日子。他娶妻五年不生儿，妻子在回乡的次年竟怀孕了，乐得杨其良天天盘算着何日抱儿子。

临产那天，他被夫人的叫唤声吵得无奈，干脆避到堂屋里静坐默念经。忽然，一阵阴风把门吹开，只见小杨香急匆匆闯进堂屋，跪在地上叫了声"老爷，我回来了"，然后爬起来就往后房跑。

杨其良吓得冷汗直淌，心想：杨香是被我推进茅坑淹死，殓棺后又被我偷尸埋在花丛下，而用棺材装了银子运回来，腾了银子才葬了个空棺材，如今他怎么又活跳跳地跑回来了？难道他……

"恭喜老爷，夫人生了少爷了！"

丫头的报喜声惊醒了杨其良。他沉思片刻，长叹一声："都怪我一念之差，铸成大错，是讨债鬼投胎来了啊！"

果然，这个叫杨德光的少爷长大后，吃喝嫖赌无所不为，成了路南城中的头号浪子。老子死后不到三年，他就把万贯家财挥霍了个精光。落到穷极无奈时，竟把爹娘的墓碑石和红漆棺材都刨出来卖掉了。

附 记

若要人不知，除非己莫为。做了坏事，瞒得了别人，却瞒不了在天的神灵。到头来，只能害人又害己。金玠搜集，流传于云南路南地区。

偷生鬼

清朝康熙年间，开封府有一个靠卖豆腐谋生的张老头。由于他的豆腐做得好，价钱又便宜，因此，买卖兴隆，日子过得倒也不错。只可惜夫妻俩已年过半百，膝下还没有一儿半女。张老头想，要是有个孩子那该多好啊！他每天都要虔诚地向送子娘娘祷告，祈求送子娘娘能赐给他一个儿子。

也许是张老头的诚心感动了送子娘娘，这一天，张老头的生意特别好，才个把时辰，豆腐就卖完了。当他回到家，他老婆笑眯眯地对他说："老头子，我有了。"张老头一听，高兴极了，他立刻跑过去在老婆的脸上亲了一下。他老婆推开他，半羞半喜地嗔道："都老夫老妻了，还这样，你不怕人笑话？"张老头一听，心里更是乐开了花。老来得子，能不高兴吗！从那以后，张老头就同老婆约法三章：第一，不准烧火做饭；第二，不准再磨豆腐；第三，家里的大小事情不准做，只准养好身体。这样一来，家里的全部事情都落在张老头身上，做饭、磨豆腐、卖豆腐，一个人忙得团团转，但他毫无怨言。

日赶日，月赶月，随着时间的推移，他老婆的肚子也一天天地大了起来。在一个宁静的夜晚，他们的孩子呱呱坠地，是个白白胖胖的男婴呢！张老头高兴得不得了，越看越欢喜，为他起名"来宝"。

自打来宝出生后，张老头每天卖豆腐回来都要抱着他亲上几口。张老太更是喜欢小来宝，小来宝都半岁了，还不让他下地爬，整天背着抱着。真是含在嘴里怕化了，托在手里

怕摔着。

可是，就在小来宝一周岁那年，意想不到的事情在张家发生了。那是一个风和日丽的早晨，张老头早早地就出去卖豆腐了，家里只有张老太领着小来宝玩。不一会儿，大雨哗啦啦地下起来，一下就是两个多时辰，到吃晚饭时雨才慢慢地停下来。张老太等了多时还不见丈夫回来，她就背上小来宝生火做饭。今天的火好像比平时难点，张老太一连划了五六根火柴才算点上。小来宝今天也好像不太舒服，在张老太背上号啕大哭，张老太用尽了各种方法也没能把小来宝的哭声止住。这时，锅里的水开始沸腾了，小来宝也哭得更凶了。当张老太准备放米下锅的一刹那，小来宝不知怎么的突然从张老太头上翻到锅里，烫死了。

张老太被突如其来的事情吓呆了。过了好大一会儿，才像从噩梦中醒来，慌忙把小来宝从锅里捞上来，一看，早没气了。张老太伏在小来宝尸体上哭得死去活来，那情景，即使是铁石心肠的人见了也会洒下同情的泪水。

再说，张老头今天出来卖豆腐，生意也不太好。下雨前，才卖了三分之一，大雨过后，买的人很少，一直到日落西山才卖完。他胡乱地买些东西填饱肚子就回家了。在路过一块坟地时，忽然听到有人正在说话。他被吓得毛骨悚然，心想：莫不是遇到鬼了吧。他赶忙躲在一座坟背后，只听到一个公鸭嗓子在问："大哥，你去什么地方消遣了，怎么现在才来。"

那个被称作大哥的回答道："消遣个屁，老子以为人间好玩，就偷偷地跑去降生到人间，我降生的人家姓张，他们老来得子，对我很好，整天背着、抱着，但我觉得像是笼中鸟儿一样，一点儿不自由。我等她煮米时才得以逃脱，若不是这样，我这一辈子就完了。早知如此，悔不该降生到人

间，像这样自由自在的，多好。"

公鸭嗓子又说："大哥，算了，事情已经过去，光生气也不顶用，走吧，我们去玩个痛快。"那个大哥说："好吧。"过了一会儿，说话声没了，张老头战战兢兢地走出来一看，人影皆无。他赶忙挑着担子回家。一路上，他想：听那个大哥的声音，好像是来宝的声音，难道这些人是偷生鬼不成？如果这样，小来宝肯定死了。死了倒好，谁叫他是个偷生鬼脱生的呢。

他到家看到张老太正伏在来宝尸体上痛哭，心里更明白了。他把张老太扶了起来说："人死如灯灭，哭有啥用，还是快料理后事吧。"张老头把路上遇到的和听到的讲给老太婆听，老太婆听了，才慢慢地止住哭声。

他们埋了小来宝以后，就一心一意地磨豆腐卖，日子过得很红火。过了几年，张老太又怀上了，但这次生下了的不是个偷生鬼，而是个惹人喜爱的男孩，张老头夫妇高兴异常。从那以后，他们日子过得更幸福、更快乐了。

附　记

孩子不能娇生惯养，这是中国人的至理名言。一个偷生鬼投胎来到世上，贪图的是人世间的欢乐和自由，谁知却被家长万般溺爱，含在嘴里怕化了，捧在手里怕掉了，这让偷生鬼觉得像被禁锢起来，很是痛苦。这则故事寓意深刻，再一次提醒众人：孩子是宠惯不得的。蔡从全搜集，流传于云南通海地区。

二强子

从前，在青州农村，有一庄户人家姓葛，葛老汉有两个儿子，加上一个大儿媳和一个小孙子，全家共计五口人。依靠勒劳的一双手，日子过得很不错。唯有老二强子，每天出来进去，总是哼哼咧咧地唱，什么活也不干。葛老汉时常数落他，甚至一气之下打他骂他，但也没有用。你想，做父亲的说了都不顶用，当哥嫂的还能说什么呢？所以，在干活上哥嫂也就不指望他了。

有一天，二强子正在屋里哼哼叽叽地唱呢，父亲在外面干活听见了，气得嘴里叨咕说："这个小孽种，整天唱个没完，什么活也不干，留着他有啥用，将来我非整死他。"常言道：虎毒不食子。这只是老头的气话，大嫂听见老公公叨咕小叔子，也没有往心里去。

又有一天，二强子在屋里唱得正起劲，这时，父亲干活回来，听见他在唱，气得骂道："明天我非宰了他，决不留着这个孽种。"于是，找出刀，在磨石上磨起来。其实，老头是吓唬吓唬儿子，并不是真心要杀。

这一次，大嫂又听见老公公要杀二弟的话，又见老人家在磨刀，真怕老公公在气头上做出傻事来。于是，晚上，嫂嫂悄悄对强子说："弟，你在家不能呆了，因为你天天唱，父亲说你也不听，老人家生气了，要杀你呢！你快走吧！我这里有点儿小积蓄，给你拿着做盘缠，你到外面逛逛，在外面待个一年半载的再回来，那时老人也就消气了。"

二强子听了，又惊又怕，当晚就离开了家乡。他漫无目

的地走哇、走哇，已经连着走了两三天。这一晚，他只顾赶路，错过了宿店，夜已深了，这里前不着村，后不着店，二强子心想：难道今晚我要露宿在这偏僻荒野之地吗？再往前走走看吧。于是，又往前走了一程。

这时，二强子发现前面不远处出现了灯光。他想：既有灯光，不是人家，就是庙宇，我何不前去借宿一宵。想到这儿，就加紧了脚步。

来到近处一看，是个院落。只见大门关着，里面有正房三间，屋里点着灯，灯光就是从上房屋中透出来的。于是，强子上前敲门，只听里面屋中有妇人答应一声，随即听见院里有脚步声，来到门前就问："谁在敲门？"强子说："我是过路的，因错过宿店，想在贵府借宿一宵，请主人行个方便。"话一说完，只听大门"吱"的一声开了。强子见前来开门的妇女很面熟，仔细一看："哎呀！这不是姐姐吗？"那妇女也认出了弟弟，便说："哎呀，兄弟从哪儿来呀？快进屋吧！"

来到屋内坐下，强子说："姐姐这几年跟谁过呢？"姐姐说："跟你姐夫呗。"强子说："我姐夫呢？"姐姐说："你姐夫在衙门里做事，还没回来呢。"

这时，强子猛然想起，姐姐不是死了吗？难道我是在做梦？他掐掐自己身上的肉，很疼，方知不是做梦。那么，是与姐姐鬼魂相见？想到这儿，便有些害怕。转念又想：我们姐弟几年没见面，谅姐姐不会害我的。

姐弟俩谈了一会儿家常，天已经快亮了。姐姐说："天已不早，你姐夫快回来了。兄弟，你这样见你姐夫，会害怕的。你暂时先躲避一下，等我向你姐夫说明，你再出来见他。外面有口大缸，我把兄弟暂时扣在缸里面躲避一会儿吧。"说着来到外面，把大缸抬起来，让强子蹲在里面，再

把大缸扣好。

不大一会儿工夫，姐夫回到家里。姐夫生得是青脸红发，巨口獠牙，相貌凶恶，他乃是阴曹地府阎王手下的判官。他一进屋就喊："怎么有生人味啊？什么人来了？"姐姐说："我兄弟来了。"姐夫说："怎么，兄弟来了，哪儿去啦？怎么不出来见见？"姐姐说："你这个模样，我兄弟见了会害怕的，因此，我让他躲避起来。"姐夫说："嘻，这怕啥，你快让他出来吧。"

姐姐到外面去领兄弟的当儿，姐夫将外服脱下，立刻变成一个年约四十来岁的白面书生。姐姐把兄弟领来，与姐夫见过礼，又寒暄了一会儿。姐夫说："快弄饭，先炒几个菜，我们哥俩初次见面，要在一起好好喝两盅。"在酒桌上，两个人边喝边唠，姐夫说："兄弟，你就别走了，在姐姐家呆着，还有啥说的。"

一晃，二强子在姐姐这儿住了七八天了。这天，他对姐姐说："姐姐，明天我要回家了。"姐姐说："你就在这儿呆着吧，回家你能干啥？"二强子说："我想家了，我想回家看看，愿意来时，我再来嘛。"姐姐说："也好。不过我告诉你一件事，明天对你姐夫说回家之事，你姐夫给你钱，或者东西，你什么也别要，你就要他的小毛驴就行。"

第二天，在早饭桌上，二强子对姐夫说起回家之事。姐夫说："你实要走，也没办法。叫是，你想要点什么东西呀，要不带些钱？"二强子说："东西和钱我都不要。"姐夫说："那怎么行，你来一趟什么也不带回去，别人该说你姐夫太吝啬了。"二强子说："有一样东西我想要，恐怕姐夫舍不得。"姐夫说："这说的哪里话，咱们是实在亲戚。你说吧，只要姐夫有的，你说出来，姐夫没有不给的。"

二强子说："好，我想要你的毛驴，你给吗？"姐夫一

听，心里"咯噔"一下，心说：毛驴哪能给呢！又一想，自己把话说绝了，只要有，没有不给的，这能反悔吗？"唉！"姐夫叹口气说，"行啊，送你一路用吧。"

说完，姐夫将毛驴牵了过来。这毛驴白嘴巴，全身一抹黑，非常精神。姐夫对强子说："兄弟，我告诉你，这毛驴早晚使用完后，你就把它拴在木桩上，也不用喂，尤其不用饮它，这一点必须记住。"停了一会儿，又说，"兄弟，让毛驴对着你家的方向骑上吧。要勒紧缰绳，闭上眼睛，等什么时候风声停止了再睁眼。"

二强子骑上毛驴，两眼一闭，只听风声从耳边吹过，约有一个时辰，风声停止，他把眼睛睁开一看，啊！这不是到家了吗？这正是自己住过的村子呀。于是，他跳下毛驴，用手牵着走进村，直奔自己的家门走来。

这时，嫂嫂在屋内听见院中有响动，赶忙来到外面一看："哎呀，这不是二弟吗？二弟从哪儿来？这几年在外面做点儿啥事呀？怎么走后，连封信也不往家捎呢？"

二强子一听"这几年"，愣了，说："这几年？我不是才离家十几天吗？"嫂嫂说："哎哟，二弟糊涂了，你已经离家七八年，咱父亲都去世两年啦！"强子一听说父亲已去世两年，不禁难过起来。

晌午了，老大干活回来，一进屋看见兄弟回家了，非常高兴，要同兄弟一起喝两盅。他拎起酒瓶就去买酒。走到院中，见桩子上拴着毛驴，心说：我何不骑着驴去？虽说二里多路也不太远，但骑驴去也比走着快呀。于是，解开缰绳，将毛驴牵到大门外，骑上毛驴走了。

中途过一条小溪，毛驴走到小溪前不走了，挣着脖子要喝水。毛驴像是太渴了，见它咕嘟、咕嘟喝个没完，老大心里埋怨弟弟：这人多懒，连毛驴都不饮，看，毛驴渴得啥

样，喝了多少水！"

老大嘴里正在叨咕着，只见毛驴喝着、喝着，突然，"噗啦"一声，毛驴散了架，变成了一摊纸。老大一下子惊呆了，酒也不买了，转身返回家中，进屋就同兄弟吵起来，说："你从哪里弄来的怪驴？这哪里是驴，明明是一摊纸！"二强子见哥哥吵吵嚷嚷，不知出了什么事，当问明毛驴喝了水后变成一摊纸，这才明白。心中暗说：坏了，惹下祸了！见哥哥气呼呼地数落着，觉得没法在家呆，于是，又离家出走了。

二强子又漫无目的地走了两三天。这天晚上，也是只顾贪走路程，错过了宿店。已经到二更多天，还没遇见村店。心想：这咋办呢？往哪儿投宿去呢？正在犹豫犯愁，猛一抬头，见前面不远处有灯光，于是，赶紧奔灯光走去。来到灯光近处一看，有两间小房，里面点着油灯，灯光是从窗户上透出来的。二强子就上前敲门，门开了一看，开门的是个十八九岁的姑娘。强子跟姑娘说想要借宿，姑娘很爽快地答应了，随即把二强子让进屋里坐下，然后说："你还没有用饭吧？我去做点儿饭去。"

二强子环视一下周围，见屋内没有什么摆设，也没见到其他人，心里有些犹豫。不大一会儿工夫，姑娘将饭端进屋中，说："没有什么好吃的，仅做了点米饭，请垫垫肚子充充饥吧。"二强子吃饭时，眼睛不时地看这姑娘，但见她生得容颜俊美，身体窈窕。这时，姑娘也在瞅他，见强子长得浓眉大眼，身体魁梧，便产生了爱慕之心。

饭后，姑娘将碗筷收拾下去，坐在一边。这时，二强子问："大妹子，叫什么名字，家中都有什么人？"姑娘说："我姓金，名叫玉娘，家中二老不在，就我一人。"

二强子一听，就是姑娘一人，心中感到为难，只得说：

"如此说来，我在你处借宿很不方便，我得走，到别处去借宿吧。"

姑娘温情地说："这没啥的，你就在这儿住吧。再说近处也没有村庄旅店，你到哪儿借宿去？看来我们也是有缘啊。"姑娘嘴里说着话，眼睛含情脉脉地看着二强子，二强子也在看着她，两个人相对一笑后，彼此都有了爱慕之情。夜间，两人就同床共枕了。

第二天早饭后，姑娘说："现在家中无粮了，我这里有一副翡翠玉镯，你去城里当铺当俩钱，买点米，再买点菜带回来，咱们好吃呀。另外，你要记住，要往路南当铺去当，可不要到路北当铺去当。"二强子接过镯子，拿起装米的袋子，就直奔城里去。来到城里，就顺着大街找起当铺来，当看见一家门前挂着当铺招牌时，二强子把姑娘叮嘱的话给忘了，也没有辨别是路南路北，就走进屋去，来到柜台前，将玉镯递了上去。

小伙计将玉镯接过一看，问："要当多少钱？"二强子说："当二两银子。"伙计把玉镯拿到里面给掌柜的看，掌柜说："写好当票，你就给他二两银子。"并吩咐伙计，"要跟上当镯人，看他最后回到哪里去，回来告诉我。"

二强子接过银子，走出当铺，到街上买了米和菜，背着走出城来。当二强子走出当铺，小伙计一直在后边不远不近地跟随着。只见二强子出城往北，直奔一座孤坟走去，走到孤坟跟前就不见了。小伙计赶紧跑回当铺，把情况告诉了掌柜。

掌柜的一听，不觉大吃一惊。原来二强子当的那副玉镯，就是掌柜女儿的死后随葬之物，为此，掌柜的让小伙计跟踪当镯人，怕当镯的不是个好人，镯子是盗墓偷来的。当听到小伙计说，当镯人走到城外路旁的一座孤坟处不见了，

目连救母

　　佛教故事"目连救母"在我国流传甚广，佛陀弟子目连救亡母出地狱，终使她脱为人形，母子二人得以团聚。

掌柜的心里暗说：不好，女儿成怪了。于是赶紧吩咐小伙计找几个人，运送木头干柴到孤坟处，要火炼尸体。

又说强子回到姑娘处，把东西放下后，姑娘就问他是在哪个当铺里当的镯子。二强子把情况一说，姑娘一听，就说："不好！临走时我叮嘱你不要到路北当铺去当，可是你没听，还是在路北当铺当了。如今我们在这里不能住了，必须马上就得走，不然，就要大祸降临。"

二强子说："我们往哪里走哇？"姑娘说："你没有家吗，回你家去呀。"说着两个人来到外面，姑娘问强子："你家住在哪个方向？"二强子说出方向后，姑娘说："你扯住我的后衣裳襟，闭上眼睛，我让睁眼，你再睁眼。"

二强子按着姑娘说的，扯住姑娘的后衣襟，眼睛紧紧地闭上，立刻感到耳边吹起呼呼的风声。不到一个时辰，风声停止了，姑娘说："睁开眼吧。"二强子把眼睛睁开一看："啊，真快，这不是到家了！"

二强子引着姑娘走进了村子，来到家门口，强子说："你在门口等一会儿，我先进去，让嫂嫂出来接你。"二强子来到屋里，嫂嫂一看是二弟，说："二弟回来了！"赶紧把手中的活计放下，要去烧水。强子说："大嫂，门口还有人等你去接呢。"嫂嫂急忙出去迎接，来到大门外一看，原来是个十八九岁的女子。见她长得容颜秀丽，品貌端正，嫂嫂心里已然明白。于是，走上前去拉住女子的手，热情地说："妹子，走，快进屋吧。"

二强子这次又出外一年多，并带回来一位美丽的媳妇，兄嫂很是高兴。强子夫妻俩于是同兄嫂在一起生活。因为弟妹初来乍到，又是个新婚之妇，每天三顿饭，嫂嫂总是抢着做，不让弟妹动手。可是每当嫂嫂下地要做饭时，弟妹就说饭已做好了，这可让嫂嫂轻松了。可是日子一久，嫂嫂总吃

现成的，觉得很不好意思，就想抢着做点儿。于是嫂嫂早晨老早起来去做饭，当她要去抱柴时，就听弟妹在屋里问："嫂子，这么早起来干啥？"嫂嫂说："做饭哪。"弟妹说："嫂子，饭已做好了。"

大嫂听了，心中暗说：怪呀，也没见她抱柴烧火，怎么饭就做好了呢？掀开锅一看，确实热气腾腾的饭在锅里呢。大嫂也没有办法了。老大见妻子一顿饭也不做，以为妻子偷懒，就数落妻子说："这回有了他老婶，把你可松快了，天天一顿饭你也不做，净吃现成的。你就过意得去，也应该隔三差五地烧烧火做顿饭哪！"

被丈夫数落责备，大嫂心里感到有些不痛快，说："我何尝不去做饭哪！可是，不论早晚，只要你想去抱柴做饭，他老婶总是说饭已经做好。也没见她抱柴烧火，但是当你揭开锅一看，饭确实是好了，也不知她什么时候做的。这你叫我怎么做呀！"

又说再有一个多月，老大的儿子就结婚了。大嫂要给儿子做件新衣，准备结婚时穿。自己怕裁剪不好，就拿着布去找弟妹。"他老婶，你侄儿要结婚了，想要给他做件新衣，我裁剪不好，你能给裁剪一下吗？"弟妹说："行啊，把布搁在这儿，我给做吧。"大嫂说："那太好了，我正愁着做不好呢！你老婶就受点累吧。"于是将布留下了。

一天、两天，时间很快过去了，眼看离结婚日期还有半个月了，大嫂也没看见弟妹给儿子做衣，心里很着急，但又不好意思去问。又过了几天，还是没见弟妹给做，这回大嫂可急坏了，唯恐到期做不出来，只好去问弟妹："他老婶，你侄儿的新衣，有工夫做吗？如果没有工夫做，找别人给做吧。"弟妹说："做好了，嫂嫂拿去，让侄儿穿穿，看看合适吗？"于是，从柜子里将新衣取出交给大嫂。大嫂把新衣拿

到自己房中，把儿子找来穿上一看，嗬，不但穿着合身，针线活也非常好。大嫂心中高兴，不住称赞弟妹的好活计。

这时，离结婚的日子仅有三天了，家里正商量着找谁做厨师，找谁做饭之事。弟妹说："厨师不用找，做菜一事我来担当。"老大一听弟妹要担当厨师，也无话可说，只是觉得她是个女流之辈，能干得过来吗？于是就说："你老婶做菜，不用找个帮手哇?"弟妹说："不用，厨房之内一个外人不用去，我干得了。"

结婚的头天晚间，夜已深了，家中一般帮忙的都已回家睡觉，这时老大到院中各处看看大门是否关好，东西都安放得怎样。恰巧，从厨房外经过，听见厨房内刀勺一齐响，心里暗说：弟妹一个人做菜，怎么里面这么多响动啊？扒门缝往里一看，不禁吃了一惊。只见厨房里面，有四五个十八九岁的美貌姑娘，切菜的切菜，烧火的烧火，炒菜的炒菜，忙个不停。却见弟妹坐在那凳子上，嘴里叼着个大烟袋"吧嗒吧嗒"地抽烟呢，并不时指手画脚地吩咐着。

老大心中暗说：这是哪儿弄来的姑娘们哪！看这情形，弟妹肯定不是个人，是精怪。明天宾客众多，一旦菜里有毒，宾客吃了闹出乱子来，岂不麻烦！于是，他把弟弟找来，说咱哥俩喝两盅，让弟弟到厨房去要几个菜。其实，老大是怕明天闹出事情，让弟弟先尝尝菜，即便是毒死，也只是死他一个人。

二强子从厨房端来四个菜，哥俩就喝上了。老大只顾喝酒，一口菜不动，二强子连喝带吃，还不断地夸赞菜炒得好，紧让大哥吃菜。老大说："你快吃吧，我嫌这菜油水太多。"二强子就把四盘菜全吃了。

第二天早晨，老大见二弟没啥事，这才放心。等亲友、街邻都走了，老大单将舅舅留下了。因为，舅舅是个巫师，

懂得法术，能降妖捉怪，老大想让舅舅看看二外甥媳妇是个什么精怪，并设法给驱除一下。

于是，大嫂将弟妹叫来说："他老婶，舅舅在屋里呢，你去给他给装袋烟，让舅舅看看，认识认识。"弟妹进屋来问了舅舅安好，然后，取过烟袋，装上烟，用两手举着烟袋向舅舅递烟。就乘递烟之机，舅舅一手接烟，另一只手照外甥媳妇头上的天门拍去，"啪"的一声，将一道灵符贴在了她天门上。外甥媳妇当时脸一沉，不悦地说："舅舅，你这是干啥？我告诉你，你的法术还不行呢！"舅舅见此情形，暗说：不好，我得赶快走。于是，同外甥们道别走了。

出村走了有二三里路，来到一个僻静处，二外甥媳妇由隐蔽处走来，拦住了舅舅的去路，说："你往哪里走！你破坏我们的美好姻缘，今天，你休想活命。"说完，上前便将舅舅脖颈抓住，一用力，将舅舅活活地掐死了。

舅舅一死，老大一口咬定是弟妹干的，说弟妹是个精怪。于是，他各处聘请法师，前来降妖捉怪。这一天，他请来了个道士，搭起一个一丈二尺高的法台，准备正当午时作法捉妖。

这天早饭后，二媳妇对强子说："今天正当午时，你我夫妻就要永别了。"强子惊讶地说："为什么？"媳妇说："你家不把我当人看，我还怎么呆下去呢！实话告诉你，我不是人，而是一个鬼。但是，自我来到你家后，并未给你家带来害处。而你大哥认为我是个妖怪，想方设法要除掉我。这不，今天又请来一个法师想捉拿于我。我这回真得走了。"

强子再三恳求媳妇留下，但再也挽回不了妻子离去的决心。两人难舍难离，抱头痛哭，眼看已时要过，媳妇悲声停止，对强子说："时辰快到了，我再告诉你一件事，我这次走，要去九仙山修炼，如果你想念我，可到九仙山去找我。

现在午时已到，我求你送送我可以吗？"强子说："可以。"
媳妇说："你拽住我的后衣裳襟，跟我一起上法台。"

这时，老道正在台上作法，只见法师披散着头发，左手
掐诀，右手仗剑，用宝剑挑起灵符，在蜡烛上点着，说是头
道符烧了，狂风骤起；二道符烧了将妖精捉来；三道符烧了
将妖精斩掉。

老道口中念念有词，将头道符烧了，狂风并未起。二道
符完后，只见二强子扯着媳妇的后衣襟，来到法台前；媳妇
一纵身形，连强子一同纵上法台。上台后，媳妇就与老道斗
起来，两三个照面后，媳妇用手把强子往后一推，推倒在法
台上，一道火光闪过后，媳妇遁去，不见了踪影。

此后，二强子在家终日思念妻子，茶饭不思，眼看着身
子逐渐消瘦。一日，强子想起妻子临别时说的话，就决心要
到九仙山去找妻子。兄嫂劝留不住，也就由他去了。

二强子辞别了兄嫂，按照媳妇临别时告诉的方向走去。
这一天晚间，二强子来到一个村庄住下，向店主人打听九
仙山在何处，店家说："你问九仙山，倒是不远了。"说着
用手指着前方那座大山说，"前面那座山叫望仙山，你登上
望仙山顶峰，往东一看，对面那座山，就是九仙山。虽说
离得不远，可就是无路可通，谁也别想过去。你到望仙山
顶峰时，还必须注意，脚下是万丈深崖，山底下是九江河，
如不小心摔下去，不摔死也得被河水淹死。而且，山上猛
兽很多，我劝你还是不去为好。"二强子听了，谢过店家的
指引，就去歇息。

躺在床上，二强子无法安睡，心想，明天怎么办？但想
到思念妻子心切，便一咬牙，决定不论如何艰险，也要到九
仙山找到她，否则决不生还。

到了早晨，强子吃罢饭就直往望仙山奔去。晌午，爬上

望仙山的顶峰，站在峰顶上往下一看，陡峭的山崖底下，是条波涛滚滚的大河，足有二三十丈宽。他想，这可能是九江河了。河对岸有座大山，只见那山郁郁葱葱，林阴茂密，远看山连山，岭连岭，连绵起伏，心说，大概那就是九仙山了。

看来到九仙山，确实不远，只是应该从哪里过去呢？二强子巡视左右近处，想看有没有可以渡到彼岸的渡口，正在眺望得出神，猛听身后一声吼叫，二强子回头一看，见一只猛虎扑来，吓得二强子"哎呀"一声，身子一晃，栽下了万丈深崖。

等到苏醒后，二强子发现自己已经到了九江河的彼岸。他站起身来，捡起自己带的小包裹，这时，看见身旁岸边有一具尸体，二强子觉得很庆幸，还好自己没有被淹死。于是，他背着小包往山里走去。

一直走到深更半夜，忽见前面出现了灯光，二强子走近一看，有两间小房，灯光是由窗户透出来的。二强子上前敲门，开门的是个老太婆，约有六十多岁，鬓发都白了，见了二强子就说："你来了，我在这儿等你好几天了，快进屋吧。"

二强子感到奇怪，心想：她是谁呢？听她说话好像认识我。二强子走进屋内，老太婆说："怎么，你不认识我吗？"二强子说："你是谁？我怎么没见过你！"老太婆笑了，说："也难怪你不认识，因为我老了。"于是，走到外面，像是将一块蒙头的手帕揭去似的在脸前一比划，现出了二强子媳妇的样子，来到屋中。

二强子一看，高兴极了："啊，原来是你呀！可让我找到了！"上去就要搂抱。媳妇羞着说："稳重点儿，你知道吗？现在，你已经是另一个人了。"

这时，强子才知道自己已经死了。但他并不难过，因为他又和自己的媳妇生活在一起了。

附　记

这则鬼话，内容丰富，情节离奇，具有较强的可读性。二强子不断遇见鬼：先是见到死去的姐姐，牵回一头毛驴，却是纸制的；第二次遇到女鬼，拿到翡翠玉镯，却被当作盗墓贼；第三次娶了媳妇，帮助家里做了不少好事，却得不到安宁，最后他只能与妻子在阴间相聚。能与相爱的人在一起，也算死而无憾。侯耀先搜集，流传于吉林洮南地区。

中国**鬼**话

鬼复仇

盗　墓

从前，在一个城里，有个二流子。他自小死了娘，由父亲一手抚养大。长到十八九岁时，他不务正业，成天游手好闲，偷鸡摸狗，无恶不作，当地人都称他为二癞子。

这天，二癞子提着鸟笼，拐进一家茶馆里，要了一碗茶，边喝边眯着眼睑听旁边坐着的几个老头讲古文。只听见南首一位胖老头说："听说东村穷三张力，昨天挖古墓，挖到一个罐子，掀开一瞧，你们猜怎么着，一大罐金子！这下穷三可不穷了。今天早上进城了，听说要在城里做生意呢。"

那南首老头这么一说，北首的老头也接着说："这有啥稀奇，如今年景好，哪家没有二三百两银子，死了人谁个不想摆阔气，把那些金环子、银耳环尽往死人身上戴，这个盗墓的可捡着便宜了！"

真是说者无心，听者有意。那二癞子听后想：我如今二十还差不了多少了，连一个栖身之地都没有，听说这盗墓生意好做，就是……原来二癞子担心盗墓会不会被鬼怪缠住。

这几天，二癞子从一个游方老和尚口中得知：鬼怕狗血和红色。于是这天晚上，二癞子身穿一套火红紧身衣裤，咬牙喝下一碗狗血，提着铁镐，盗墓去了。

这回二癞子出师大利，盗得十多件金银首饰，换到二百多两银钱。二癞子望着一堆闪闪发光的银子道："怪不得前几日听那老算命说我耳红眼肿，必定发财，没想还真灵。"第二、第三晚，二癞子又盗得一些金银。

且说市北郊有一座孤坟，坟中有一个孤鬼。他生前乃城

中富豪，阳寿还没有完，就因喝酒过多而丧身，所以一直没有去阎罗府报到。这晚，这孤鬼刚在坟中安睡，忽然觉得有人挖他的家，刚一抬头，头就被一个铁镐碰了一个大血包。

那孤鬼大怒，化作阴风，钻出坟一看：只见一个人身上背着三把大火，口中喷出狗血臭味。孤鬼哪里受得了这些，留下尸身，变作一阵阴风，逃到离城不远一个山寺后空坟中安下身来。

那盗墓之人，不是别人，正是二癞子。那晚，他挖开坟，打开棺材一看，见里面有不少金银财宝，便全部盗走了。这一来，他成了城中一大富豪。

再说那个孤鬼，自从头被二癞子挖破之后，天天溜进山寺偷油治头伤。那寺中方丈，胆子极大。这几天他见灯油比以往用得特别快，心中很纳闷。

这天晚上，他躲在佛像后，偷偷盯着油灯，准备捉偷油贼。

不一会儿，一阵阴风过后，进来一个无颈之人。那人就是孤鬼。孤鬼进寺后，来到灯前，用一个小圆球在灯盏中蘸了一点油，滴在头上，然后用手摸抚着。

过了一会儿，他要走了，躲在佛像后面的方丈飞身跃起，用佛球套住那人，厉声问道："你是何人，为何来寺中偷油？"

那孤鬼答道："我乃本城富户李旨，前几个月喝酒丧生，埋于城北郊，没想前几天被二癞子用铁镐击伤头，故而偷油治伤。"

方丈一听，惊问道："那你为何不报仇？"

"那二癞子身背三把火，正在走红火大运，我一小鬼，哪能奈何得他，只有等到他家鸡子杀人，被杀人的魂与我一道到阎王爷面前告它，方才能行。"说完一挣扎，就不见了。

再说二癞子自从发了一笔大财后，买了不少地，在家过着灯红酒绿的生活。

这年金秋，稻谷熟了，二癞子请了几个短工，帮他家割稻谷。中午吃饭后，短工们把磨得发亮的镰刀挂在屋檐下，然后坐在屋檐下谈天说地。

这时，一只公鸡被二癞子一打，一下子从屋里飞出，撞在挂在屋檐下的镰刀上，那镰刀经这一撞，一下子掉下，把屋檐下的一个人给劈死了。

那人之魂游游荡荡到阎罗府，遇到那孤鬼，两人一合计，在阎王面前联合告了二癞子一状。

阎王一听，翻开寿命簿，果真发现二人寿命还没到，是给二癞子劈死的，忙叫他二人还魂，又连夜差黑白无常勾去二癞子的魂。

第二天早上，二癞子死在大街上。这真是：恶有恶报，善有善报。

附　记

明明是盗墓贼获取了不义之财，阎王却无法立刻判案，还需要另外一个鬼来作证，说明判断一个案情并非易事。郑光华搜集，流传于湖北随县一带。

五鬼

小鬼五人高举旌旗，神态各异，不知将去向何处？

看红眼

王安柱，青州人，常年经商在外，以卖笔为业。

这天晚上，细雨绵绵，他来到一个村子边，正愁无处安身的时候，一抬头，看见前面路旁有个小草房。他来到房里，只见院墙倒塌，荒草有半人多高，这里已好长时间无人居住了。

王安柱赶了一天的路，早已疲惫不堪，再加上他这几天得了红眼病，左眼又红又肿，不管走路、做事都只凭一只右眼，所以他无力再行，就在这座草房子里住了下来。

开始，倒也平安无事，到了半夜，蒙眬中忽然听到有说话的声音，接着看到一高一矮两个人提了灯笼走了过来。但见他们的舌头伸出一尺多长，拖到前胸。王安柱忽然想起小时候听父亲讲过，人上吊死后就变成吊死鬼，舌头拖到前胸。想到这，他吓得大气不敢出，只觉得浑身软绵绵的，无力动弹，也不敢再看，就闭着眼睛装作睡熟的样子。

再说这一高一矮两个吊死鬼，高的叫张三，矮的叫李四，原是在阳间作恶多端，被阎王爷在生死簿上划去了他们的姓名，他们就糊里糊涂地上了吊，变成了吊死鬼。今天，他们是奉阎王爷之命，来这个村子里为一个阳寿已尽的人来招魂的。

他们俩走到这里，本想到这屋子里休息一会儿再走，谁知，他们一进屋子，却见一个人睡在地上。只见那人左眼红肿，张三说："庚兄，你看那人的眼，在阳间是红眼病，人人讨厌，可到咱们阴间，不但漂亮，而且，听说阎王爷最喜

欢红眼，凡是红眼睛的都要封个大官。"

"我也听说是这么回事，我看这样吧。"李四说着做了个手势，凑近张三，在他耳边小声说，"咱们把他的红眼睛偷去用用。"张三一听，连声说："好，好。"就这样，他俩围着王安柱转了一圈，又伸手在他脸上抓了一把。

王安柱这时已被吓昏过去，直到第二天天大亮才醒过来，奇怪，怎么看东西清清楚楚，他伸手摸摸左眼，不肿也不疼。他走近村子里，把夜里发生的事讲给人们听，这事一传十，十传百，很快传遍了全村。

这个村子里有一个叫刘小福的财主，平时无恶不作，啥坏事都干得出来，人们都恨透了他。偏巧这几天他也得了红眼病，不过病的是右眼，多方医治无效，现在右眼越来越肿，越来越疼，已经看不见东西了。

他正坐在屋子里发愁时，他的狗腿子刘老好走进来说道："老爷，你听说了吗？"接着他把昨天夜里发生的事讲了一遍。刘小福一听，表面上一本正经地说："胡说八道，哪有此事。"但心里不禁喜上眉梢，想：莫不是神仙下凡给我看红眼来了。

傍晚时分，刘小福匆匆吃了几口饭，把自己打扮成卖笔的人，趁别人不注意，偷偷来到路边草房里倒下便睡。到了半夜，果然走来一高一矮两个鬼，借着他们提着灯笼的光亮可以看见，他们的舌头拖到了胸前。刘小福吓得赶紧闭上了眼睛。

"唉，"其中一个鬼叹了一口气说，"没想到区区小事就让阎王爷打了几十大板，还差点下油锅呢。"

"都怨这个卖笔人，"另一个鬼气恨恨地指着地上躺着的刘小福说，"要不是他的红眼，咱们能挨打吗？咱们趁早把红眼还给他，让他看不见路。"

"对，我也是这意思。"他们一边埋怨，一边绕着刘小福转了一圈，其中一个手里好像还拿着什么东西朝刘小福左眼放去。

第二天，人们路过这所小草房时，听到里面有呻吟之声。进去一看，只见刘小福两眼红肿，什么也看不见，正在那里声嘶力竭地哼呢。

后来，村里人知道了事情的经过都说："这就是报应，真是善有善报，恶有恶报。"

附　记

这是一种类型故事，在其他民间故事中也经常可以见到。其一般模式为：某人先是被鬼或者具有魔法的动物无意捉弄，却意外治好了疾病；然后是坏人模仿他的做法，却被鬼或者动物将同样的疾病移植到他身上。此类故事有积极的主题思想，有神奇的情节内容，因此被广泛移植到各种叙事作品之中。刘文战搜集，流传于河南济源地区。

刘仁章

刘仁章，是湖南宝庆府人。他为人正直，嫉恶如仇，胆子也大，从来就不怕什么鬼怪。人们问他为什么不怕鬼，他说："我不打牌赌博，也不偷人做贼，总之一句话，我从来不做亏心事，我怕什么鬼呢？"

有一年，刘仁章去省城赶考。这天，天色暗了下来，他便去一家客店投宿。他看到客店中正好有一间空房子，便对店主说："店家，让我在你的客店中住宿一夜吧。"

店主说："可惜小店都住满了客人，没有空屋了，还请相公另找客店住宿吧。"

刘仁章听了奇怪地问店主："那间房子不是空着么，怎说没有空房子呢？难道你怕我付不起住宿钱不成？"

店主说："相公，说哪里的话。我不是怕你没住宿钱，而是那间房子确实住宿不得啊。三年前，有个女人吊死在那间房子里。从此，那间房子就闹鬼，已经吓死过不少人了。我劝你还是别住这里吧。"

"哦，那间房子里闹鬼么？那我今夜就更要住这里了，我想看看那鬼是个什么模样，看她敢把我怎样。我只求店主人给我一盏香油灯，把香油灌满就够了。"

店主听了，回答道："既然客官不听劝告，硬要住这里，那我也没办法。香油灯我去给你拿来。"说完，店主便拿来了一盏灌满香油的油灯，递给了刘仁章。

刘仁章把油灯往那靠床边的桌上一放，便在那间房子里住下了。

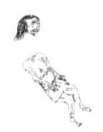

　　刘仁章躺在床上，微闭眼睛，假装睡熟。到了半夜三更的时候，突然那间房子的楼上好像有人用力踩着楼板，发出了像打雷一般的"轰轰"声，声音停了后，却见从楼上慢慢伸下一只脚，接着两只脚，再接着就现出了人的身躯和脸。

　　刘仁章睁开眼睛一看，看见一个披头散发的少女。那少女斜靠着桌子，把蓬乱的头发放到香油灯的火苗上。如果是人的头发，早给火苗烧光了，可那少女的头发却不燃烧。

　　刘仁章看了，笑着说："我知道你是个鬼，但是，我并不害怕。我看你这样年轻就死了，一定是冤屈死的。如果你有什么冤仇尽管对我讲，有冤我给你伸冤，有仇我帮你报仇。"

　　那少女听了，便把放在灯上的头发拿开，坐到桌子上，问刘仁章道："请问相公，是宝庆人么？"

　　刘仁章回答："正是。"

　　"宝庆有个钟家坳，相公可知？"

　　仁章答道："知道，我正是钟家坳的。"

　　"钟家坳有个叫钟进成的人相公可认识？"

　　"认识。"那少女问一句，刘仁章答一句。仁章见她问到钟进成，便问她："请问小姐贵姓，你问钟进成做什么？他是你什么人？"

　　"我姓陈，钟进成是我的仇人！"那少女边说边"呜呜"地哭了起来。

　　刘仁章说："请别哭。你有什么苦处尽管说，我一定尽力帮忙。"

　　那少女一听，便停止了哭声，将事情一五一十告诉了刘仁章。

　　原来，那少女是一个姓陈的财主家的小姐。三年前，宝庆来了个做生意的，叫钟进成。钟进成是个人面兽心的家

伙，他见陈女美如天仙，便起了歹心。钟进成用花言巧语哄她，欺骗她说："我府家财万贯，可惜我还没娶妻，因为我看不中那些娇媚华贵的女人，但陈小姐却让我一见钟情。如果你愿意的话，我想娶你做妻子。在我所见到的女人中，只有你才是最美丽可爱，天下难找，世上难寻的好姑娘。你就答应我吧……"钟进成甜言蜜语缠她，油嘴滑舌哄她。陈女那时才十七岁，经不起钟进成的勾引诱惑，把贞洁给了他，并带着许多银两和嫁衣跟钟进成一起私奔到这客店里，就住在这间房子内。钟进成对陈女说："我把这些银两和嫁衣先送到我家去，然后我再让轿夫抬轿子接你回去，好吗？"

陈女信以为真，点头应允了。哪知，钟进成一去再也不来了。陈女在客店里等了几个月，竟杳无音讯。后来陈女一打听，才知道自己受了骗，钟进成家里已经有了妻子儿女，他是一个专门诱诳少女、骗取钱财的坏蛋。他骗取了陈女的钱财之后，就去买了个小官做。陈女觉得回不了家了，见不得爹娘，就吊死在这间房子里。

刘仁章听罢陈女讲完不幸遭遇后，一下子从床上坐了起来，气得火冒三丈，猛地一拳击着床沿说："世上竟有这等事！简直是无法无天。这个谋财害命的畜生，必无好死，我去告他！"

"相公不必去告，只求你把我带到他家里，只要我一见到他，我自有办法使他没有好结果，只不过在过凉亭古庙时你要告诉我一声。你现在去赶考，等考完后就带我到钟进成家里去好吗？"

刘仁章说："为了帮小姐报仇雪恨，我明天就陪你回钟家坳。你跟我走，我一定把你带到钟进成那里。"

"啊，相公嫉恶如仇，如此大恩大德，请受我一拜。"说着就跪下来拜他。

刘仁章忙说:"小姐不必这样,路不平,有人铲。钟进成如此恶毒,我岂能放过他! 小姐今夜不要再吓我就可以了,明天我喊你,我们一起走。"

"相公帮我报仇,我今夜怎么会吓你呢? 记住,你睡的这张床靠外面床脚下压着四块银元,就算是我送给你的报恩之礼吧。"陈女说完就不见了。

刘仁章上床睡觉,一直睡到天亮,起了床拉起那只床脚,果然有四块银元在那里。他拾起了银元放到身上,然后背上行李袋,说:"陈小姐,我们走。"

没等他说完,陈女突然出现在他的面前说:"相公,快辞别店主去吧! 你不用管我,只要一会儿,我就会追上你的。"说完,陈女又不见了。

仁章走出了那间房子,付了住宿费,向店主告别。

店主笑着说:"相公没被鬼吓着,胆子真大,福气不小。昨夜,你见到了鬼么?"

刘仁章笑着说:"从今以后,那房子里就没有鬼了。"

店主听了奇怪地问:"为什么,是不是你把鬼吓跑了?"

"那鬼是冤鬼,她找仇人去了,所以这客店里没有鬼了。"刘仁章说罢,辞别店主,便朝宝庆府钟家坳而去。

他在去钟家坳的路上,突然听到陈女喊他:"相公,你看看我在哪里?"

他四周一看,并没有看到陈女,忙问:"陈小姐,你在哪里?"

陈女说:"在你的行李袋里。"

仁章取下行李袋,打开一看,果然见陈女在里面,只有拳头那么大。奇怪地问:"小姐,你怎么到里面来的?"

"这你不必问。你只管把我带到那个畜生家。"陈女说。

于是,刘仁章又背上行李袋朝前走。走了一段路,他看

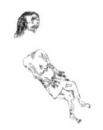

到前面有座亭子，就说："陈小姐，前面有座亭子要过啊。"等他说完，只见有只燕子突然从仁章的行李袋里飞到空中，飞过亭子不远，又不见了。刘仁章看到了那只燕子，知道是陈女变的。

他们又走了一段路。只见前面有座古庙，仁章说："陈小姐，前面有座古庙要过啊。"等他说完，只见拳头大的陈女，又从他的行李袋里飞了出来，落到地上逐渐变大，一直大到人的模样。然后，她绕着古庙，打从后面走过。

仁章走过了古庙，没有看到陈女，就打开行李袋一看，陈女不知什么时候又回到了行李袋里，又只有拳头那么大。仁章继续背上行李袋赶路。终于，在天黑的时候，来到了钟家坳。

到了钟家坳，仁章背着行李袋直奔钟进成家。到了钟进成的家门口，见门关着，仁章敲了敲门。门开了，是钟进成妻子开的门。

仁章忙问："大嫂，进成在家吗？"

"他去黄木匠家喝酒去了，你找他有什么事？"

"一点小事，打扰了。"仁章边说边离开了钟进成的家，往黄木匠家走去。

黄木匠的门也关着。仁章敲了敲，黄木匠开了门，刘仁章看到钟进成正举杯喝酒。于是，他忙喊："进成，外面有个人喊你有事。"

"什么事啊？"钟进成说着，带着醉意走出了黄木匠的家。

他刚走出黄木匠家十余步，陈女就突然出现在他的面前。他看见陈女的颈上套着根绳子，红红的舌头伸出来有一尺多长。钟进成吓得立刻醉意全消，冷汗直冒，大叫道："有鬼！有鬼！"边说边转身往黄木匠家躲。

　　黄木匠听得钟进成喊有鬼，慌忙闩上门。钟进成见黄木匠关上了门，就用手拍打着门说："黄师傅快开门！快开门救我一命。"

　　黄木匠听了，吼道："你给我滚，不要把鬼带到我家里来。"

　　陈女一步步逼近了。钟进成吓得跪地求饶，说："饶了我吧，陈小姐！你要钱、要东西，我都可以给你。"

　　"我要你的命！"陈女愤怒地说着，用那一尺多长的舌头朝钟进成头上一舔就不见了。钟进成只觉得头上一麻，吓得连滚带爬逃回了家。

　　第二天早晨，钟进成这个作恶多端、贪财好色、谋财害命的家伙就一命呜呼，见阎王去了。

　　再说，刘仁章把钟进成从黄木匠家喊出后，趁着钟进成大喊有鬼时，便跑回了家。第二天早晨，他起床时看见陈女突然坐在他的床边，对他说："如今我大仇已报，相公帮我报仇的大恩大德，我永世难忘。现在我告诉你一个好消息，离这里有百多里远的南村有个张举人，他的夫人怀孕三年还没有生下孩子来，那是因为阎王要我投胎去那儿，我因大仇未报没有去。阎王要我先投了胎后报仇，而我却要先报仇后投胎，如今我报了仇，就要去那儿投胎。我把这粒药丸给你，你只要把这粒药丸给张举人的夫人和温水服下，那夫人就会很快生下孩子来，你就可以得到三千两银子。"说完，陈女又不见了。

　　刘仁章便骑马赶到百多里外的南村张举人的府上，说明了来意。他一问张举人，果真有那么一回事。

　　原来，张举人的夫人怀了个怪胎，怀孕三年了还没有生下孩子来。张举人非常着急，他挂榜招名医，谁能有办法使他的夫人生下孩子，赏银三千两。但是，从四处招来了许多名医，结果却无济于事。

　　刘仁章按陈女的说法拿出了那粒药丸给张举人的夫人和温水服下，她立刻觉得肚里"咕嘟咕嘟"地响了一阵。接着，她走到内房，就生下了孩子。

　　张举人大喜，"真乃神医，神医也！我请了许多名医，他们都无能为力。"说完，就问刘仁章道，"你的医术真高明啊！不知名师是谁?"

　　刘仁章笑着，把他去赶考路上所遇的情形前前后后、原原本本地告诉了张举人。

　　张举人听了，急忙打躬作揖道："相公放弃功名，舍己救人，品德高尚，令人敬佩。"

　　这时候，丫环抱出了夫人生下来的女孩，仁章一看，那孩子和陈女的相貌一模一样，而且，她一看到仁章就笑了出来。张举人非常高兴地留仁章在他家住了一夜，第二天他双手捧着三千两银子，一定要送给仁章。

　　仁章回到家里，把那三千两银子分了二千两给贫苦百姓，自己拿了一千两。三年后，他考取了举人，后来又中了进士。他常常把年轻时候所经历过的这件事，当作故事讲给别人听。于是，这个故事便在民间中流传了下来。

附　记

　　一个毫不相干的人，却愿意帮助别人摆脱冤情，这是一种高尚的情操。故事用超现实主义的艺术手法，夸张地表现这一主题，同时也希望带来一个圆满的结局，这是民间创作者的最原始的宗旨。袁正义搜集，流传于河南新乡地区。

中国鬼话

鬼妻

女鬼助夫

河南息县有个集镇油坊店，相传这个地方的鬼特别厉害，你若不信，敢在街上随便骂一句"见鬼"之类的话，准保你挨女鬼的拳头。女鬼为何打人？这里流传着这么一个故事。

从前，油坊店住着一户人家，小两口过日子，男的叫任老七，女的叫王翠花，两人种着两亩田地，夫妻恩爱，日子过得苦中有甜。特别是看见妻子渐渐凸起的肚子，任老七有说不出的高兴，自己即将当爹，也不必发愁任家后继无人了。

十月怀胎，一朝分娩。王翠花生了个白胖小子，可她自己身体却虚弱得很，加上又染上"月子病"，儿子生下地刚三个月，她便命归黄泉了。任老七痛不欲生，望着嗷嗷待哺的婴儿在不停地啼哭，心如刀搅般难受："妻呀，你死了千事不管，万事不问，咱的孩子谁人抚养？我纵有三头六臂，也顾不过来呀。我的命好苦哇！"他大哭一场之后，用一张草席掩埋了妻子。

转眼到了农忙季节，任老七做完农活，拖着疲倦的身子回到家来，既要锅上一把锅下一把地做饭，还得照料孩子。他本来身体就不好，这下更是瘦得皮包骨头，日子过得凄凄惨惨。

一天中午，任老七从地里回来，一放下锄头，手就朝锅里伸，他要拿稀饭喂给孩子吃。谁知，锅内空空，哪有稀饭的影子？他估计可能是被狗偷吃了，心里不由得一阵难过。

孩子没饭吃，还不饿得乱叫唤？他走到床前，看见孩子睡得正香，脸蛋儿依旧红扑扑的，一摸肚子鼓鼓的，就跟平时吃饱了一般，才稍许放了心。

任老七来到厨房，从缸里舀水做饭。当他掀开锅盖，不禁呆了：一锅红薯稀饭已经熬熟，呼呼冒着诱人的香气。怪事，这是谁做的饭？想到孩子已经喂饱，肯定都是同一个人干的。到底是谁呢？他百思不得其解。

更让任老七不解的是：此后，每天做完活回来，饭都做好了，孩子也喂了，等他吃罢饭下地的时候，碗筷不知啥时也收拾好了，就跟翠花活着时一样。他曾听说过鬼帮人料理家务的事，莫非我也遇上了鬼？

任老七想得不假，这个鬼就是王翠花。

王翠花死后，阴魂未散，时刻挂念着丈夫和儿子。特别是看到丈夫忙得吃不上饭时，更是心痛，便回家来做饭喂孩子，料理家务。因为她是鬼魂，所以任老七看不见她。

任老七白天不怕，夜里可吓得睡不着觉，便想了个点子，把邻居们找来陪他过夜。晚上闲得无聊，几个人就赌上了。渐渐地，任老七赌博上了瘾，在家里赌不算，夜里还经常在外赌。

却说有个小偷，摸准了任老七夜里爱在外赌博的习惯，便在一天夜里，大摇大摆地进了任家，没费吹灰之力便找到了一袋红薯，扛起就走。

"站住！"冷不丁一声叫唤，把小偷吓了一哆嗦，听声音是个女的。他前后打量，并无一人。心想：难道是自己疑心生暗鬼？

"你这个狼心狗肺的家伙，偷我家的红薯，你缺了八辈子德！"

"哎呀妈呀！"小偷吓得惊叫一声，扔下红薯就往外跑。

怎么回事？原来他听出是王翠花的声音。

王翠花又找到正在赌博的丈夫，她气坏了，呜呜咽咽地说："好你个任老七，我替你看孩子，料理家务，实指望你往好上奔，谁曾想到你竟开始败家，好伤我的心哪！"满屋人听了，无不大惊失色，任老七更是吓得不敢吱声。

"你个败家子，鬼迷心窍就知道赌博。要不是我吓走小偷，你明早只能喝西北风了。"说到这里，人们猛听一声怒吼："还不快回去看家！"这时，悠然刮过一阵风，大伙就再没听见王翠花的声音了。

任老七脸色苍白，一步一步地挪回家。当他发现红薯已挪了地方时，知道翠花没说瞎话，想起翠花连日的照料，不禁鼻子发酸，抱头痛哭。

忽然，头顶上一阵风刮过，传来翠花的声音："老七呀，你若不改改赌博的恶习，以后日子可咋过呀！虽说我能帮你料理家务，但没粮可做不成饭哪！咱俩毕竟是阴阳两界人。"

"翠花，我的好翠花！我再也不赌了，我再也不赌了呀！"任老七痛心疾首地说。

"但愿你能说话算数，为妻我在阴间也放心了。"话音刚落，又是一阵风动，屋里便只听见任老七在忏悔了。

据说，任老七痛改前非，在亡妻翠花的帮助下，日子越过越旺火，子孙一代比一代强。

王翠花死后仍料理家务的奇事传出去后，油坊店集上的人议论纷纷，有个小伙子刚说出："任老七家出活鬼。""砰"，肩上就挨了一拳。他一回头，身后正跟着一小伙，便吼道："你凭啥打我？"

那小伙子莫名其妙地说："我没打你呀。"

"你没打，莫非是鬼打的不成？"话犹未了，肩上又挨了一拳。

“哎呀妈呀！”小伙子惊叫道，“鬼打人了，鬼打人了……”

从此，油坊店没人敢随便说鬼了，大家都说这里的鬼厉害，敢打人。

附　记

这个鬼魅故事有着非常朴实的情感，反映了夫唱妇随的农家生活状态。老婆死了，却依然帮助丈夫干活、做家务，与田螺姑娘的故事类型有相似之处。李国灿口述，任恩国搜集，流传于河南息县地区。

"奇怪"崩大堂

从前有个村子，村外有一条大沟，因为葬满了死人，所以人们都叫它鬼沟。

村里住着个孤身小伙子，乳名唤做成哥，经常在鬼沟里打猎。这年成哥偶染疾病，想到自己身边无人照顾，不免长吁短叹。

一天夜里，小伙子病得口干舌燥，躺在炕上迷迷糊糊。约摸半夜时分，忽觉口内一股清凉，蒙眬间睁开双眼一看，发现身边坐着位年少姑娘，面如桃花，美貌异常，正一边给他喂水，一边替他擦汗。

成哥感到诧异，问姑娘姓甚名谁，家住何处。姑娘说："我就住在你经常打猎的那条沟里，名叫桃花，也是孤苦一人，因平时很少出来，所以你未曾见过。小奴见成哥这几日没去打猎，特意前来看看。"成哥听了，十分感激。

自此，姑娘每天来到成哥家中，替他熬汤煎药，侍候得周周到到。不知不觉个把来月过去，成哥病体康复，竟与姑娘相处得难舍难离，求姑娘留下来做他的妻子。

姑娘无限忧伤地说："成哥还不知道，说出来不知你害不害怕，我其实是个死了的冤鬼……"

成哥竟一点也不害怕，说："姑娘这般温存善良，别说是鬼，就是妖精我也心愿！"

姑娘见成哥情真意切，就同意了。当天，两人就结成了夫妻。

却说本县有个县官姓李，因为贪财好色，断案糊涂，脑

袋长得像颗驴头，老百姓都叫他"驴县官"。这天驴县官出来游山玩水，路过成哥家门口，看到成哥妻子长得如花似玉，顿时失魂落魄，回到衙门里几日不上公堂理事，一心想把成哥妻子霸占到手。他听说成哥是打猎出身，立刻想出了一条毒计，将成哥传到县衙，说是皇上来了圣旨，限成哥三日之内，上献一百只鸽子，违者按抗旨治罪。

成哥闷闷不乐，回到家中，将驴县官的命令告诉了自己的鬼妻，愁眉苦脸地说："三日内打一百只鸽子，根本难以完成，这该如何是好？"

妻子道："郎君不用忧愁，你去买十张白纸，回来我有用处。"

成哥说："我愁得连鸽子都交不上，眼看咱夫妻只有三天的团聚啦，哪还有心思去给你买纸呢！"

妻子说："叫你买你就去买，保管三日之内，有你一百只鸽子交就是啦。"

成哥无可奈何，只得去集上买回了白纸。鬼妻把纸剪开，糊成了一只只漂亮的小白鸽。三天限期一到，她把纸鸽放进了两个大竹篮，叫丈夫挑去交差，并且一再叮嘱：不走到县衙大堂，千万别打开篮子瞧看。

谁知成哥出了家门，一路疑疑惑惑，总想打开篮子看看才肯放心。不料他刚把篮子弄开条缝，"噗"的一声，一只活生生的鸽子就飞了出来。成哥又惊又喜又后悔，急忙将篮子盖好，想到一百只鸽子现在只剩下九十九只，县官必定会治罪。

他心惊胆战地进到衙门，将鸽子交给县官。驴县官数了数，不多不少，正好是一百只。原来细心的妻子料定丈夫路上必要偷看，特意多做了一只。驴县官见找不出什么毛病，便又给成哥下了道新命令：限他三天之内，再上交三百只斑

鸠，完不成定斩不饶。

成哥回到家里，依然是愁眉不展，茶饭不思。鬼妻问道："郎君，咱已经把鸽子交了，你为何还不高兴？"

成哥说："驴县官不讲理，他得了鸽子，又要我三日之内上交三百只斑鸠，咱怎能办得到呢？"

妻子说："这个容易。"她又叫丈夫买回了三十张黄表纸，请来了几位鬼妹，大家一齐动手，裁的裁，叠的叠，一夜工夫，又很快糊成了三百只斑鸠。

成哥把斑鸠交给县官，驴县官见连施两计不成，又气又恼，小绿豆眼珠一转，对成哥说："皇帝知道你常年打猎，一定见过不少稀罕东西，多给你两天时间，叫你弄件最最奇怪的东西献给皇上。"

成哥问是什么东西，驴县官说："什么东西都行，只要和普通东西不一样就行了。"说完，赶紧拂袖退堂，暗想：这件东西既无名字，又无样子，一定能找上借口给成哥定罪，将成哥妻子弄到手。

成哥回来又对妻子说了。妻子气得骂道："这个可恶的昏官，三番五次刁难我们，看来是非把我们置于死地不肯甘休。干脆，就给他做个'奇怪'吧！"

成哥说："'奇怪'是什么样子，咱们如何做得来呢？"

鬼妻说："做得来，当年我父亲跟人起反的时候，在兵营作坊里干过，制造过一种火药，因此我也略懂一二。狗官硬逼咱死，咱也不叫他活！"说完，便把自己的想法告诉了丈夫。成哥想到除此之外，也实在无路可走，于是，夫妻俩就潜心制作起"奇怪"来。

转眼期限到了，这个"奇怪"也做成了。说它是个"奇怪"，也真奇怪！它有三颗脑袋，七个耳朵，十二条腿，十四个爪子；大肚子，宽脊梁，歪脖颈，秃屁股；身上涂满了

各种各样的颜色，横看像匹马，顺看又像只大狗熊，真算是个少有的"奇怪"。

成哥雇人帮着，抬上"奇怪"来到衙门，让衙役禀报道："奇怪的东西抬来了，名字就叫个'奇怪'，请老爷过目。"

驴县官立即升堂，命令将"奇怪"抬到大堂上，除去绳索，揭开蒙布一瞧，果然是五颜六色，奇形怪状。驴县官看看这里，摸摸那里，稀罕得不得了，虽然心里连连赞叹，表面上还装作很不高兴的样子，板着驴脸问道："这算什么'奇怪'？"

成哥忙禀道："你如果用烧红的铁棍戳一下它的屁眼，奇怪的事情就会出现，不过得等到正当午时。"

驴县官害人心切，把什么都忘了，打发走成哥以后，好容易等到晌午，叫衙役烧红铁棍，亲自插进"奇怪"的屁眼。随着"嘣"的一声巨响，这个可恶的昏官和一班狗仗人势的衙役就一齐飞上了西天。

等到上司查明此事，来捉拿成哥时，成哥已带着鬼妻远走高飞，不知往何处去了。

附　记

这是典型的巧媳妇故事，却被用到了鬼话作品之中，显得更加奇巧。难题一个一个地被破解，阴谋一个一个地被戳穿，所依仗的是鬼妻的智慧与魔法，读来大快人心。王光明搜集，流传于山西一带。

城隍

　　城隍是冥界的地方官，主管生人亡灵、奖善罚恶、生死福祸。

生死姻缘

　　书生张宝才，每日在学堂攻读诗书，想考取功名。他的妻子李翠莲，温柔贤惠，在家照料一男一女两个孩子。

　　这一天，有个僧人来府上化缘。家人问道："请问师傅，为什么事化缘啊？"老僧口呼佛号，说："阿弥陀佛！本僧为重修东山大佛寺来化缘，请施主大发慈悲，多多布施。"

　　李翠莲在室内听见院子里的说话声，心中暗想：我何不上点布施，让佛祖保佑夫君功成名就呢？她随即从头上拔下一支金簪，起身向院子里走去，交给化缘的僧人。僧人说："多谢女施主，佛祖保佑你万事如意。"然后，僧人离开张府，到大街上的银匠楼里，把金簪兑换成银子，又到别处化缘去了。

　　张宝才和几个学友从学堂回来，路过银匠楼。一个同窗说："这家王银匠手艺可绝哩，咱们去看一会儿吧。"几个人便走进里边。张宝看见正准备化掉的首饰里有支金簪，很像他妻子的那支，就问："王老伯，请问这支金簪从哪里来的？"

　　王银匠正在忙乎，连头都没抬，说："是一个和尚的。"张宝才说："老伯先不要化掉，这支金簪我买下了。我这就回家取银子。"话是这么说，张宝才心里可气哩。他甩下同窗，离开银楼，边往家走边生气地想：可恨的贱人，竟跟和尚私通，还把心爱的金簪送给和尚，足见他们的私情非同一般！他越想越气，越气越走得快。

　　张宝才回到家，见了妻子，气冲冲地问："小贱人，我不在家的时候，你干了啥见不得人的事？"妻子不知道他气

278

从何来，赔着笑道："我连大门都没出过，你说我能干啥见不得人的事？"张宝才说："别装了。这些日子你跟谁来往过？"妻子说："为妻没跟任何外人有过来往。"

张宝才说："我再问你，你头上的金簪哪里去了？"一听问金簪，她"咯咯"笑了，说："闹了半天，原来是为金簪啊！我给僧人上布施了。"张宝才说："说得轻巧，他得了你的赠物，到银匠楼上兑换成银子了。"妻子说："他兑换成银子有何不可？他为修东山大佛寺筹募银钱哩。"张宝才更生气了："你甭护他了，如实说出你们有多长时间的私情吧！"妻子看丈夫脸色越来越沉，话越说越重，知道几句话论不清理，就说："看来我浑身长嘴也说不清了，任凭你咋想吧！"

夜里，李翠莲气得睡不着觉，觉得委屈，没脸见人，心想活着不如死了好。想着想着，跟神使鬼差似的，从衣柜里找出条包袱带子，搭在窗户楹子上，吊死了。第二天清早，张宝才一看妻子吊死了，不仅不后悔，反倒觉得这更证明她有外遇，要是没有，何必寻死？于是命家人备了口薄皮棺材，把她草草埋了。

李翠莲的阴魂被黑白无常勾着，飘飘悠悠来到阎罗殿。阎罗王审问她生前的罪孽，她痛哭流涕地诉冤道："民女死得冤枉！民女拔金簪去布施，本想求佛祖保佑夫君成就功名，保佑家人平安。没想好心不得好报，夫君一口咬定民女与僧人私通。民女无法辩白，才身不由己地寻了死。"阎罗王问："你姓甚名谁？"李翠莲回禀后，阎罗王把生死簿翻看了一遍，说："你行善积德，有功无罪；再说你阳寿没尽，本不该归阴。"

随后，阎罗王一拍惊堂木，问黑白无常："令你们勾张翠莲归阴，你们怎么错勾了李翠莲？"黑白无常一听，吓得腿像筛糠，说："回阎王爷，小的知罪，请求发落！"阎罗王

说：“你们赶快将李翠莲送回，让她还阳。”黑白无常说：
“回阎王爷，李翠莲已被她丈夫埋葬三天，她还不了阳啦！”
阎罗王生气地说：“那你们罪孽更重，随后定要严厉处置你
们！”阎罗王把生死簿前后翻看了几遍，又说：“当朝皇上有
位年方十八的公主，阳寿很短，现该归阴。你们送李翠莲去
借她尸身还阳吧！”黑白无常说：“小的遵命！”随后立马引
上李翠莲的阴魂返回阳间了。

　　这天，当朝皇上的三公主由宫女陪伴，正在御花园里荡
秋千。她荡得高，玩得开心，宫女们这个夸她本领大，那个
劝她小心、别摔着。七嘴八舌正说时，只见公主一失手，从
最高处摔下来，跌在地上就没气了。宫女们急忙把她抬回寝
宫，禀报皇上、皇后，请太医救治。

　　太医牵着红丝绦，为三公主号脉。她轻轻出了一口气，
慢慢睁开双眼，竟然又活了过来。皇上、皇后，太医、宫女
们，个个高兴得不得了。三公主看看牙床边围着的人们，一
个也不认识，就问：“我这是躺在哪里？我那一对儿女哩？”
人们一听，全愣神儿了：三公主年方十八，还没选中驸马，
哪能有一对儿女呢？皇后就问：“女儿，你是金枝玉叶的当
朝公主，怎么说起傻话来了？”三公主说：“我是民女李翠
莲，不是你的女儿。”他们不知道，黑白无常早把三公主的
魂魄勾走，让李翠莲借她的尸身还阳了。皇上一听，知道其
中必有原委，就说：“不要责怪她了。”又顺势问她，“你既
是民女李翠莲，把你家住哪里，丈夫姓名，儿女都叫什么，
——说来，好使孤家明白。”

　　三公主回答：“民女家住沙阳城，丈夫张宝才，儿子叫
张小奇，女儿叫张红妹。”皇上等人听了，这才明白，李翠
莲是借三公主尸身还阳了。皇后不知怎么办好，皇上说：
“既然如此，就让她在宫中住下吧，日后孤家自有办法。”

再说张府这边，宝才父母亲对儿子逼死翠莲非常生气，责怪他不该如此莽撞，错怪翠莲，酿成大祸。宝才从家人和儿女那里知道了翠莲上布施的用意，确实是为了让自己早得功名，并没有私通和尚的事情，心中万分后悔。他在房内设上灵堂，供上翠莲牌位，每天给烧香上供，还在灵位前悔罪："贤妻为我早成功名而行善积德，我却疑神疑鬼，错怪于你，使我铸成天大的过错。为了向你赎罪，宝才我从此终身不娶，一心攻读诗书，立誓成就功名，来告慰你的在天之灵。儿女有父母抚养，贤妻不必挂念！"

翠莲去世后，媒人踏破门槛，为张宝才提亲，父母也想让他续弦。他一概不应，日夜用心读书，连连考中秀才和举人。这年皇上开科取士，他进京赶考。考完后，主考官把前几名的试卷递呈皇上钦定状元郎。皇上一一阅过后，选中了最佳的一份试卷，一看应考人籍贯姓名，正是沙阳张宝才。皇上十分欣慰，当下钦点他为头名状元。他拜见过皇上和六部官员以后，紧接着披红戴花，游街夸官。

忙碌了几天，刚刚清静一点，主考大人来了，一见面就说："恭喜状元公，贺喜状元公！"他急忙施礼相迎："恩师请进，敢问喜从何来？"主考大人坐定后说道："老夫奉万岁之命，前来为公主保媒。状元公就要成为当朝皇上的乘龙快婿了，难道不应恭喜贺喜吗？"他一听犯了愁，对主考大人说："晚生能得到万岁的垂青，实在是三生有幸。只是晚生愧对亡妻，已立下誓愿，终生不再续娶。晚生实在难从圣意，求恩师回禀万岁。"主考官说："状元公如此珍重夫妻情意，老夫十分钦佩。只是圣意难违，以老夫之意，还是应允为好。如若不然，你我何颜面去见皇上啊？"主考官苦苦相劝，他万般无奈，只好应允亲事。

皇上择下吉日良辰，为张宝才和三公主完婚。洞房花烛

的夜晚，他为公主揭开红盖头，一看，真是一位天生丽质的绝世佳人。相互说起话来，公主的言语声音处处都像亡妻李翠莲；三公主也认出驸马公就是原先的夫君张宝才。他们做梦也不会想到，今生今世能在这皇宫中再度相会。他忙问缘由，公主把翠莲死而复生、借尸还魂的事情，前前后后说了一遍，他这才恍然大悟。翠莲问他这几年和儿女们的情形，他也详细告诉妻子。他双手抱住爱妻，泪流满面地说："宝才愧对贤妻，贤妻今得复生，宝才我今生今世都要向你赎罪！"翠莲说："多亏神鬼相助，万岁开恩，你我夫妻今日才能再度团圆。以前的恩怨，咱一笔勾销，只盼今生能和好百年！"夫妻两人，千言万语说不尽离情的凄苦，万语千言道不完团聚的甜蜜美满。

附　记

　　由于被丈夫误会，妻子含冤而死，但是她依然依恋丈夫；丈夫也因还深爱着自己的妻子，一直未娶。随着故事的发展，将他们两个人的婚姻，从普通老百姓的结合提升到了与皇室的结缘，这有着巨大的社会等级的反差，显示了更加浓重的传奇色彩，反映了大众的普遍愿望：有情人终成眷属。王顺真口述，杜学德搜集，流传于河北等地。

木根和鬼妻

从前有个名叫木根的打柴汉，二十八岁那年娶得一个叫翠秀的漂亮姑娘做妻子。从此，木根好不欢喜，天天打下一大担柴，到集市上去换回白米，回家还帮着干家务，浑身好像有使不完的力气。妻子也贤良勤快，在家种菜纺纱。虽然木根脾气急躁些，但翠秀逆来顺受，小两口还是过得十分美满幸福。

一天，翠秀有点不舒服，没有做饭。木根这天打了两担柴，先挑了一担回家，想吃完饭再去挑另一担。可是到家一看，饭还没做好，就很不高兴，便重手重脚地洗锅洗碗，把东西敲得噼啪作响。

翠秀见了，便装出笑脸逗他说："皇帝老爷，谁得罪了你，这么重的手脚。"木根原以为妻子身子不舒服才不做饭，可现在见她好好的，却又不帮忙做饭，顿时涌上一股无名火，便扬起大巴掌朝她脸上扫去，到了脸边才猛地停住。

其实木根也舍不得打妻子，只不过想吓吓她。怎知，翠秀以为丈夫真的打她，猛见那大巴掌朝自己扫来，心里一惊，一口气接不上来，便一下子失去了知觉，身子整个倒了下去。木根手快，一下子抱住妻子，只见她脸色发白，身子变冷，两眼翻白。

这下木根慌了，嘴里直喊："翠秀，你睁开眼，我不是真的打你，你睁开眼呀。"可是任他怎样喊，翠秀也没醒来。不久，妻子全身都变得冰冷了。啊！这犹如晴天霹雳，心爱的妻子顷刻间就死掉了，木根好不悔恨，他悲伤地抱住妻子

哭喊着。喊声惊动了左邻右舍，他们都忙奔过来问是怎么回事。木根哭着告诉了大家，大家听了无不感到可惜，但看到木根那悲伤的样子，也不好责怪他。

木根守住翠秀的尸体，整整哭了三天三夜，哭哑了喉，流干了泪，最后在乡邻的劝说下才将翠秀葬在对面的小山上，以便一出门就可以看见。从此以后，木根好像丢了魂，打一天柴，就要在家呆上两天，在家时早晚坐在家门口看着妻子的坟发呆。

就这样，一晃又过了几个月。一天夜里，木根忽然听到对面小山上传来哇哇的孩子的哭声。第二天问邻居，邻居们也说听到了孩子的哭声。木根感到奇怪，便走到小山上去寻查。可是，木根走到这儿，哭声便从那儿传了出来；木根走到那儿，哭声又从这儿传了出来。寻了好一会儿，哭声又没有了，木根只好回到家里。

几天后，更奇怪的事发生了。木根打柴换回的米每天都不见了一些，难不成会有人来偷？又怎么不全部拿去，难道世上还有知足的小偷？木根感到很纳闷。这天，木根拿着扁担上山转了一圈，就返回家来，扒在后窗口观看。不久，便听到吱吱开门的声音，一个妇人走了进来。木根定睛一看，不由得张大了嘴，那正是翠秀呀。难道她变鬼回来偷我的米？木根惊奇极了。

只见翠秀来到米桶边，掀开盖，舀出一些米，似乎感到舀得太多了，就又倒回一些，然后盖回盖，又一声不响地走出去了。木根看得傻了眼，难道世上真有鬼？

第二天，木根又看到妻子来拿了一些米走了。第三天，木根特意藏好米，然后又躲在窗后观看。一会儿，翠秀又来了，她发现米桶里没有米，看了四周一眼，眼眉皱了皱，落下几滴眼泪，然后叹了口气，失望地走了。木根看了这情

景，也忍不住流下了眼泪，后悔自己不该把米藏起来。鬼也好，妖也好，毕竟以前是自己妻子呀。

第四天，木根决定弄个水落石出。这天，他躺在床上，等着翠秀到来后，便悄悄地从背后一把抱住了她。翠秀惊急地挣扎着，木根死不放手，嘴里说："你是人还是鬼呀？怎么来拿我的米？"翠秀见挣扎不了，只好说："你放开我再说呀！"木根松开手，但一只手还是抓住翠秀。

"自从那次我一口气接不上来后，一位仙人见我可怜，便向我吹了一口仙气，使我活过来了。那时我已有了身孕，现在生下了孩子，但我没奶喂他，便回家拿些米去喂孩子。""那你怎么不和孩子回家？""仙人说过：'要过三十六天后，孩子满月了才能还阳回家，'顺便告诉你一声，到了那天，你叫人挖起棺材，然后说三句话：'妻呀，儿呀，你醒来，千错万错都是我错，今后决不再打老婆。'记住，不许念错！我要走了。"木根听后点点头。翠秀说完就走了，木根目送翠秀走到对面的小山上，她人影一闪就不见了。

自此以后，木根可欢喜了，每天都打很多柴，挑到集市上去换回白米。他每天还在窗后看着翠秀把米取走，才美滋滋地出门去上山打柴。到了妻子生下孩子后的第三十六天，木根叫来乡邻一起挖起妻子的棺材，很快便听到呱呱哇哇的小孩哭声。

木根见人心切，便急忙说："儿呀，妻呀，你醒来，千错万错都是我错，今后决不再打老婆。"说完便揭开棺材盖，只见一个活生生的小孩正在使劲地哭喊，但翠秀却奄奄一息了。木根慌忙问："翠秀，你怎么啦？"翠秀多情地看了木根一眼，苦笑了笑说："木根，我俩还是没缘分。""怎么？你不是说能还阳的吗？""是的，本来我还能活过来的，但你念那三句话时，把妻和儿字颠倒了，应先有妻才有儿的。好，

只要你养好孩子，我也就放心了。"

　　木根这才想到刚才自己由于心急说错了字，好不后悔，于是他又急忙说："翠秀，翠秀！我再重说吧！"可是翠秀已闭上了美丽的眼睛，再也睁不开了。"呜呜……"木根想到由于自己的鲁莽而第二次失去了爱妻，再也忍不住后悔和悲伤，便痛哭起来。

　　木根一直哭到天黑，在众人的劝说下，才重新葬下妻子，然后抱着孩子满怀悲伤地往家里走去。

附　记

　　妻子不能随意打骂，原本一对好夫妻，却因为一个巴掌，打得人鬼相隔，即使得到儿子，却失去了妻子。这是故事给人们最大的一个教训，就是要珍惜夫妻之间的感情，而不能去轻易伤害它。陈琳搜集，流传于广东一带。

柴 娃

在太行山下，住着一个以打柴为生的小伙子。他勤劳善良，待人忠厚，还特别热心助人。由于他父母去世得早，连他也不知道自己姓甚名啥，人们见他每天卖柴打柴、打柴卖柴的，因此就叫他柴娃。

有一天早晨，柴娃很早就出去卖柴，走到一个三岔路口，见一个披头散发的女人在那儿啼哭。柴娃就放下柴担，来到那女人的跟前，亲切地问道："请问姑娘，你为何在此啼哭？"

那女人见有人问话，哭得更伤心了。经柴娃再三相问，才哭哭啼啼地说："我叫阿采，只因今早未能侍候好我那小丈夫，被婆婆赶出家门，从此不准回家。大哥若是肯帮忙，就请把我收下。我会做饭、洗衣，还特别会做包子。"说完又继续抽泣起来。

柴娃见她有如此不幸的遭遇，而今又被赶出家门，实在太可怜，于是就答应把阿采领回家。他们来到集市上，出奇地，今天的柴很快就卖完了。阿采建议柴娃把钱都拿来买面粉做包子卖。

不久，柴娃就和阿采结了婚。阿采每天早晨很早就把包子做好，等柴娃起来了就到集市上去卖。从此，他们就以卖包子为生了。

不知为什么，自从阿采和柴娃结了婚，他们那儿晚上总是有人不知不觉地失踪不见。这到底是为什么呢？

时间过得真快，转眼五年过去了。柴娃和阿采已经有了

两个孩子。这天，听说邻村要演戏，柴娃早早地卖完包子，就向邻村的戏场走去。突然从路旁闪出一个道士，挡住了柴娃的路说："你这人有妖气，不准你去看戏。"

柴娃见来人莫名其妙地说他有妖气，不免生气地说："你凭什么说我有妖气？"

只见那道士捋捋胡须，频频地问道："你妻子是不是五年前从路旁捡来的？你是不是每晚都睡里边？她每天都用什么和面做包子？"

柴娃说："我妻子是从路旁捡来的，每晚是我睡里边，每天的包子是我还没起床阿采就做好的，所以，至于她用什么和面吗我当然就不知道了。"

道士说："哦！这就对了。你妻子是一个血妖，她每晚都出去把白天买你包子吃的人中最漂亮的一个人吃掉，然后回来就用人血和面做包子。你若不信，今晚二更后你就仔细地看看吧！若还想除掉你身上的妖气，明天这个时候到这儿来找我。"说完，那道士就不见了。

柴娃懊恼地回到家里，晚饭后就早早地上床了，可是他怎么也睡不着，只得佯装着睡着了。

过了很久，从远处传来梆梆的二更声。只见阿采蹑手蹑脚地下了床，突然把头一甩，一团浓烟袅袅升起，随即便露出一副凶恶的面孔：眼睛似两个鸡蛋，鼻子像一尊坟墓，长而尖的獠牙从口角斜伸出来。她用鹰爪似的手指理理散乱的头发，从地上缓缓升起，轻轻地向窗口飘去，眨眼便不见了。

约摸过了半个时辰，只听见门吱的响了一下，不知为什么她却从窗口飘了进来。进来后，她到厨房端出面粉，大口大口地向面盆里吐着什么。吐完以后，又将头一甩，立刻变成了她先前的模样。又见她挽起袖子，精心地和面做起包子

来。这时，天边泛起了鱼肚白。

看完这一幕，柴娃简直不敢相信自己的眼睛。他立刻起床，装着和平时一样，吃完饭后就挑着包子担上路了。他没有把包子拿去卖，而是把它全倒在了一个鱼池里，径直去见道士了。

约摸过了两个时辰，柴娃见道士还没来，便倚在路旁的一棵树上打起瞌睡来。正当他蒙蒙眬眬的时候，道士来到了他的跟前，温和地说："柴娃，你愿意除去你身上的妖气吗？"

柴娃立刻睁开双眼，"哦！是道长，你来啦！"继而说道，"道长，为了乡亲们，为了除掉我的妖气，请你惩罚我妻子吧！她虽然待我很好，可她却伤害了更多善良的人们。我知道，这样虽然会失去阿采，失去我的家庭，重新去过我的砍柴生活，可我情愿。"

道长见柴娃说得那样虔诚，便从衣袋里掏出三张纸，递给柴娃说："这是我做的三道符，今晚等她一出去，你就分别将它们贴在蚊帐门上，窗上和大门上，然后你自顾去睡！"说完就不见人影了。

柴娃无精打采地回到家里，和平时一样，晚饭后就上了床。他在床上辗转反侧地睡不着，他急切盼望着二更的到来。不知过了多少时候，终于隐隐约约地听到敲二更的梆梆声，只见阿采又像昨夜一样从窗口飘了出去。柴娃立刻起床，按道士的吩咐贴好符，重新回到床上。可他哪里还睡得着，干脆起床坐在床上，眼睛直直地盯着窗外。

又约摸过了半个时辰，只见阿采回来了，她先到门边，使劲地敲打着门，用手推着，用牙咬着，用头撞着。不知为什么，她总是够不着那道符，还不时地发出痛苦的呻吟。终于，第一道符被撞开了。紧接着，她来到了窗前，和先前一

289

样，努力地敲打着。

一阵阵痛苦和呻吟声揪着柴娃那颗善良的心，他多么想去帮助她，替她撕落那道符；但是，在他眼前却立刻呈现出一张张美丽而可爱的笑脸，瞬间消失在阿采的爪下的情景。不，不能去——他这样想着。

正在这时，窗上那道符被撞开了，柴娃的心似乎要跳出胸膛似的。怎么办呢？只有最后一道符了。柴娃猛地抬起头，阿采已来到了蚊帐前。可就在此时，"梆——梆——梆——"三更敲响了，转眼间，阿采也不见了。柴娃立刻晕了过去。

直到天已大亮，柴娃才从昏睡中清醒过来。他发现床上没有了孩子，也没有了妻子，只见房间中央有三摊血——两摊小的，一摊大的。

附　记

恩爱夫妻，感情一旦被外人破坏，很可能出现棒打鸳鸯各自飞的状况。何况是人与鬼的结合，更容易家庭破碎，阴阳隔绝。虽然对于鬼妻依依不舍，但无法破镜重圆。张旭云搜集，流传于四川成都地区。

张天师

天师是对道士的尊称，在鬼话中，道士常常扮演在关键时刻驱鬼捉鬼的角色。"张天师"张道陵是道教第一代天师，也被称为"祖天师"。

水莽鬼

水莽草是一种毒草，人吃了它，会被毒死，变成水莽鬼。相传，水莽鬼必须找到替身才能投生。在湖北桃花江附近，水莽鬼特别多。

有个叫张孝的人，家境贫寒，上有老母，下有不到两岁的儿子。他三十岁时死了妻子，一直没有续娶。

一天，他去拜访一位朋友，在途中感到又热又渴，看见道边有一个卖茶的小棚，急忙走了过去。刚一进屋，看见里面有一位十七八岁、长得十分漂亮的姑娘。张孝一看，魂都飞了，一口气喝了三大碗茶，又要了一撮茶叶，同姑娘拉起话来，问这问那，可姑娘只是微笑，却不予答话。张孝看看天色不早，只好继续赶路去了。

当他到了朋友家中，觉得肚中疼痛难忍。他的朋友问他吃了什么，张孝便把路上喝茶的事告诉了朋友，谁知朋友一听，脸色吓得惨白，说："这下可坏了，你一定喝了水莽茶了，碰上水莽鬼了！"

张孝听了这话，拿出要来的茶叶给他朋友一看，真是水莽茶。又说了那卖茶姑娘的模样，他朋友判定那是村里王财主的女儿——王青儿。不久前，王青儿就是因为误吃了水莽草死的。

朋友说："不过，现在知道水莽鬼是何人，还有一个挽救的办法。"

张孝急忙问道："什么办法呢？"

朋友说："听我父亲说，叫水莽鬼迷住的，只要把它在

阳间穿过的衣服煮了，喝那煮衣的水，就可以好了。"

于是，张孝和朋友来到财主家，把经过的事情说了，并说明了来意。可是，王财主听说有人给他女儿当替身，坚持不给。

张孝气愤地说："我死后准不让你女儿托生！"

结果，张孝被朋友送到家就死了，剩下老母和他的儿子。老母带着小孙子，劳累不堪，终日啼哭。

一天，张孝突然回到家，老母见了大惊失色，问张孝怎么回来了，张孝说："因母亲天天流泪，儿子十分挂念，所以回家来侍候您老人家。儿在阴间已经娶了老婆，就是那个水莽鬼——王青儿。儿子死后，正赶上她要投胎，儿子就把她拉了回来，做了我的老婆。今天，儿子把她带了回来，让她侍候母亲。"

然后，张孝向着门口说："青儿，进来吧！"这时，从屋外走进来一位漂亮的女子，进屋就给张母叩头。青儿虽然是鬼，长得却十分漂亮，举止又十分稳重，张母也就不害怕了。

一天，王青儿面对着镜子流泪，婆母问她怎么了。她说，她想念父亲，可是张孝不让她的父亲知道她在这儿，所以她很难过。张母听了，很是同情，于是她就去把这件事告诉了王青儿的父亲。

王青儿的父亲听了，急忙坐车来到张家。父女见面，抱头痛哭，倾诉离别之苦。王财主见张家十分贫困，又看女儿终日劳累，很是心疼。第二天，叫人送来了两个丫环，一车米面，一百两黄金和一些生活用品；不久，又给张家盖了新房子。

王青儿虽已见过父亲，但张孝从没有拜见过岳父，他一直记恨着王财主对他见死不救这件事。可是，经过王青儿的

再三解释、劝导，终于翁婿和好了。

自此，这一带误吃水莽草的人，都被张孝一一给救活了，以致他自己不能再投生做人，一直做着鬼。

二十年以后，张孝的母亲死了，张孝的儿子已经长大成人，凡是来给张母吊孝的人，都由张孝的儿子接待。张孝夫妻给张母守孝三年期满以后，又给儿子说了一房媳妇。婚后，小夫妻十分恩爱，对公婆十分孝敬，日子过得很富裕，不久，张孝的儿子又考上了举人。

有一天，张孝把儿子叫到跟前，说："儿啊，为父要走了，因为为父救活了很多人的性命，天帝认为我有功，所以封我做了'牧龙君'。现在，我要到远方任职去了。"

这时，屋外驶来一辆带黄帷帐、四匹马拉着的车，马儿都长着三只眼睛，还长着翅膀。张孝夫妻穿好官服，上了马车，踏上了去往远方的路。

附　记

在阴间，男女婚配，称之为冥婚。冥婚这种风俗很早就有了，到了宋代更为盛行。据康誉之《昨梦录》记载，凡未婚男女死亡，其父母必托"鬼媒人"说亲，得到神灵允许后，就各替鬼魂做冥衣，将男女并骨合葬，就算合婚。由此可见，此故事中所说的冥婚，是有其民俗基础的。岳晓波搜集，流传于吉林一带。

还阳扇

从前有个叫杨光的书生，原本家财豪富，只因父母早丧，几个兄长无人管教，狂嫖阔赌，把万贯家财挥霍一空。杨光无法继续攻读，最终只好投奔舅舅家了。

奇怪的是，自从杨光到舅舅家这天起，每到深夜，就听到花园里传来一阵"呜呜"的啼哭声，而且声音日渐增大，愈加伤感。杨光觉得奇怪，心想，这是谁在啼哭？

这天夜里，正值皓月当空，杨光便循声找去。只见月光下，一个花容月貌的年轻女子，正坐在亭子的石凳上哭泣。杨光正要上前问个究竟，可是，眨眼之间，那个女子又不见了。杨光不得其解，当即绕着花园找了一圈，也不见那女子的身影，只见一把玲珑剔透的小花扇，落在花间的小路上。杨光想，准是那位女子掉的。

第二天晚上，杨光就将花扇放在窗前，想看那女子会不会来取。不出所料，三更时辰，那个女子果然来取扇了。杨光见那女子长得如花似玉、楚楚动人，不免为之心动，便问她："给扇可以，但你必须告诉我，你每天深夜在那里哭什么？"

年轻的女子说："哭我的命苦，到如今还没有一个人愿意搭救我。"

"你好生生的，要人搭救你什么？"

"本来我可以早转阳世，就是没有人来助我一臂之力。"

"莫非你是鬼不成？"

"将来不是，现在还是。"

295

　　杨光哪里肯信？一时间，他按捺不住自己的春心激动，便上前拥抱那年轻女子。可是，不等近前，那女子就不见了踪影。但是，等他再定睛一看，她又活生生地站立在眼前，并且笑着说："如果你能帮我返回阳间，你的要求，我可以答应。"

　　"你真的能返回阳世吗？"杨光问。

　　年轻女子点点头，接着便诉说起她的身世。原本她姓王叫月英，就是这附近王员外家的千金小姐。不久前，因为嬉耍秋千，跌落下来，一口气没转过来就死了。她的阴魂去到阴曹地府，阎王爷把生死簿一翻，说她的阳寿未尽，要她依然回阳间去，当即还赐给她还阳扇一把。这之前，她找了好几个人，都不肯帮忙，因此她非常伤心。

　　杨光又问："我能帮你什么忙？"

　　王月英呆呆地望着杨光，问道："你喜欢我吗？"

　　"我喜欢你。"

　　"你真的喜欢我吗？"

　　"我真的打心眼里喜欢你。"

　　"只要你真的打心眼喜欢我，这个忙就可以帮得了；如果你是假心假意，或是三心二意，这个忙你是怎么也帮不了的。"

　　"你说吧，这个忙我一定能帮到。"

　　王月英说："从现在算起，数到一百这天，天上就有一群乌鸦叫着打从你头顶上飞过。这时，你就立刻将我的坟挖开……"

　　"你的坟埋在哪里？"杨光打断她的话问。

　　"就在你舅舅家的后花园旁边。"王月英告诉他，"坟挖开之后，当即把我的尸体抱到你的床上，然后，咬破你的中指，将你的热血滴几滴在我的肚脐眼里；并且抱着我的身子

睡上一百天。当我的整个身子得到你的阳气，我就会活过来的。"说完后，又问杨光，"你可以做得到吗?"

"我保证做到。"杨光也问她，"要是把你救活了，你将如何感谢我呢?"

"做到的话，我的整个身子就是你的了。"

杨光听了，好生高兴。从那天起，他便数着手指过日子，巴望这一天快来。盼了一天又一天，好不容易把第一百天盼到了。

这天早晨，天还没亮，杨光就带着锄头，在王月英的坟前守着了。可是，早晨过去了，却不见乌鸦在头上飞过。上午过完了，也不见乌鸦在头上飞过。眼看夕阳就要唱晚了，仍然不见乌鸦的踪影。

这时，杨光以为无望了，正准备扛着锄头往回走，突然，一群乌鸦出现在西边的天际，正朝着杨光的头上飞来哩。它们异口同声地叫着："挖呀! 挖呀!"

杨光听到乌鸦的叫声，就挥动锄头，不要命地挖了起来，不一会儿，就把月英的坟扒开了。打开棺木一看，只见月英完好如初，犹如活人一般。于是，杨光抱起月英的身体，急忙朝家里奔去。回到家，把月英的身体放到床上之后，按照月英那天的吩咐，连忙将手指咬破，扒开她的衣服，将他殷红的鲜血，滴在她的肚脐眼里。这之后，又抱着月英的肉体，整整睡了一百天。

这个一百天，你晓得是怎样的一百天吗? 开始，杨光抱着月英的尸体睡觉时，简直要把他的骨头冻僵了。直到几天之后，她的身子才渐渐暖和起来。慢慢地，她的心也跟着暖和起来。可是，一百天过去了，尽管月英的身子还阳了，脸上也转了桃红色，身子却一如既往，不晓得动弹，嘴巴也不知道张合。这可把杨光急坏了。

　　正在这时，只见一只小狗衔着那把还阳扇跑了过来。原来，王月英在吩咐杨光时，求生心切，心情一激动，竟把还阳扇这件事给忘了。杨光一见还阳扇，顿时醒悟过来。于是，他接过扇来，奋力地扇着，满心盼望着月英能醒过来。终于，在杨光扇到第一百下时，月英慢慢地睁开了眼睛。

　　后来，杨光和王月英成了亲，过上了幸福的日子。

附　记

　　要娶鬼做妻子也不容易，不仅需要勇敢，还需要做各种难以想象的事情。这里还需要指出，巫术是救活鬼魂的重要手段，如手指血、还阳扇等。周志民搜集，流传于湖南岳阳地区。

还魂记

明朝时，有个秀才叫赵玉，为人正直、热情。他十七岁那年，父母感染瘟疫去世了，留下大笔的钱财。赵玉守孝三年之后，经好友撮合，娶了邻村一个叫真真的漂亮姑娘为妻。

结婚后，妻子体贴丈夫，又能料理家财，夫妻非常恩爱。赵生终日读书作文，指望能在科举中夺魁。

婚后几个月，真真对丈夫说："我近来经常感到不舒服，怕是有喜了。"

赵玉听后，喜道："太好了，希望能生个儿子，接续赵家香火，也对得起列祖列宗了。明天，我请郎中来诊断一下。"

果然，第二天，郎中诊断后，对赵玉说："恭喜老爷，夫人怀胎三个月了。"

自此后，夫妻更是恩爱。转眼怀胎十月，真真要生产了。赵玉不便留在产房，就去拿书读起来，可心里紧张又激动，怎么也读不下去。后来，干脆拿笔为孩子引经据典地取了个名字。

这时候，接生婆慌忙跑来说："秀才老爷，夫人难产大出血，你快去看看吧。"

赵玉忙一面吩咐人去请医生，一面跑去产房。这时，夫人已经气若游丝。郎中来了，看后叹了口气，对赵玉说："怕是不行了，还是准备后事吧。"说完，就走了。

这时，夫人把赵玉叫到床前，说："夫君，我已性命不

保，我死了亦不能忘记你对我的深情。妾身不能为赵家留下后代，真对不住你，妾身死后，望你再娶良家女子，更望夫君能金榜高中，光宗耀祖，我也就瞑目了。"夫人断断续续说完这些话，就咽气了。

妻子死了，赵玉终日闷闷不乐，常常独自叹气。他的朋友王进士对他说："赵兄，故人已去，不能复返，如果赵兄长此消沉下去，误了前程，岂不枉费了十年寒窗辛苦吗？更何况，赵兄品学兼优，婚姻不难，还是不要太伤心了吧！"

赵玉回答说："王兄此言极是，我一定要闭门苦读，争得功名。只是我与亡妻恩爱难忘，小弟决意誓不再娶，我要坚守亡妻之魂，了却一生。"

一天，赵玉挑灯夜读到二更时分，自觉疲倦，突然间见妻子悄悄地站在面前，赵玉惊喜异常，一把把她拉到床边。不等他说话，妻子就急切地说："夫君，几日前我就回家探望过，只是未来打扰。今日你情深意切，实在不忍就此离去。夫君誓言，我已知道，今夜前来与夫君相会，想告诉你一件事：昨夜有鬼友相告，野鬼若遇合适替身，可以借尸还魂。我因难产而亡，须做三年野鬼游魂，三年之内若能寻找一个合适替身，可重新返阳，与夫君白头偕老。但自古生死未卜，魂魄还阳也非易事，就要看你我缘分了。"

赵玉说："夫人，无论你怎样，我立誓不娶他人之女。你若不能还魂，我就孤身度日一生。"

真真忙说："不可不可，我三年之内，若有音讯，你就等我还阳，若无音讯，就另娶他人。更不要为我耽误功名，况且我如果不能复生，你空恋鬼魂，绝无益处，还请夫君慎重考虑。现在天色不早，我要走了。"

赵玉想拉住夫人，可夫人已经出门了。他大叫："夫人，你等等。"不觉醒来，原来是南柯一梦。

　　光阴似箭，转眼两年过去，正逢京城开科大考，赵玉与几位同乡结伴进京赶考。几轮考试过后，赵玉不负十年苦功，竟高中探花，要留任京官。一时间同窗拜会，好不热闹。

　　这天，赵玉送走了一个同窗好友，就有差人禀报，说是京城王侍郎管家王福求见。王福说："侍郎家有一千金小姐，年方十八尚未婚配，侍郎闻今科探花赵玉品貌学识兼优，有意将小姐许配赵玉。特派王福前来提媒。"

　　赵玉听后，对王福说："王老爷美意，在下非常感激，怎奈下官已发誓不再续娶，望侍郎老爷见谅。"

　　王福回去如实回报，可气坏了王侍郎，他暗暗说："好个不识抬举的赵玉，分明是没把我放在眼里，我要让你吃一点苦头。"

　　随后，他找到了同乡礼部尚书林子阔，如此这般地说了一阵坏话，竟把赵玉发放到山东通谷县充任七品知县。

　　赵玉敢怒而不敢言，只得忍气上路。途中夜宿，又是二更时分，梦见妻子对他说："夫君为我吃苦，妾身无以为报，幸好我已寻到一个替身。你要去的通谷县城外金家庄有个金员外，金家小姐不日将病故，我将在小姐病故后，附小姐之体，望你到第七日去金家求亲。"说完，又悄然而去。

　　赵玉醒后非常高兴，到任后就差人打听是否有个金家庄。差人报告：确有金家庄，金小姐确实已重病在身。

　　第七天，赵知县带了心腹差人前去金家拜访，并说前来求亲。这可难坏了金员外，他只有一女，已在昨天病故，正在灵堂，尚未入棺，无奈对知县大人实说了。

　　赵知县说要去灵堂看看，众人刚到灵堂，就见门外跑进一个年轻女子，不理任何人，扑向小姐尸体，而后就不见了。却看到小姐慢慢地动了一下，随后坐了起来。

　　小姐环视了一下众人，翻身下了灵床，扑在赵玉怀里失

声痛哭。

这时，只有赵玉明白，他紧紧抱住妻子，对众人说："小姐阳寿已尽，我亡妻之魂借小姐之体还阳，请诸位不要害怕。"

众人哪里肯信，要金小姐自己说。金小姐说："赵知县所言正是，我原籍直隶，与赵君是恩爱夫妻，只因两年前难产而死，沦为野鬼游魂。幸遇小姐玉体，小姐之魂已去黄泉，不能复生，也是我与赵郎缘分未断，更要感谢金家父母赐体之恩，如不嫌弃，我愿为二老尽孝。"

此刻，金家员外才醒过神来，答应说："姑娘，我们也愿收你做女儿。"

真真与赵玉忙给二老下拜，随后回县城去了。

事情传到了京城王侍郎的耳中，他非常气愤，觉得赵玉是和他作对，宁要娶还魂的女人，也不要他的千金，就买通关节，以赵玉办案不利为名，革职为民。

从此，赵玉就带着妻子到原籍隐居去了，多年没有再听到他们的音讯。可二十几年后，又听说当今状元是赵玉后来的儿子，不知是不是真的。

附　记

在封建社会里，续弦是天经地义的，而主人公发誓不再娶其他妻子，难能可贵；而且，他情愿不要官帽子，也要与妻子共同生活，哪怕妻子是鬼，也毫不惧怕，就更加值得钦佩。王新春搜集，流传于河北唐山地区。

中国**鬼**话

风
俗

墨池的传说

晋朝"书圣"王羲之家中有一个墨池，关于它的来历众说纷纭：有的人说是因为王羲之练完笔后，经常到墨池去洗墨，池水被染黑，这个池就成了墨池；有的人说是因为王羲之幼时贫穷，买不起墨，有个神仙有意辅助他，就把他家屋后水池的水都变成了黑水；还有的说……总之，诸如此类的传说很多，我们这儿也流传着一个关于墨池来历的故事。

传说在王村的东边有一座大山，山中有一个石洞，洞中住着一个恶鬼。这恶鬼对写字写得好的人恨之入骨，这是因为，他生前是一个颇有名气的秀才，也写得一手好字，所以他自信自己的字无人能比。后来他和一个老书法家比字比输了，一口气咽不下去，就自杀了。

他来到了阴间，脾气仍旧不改，还咬牙切齿发誓说，如果人间写字好手被他比下，他就要把那人杀死，以报生前比输之"仇"。不出几年，这个鬼住的那座山就白骨遍野了。此后，这个恶鬼更狂了，他把被他比下的人吃下还不解恨，竟把那些人的墨水也都吃下去，可见他的怒火有多么大。这个恶鬼本就吓人，吃墨水多了，全身变得黑黢黢，更是恐怖。

所以，王村被那恶鬼这样一闹，弄得人心惶惶，没人敢学写字了。

王羲之就出生在王村，他一生下来就会走路，还会张口说："我要纸，我要笔。"一家人都惊奇得不得了，拿纸笔给他，他挥笔就写下"我叫王羲之"，那些字竟然写得很漂亮。

家里人又惊奇又欢喜，把他视作掌上明珠。

于是王羲之自幼童时便开始写字，他本有几分天才，学起来又很刻苦，到了八岁，字写得真是没得话说，特别是草书，写起来如龙飞凤舞。他的父母本怕恶鬼知道后会来害他们的儿子，就一直隐瞒这件事。但是，没有不透风的墙，不多久，远近的人就都知道"神笔王羲之"了。

这件事终于传到了恶鬼那里，恶鬼对王羲之恨之入骨，他黄黄的头发都恨得直了起来，两只门牙长了一尺，铜铃般的眼睛完全凸了出来。他咆哮一声，震折了三百棵大树，泥土飞起六百丈，石头倒了九百块。"王羲之，我要剥你的皮，吃你的肉！"说完，"呼"的一声，变作一阵阴风向王羲之的家飞去。

且说王羲之正在后花园里水池边的石桌上练字，忽觉一阵阴风袭来，眼前有个影子一闪，再一看，石桌旁已坐着一个老头子。只见他黑黝黝的，眼睛一点生气也没有，活像个死人。

这老头子正是恶鬼所变。他见王羲之看着自己，就阴阳怪气地说："王羲之，你的死期到了。"

王羲之心中已猜到他是鬼，见他浑身乌黑，又想他可能就是那个对字写得好的人恨之入骨的恶鬼，心里不禁一惊。王羲之虽然是个小孩，但他什么也不怕，很快又镇定下来，不慌不忙地说："我活到这个时候才死，已经很满意了，叫不比以前那位秀才死得早。"

恶鬼原本以为王羲之会吓得要命，可没想到王羲之非但一点不怕，还讽刺自己，黑黑的脸也不禁一阵红一阵白。过了一会儿，他才怒喝道："我可不和你斗嘴，只要你写字能把我比下，我就饶你不死。"

王羲之说："好。"就叫人拿来文房四宝，并叫人来公

证。恶鬼心想：王羲之，这回你死定了。

两人规定，共同抄写一首诗，要写得快，字要漂亮。准备好了，公证人战战兢兢地说了一声："开始！"恶鬼傲然地看了王羲之一眼，就急匆匆写了起来，写得倒也神速，一眨眼就写了两行字。再看王羲之，还在不紧不慢地蘸着墨，满怀信心地看着黑鬼写字。

这时恶鬼已写了一半，见王羲之还没有写，心里虽然很火，但也很高兴，他想：王羲之啊王羲之，你把我当成什么人？竟敢等我写了一半还没写！就算你的字和我的字一样好，我也一定比你快得多，到那时，可就怨不得我了。想着想着，不禁得意忘形了。

王羲之又看恶鬼写了几行字，再差几行就要写完了，这才拿起笔来。只见他一写起来真有点排山倒海之势，笔在纸上来回飞舞，笔杆叫人看不清。墨汁飞溅，如同下雨，王羲之的衣服早成了花点子，花格子。证人连眨三眼，睁开眼睛时，王羲之已放下笔看着恶鬼写了。

恶鬼正在一个劲儿地写，压根儿不知道这些事。写好了，他刚得意地放下笔，抬头一看，身子突然定住了似的，眼也凸得像灯泡。原来他看见王羲之正神态悠然地看着自己，桌上摆着一张布满字的纸。

怎么，他写好了？恶鬼简直不敢相信自己的眼睛。不说他不相信，就连在旁边看着的证人也不相信。其一，恶鬼不用蘸墨，这已经为他赢得了时间；其二，王羲之是在恶鬼写了一半后才写的，这又是多少时间？本来恶鬼已经快得叫人吐舌，而王羲之在这种情况下还比他快了一倍。这可能吗？证人和恶鬼都这样想。

可是，不可能的事已经发生，只有看字的好坏来评判输赢了。证人先拿起恶鬼的字，这些字清秀苗条、笔力雄劲，

可算得上好字了，恶鬼凸起的眼珠收敛了一下。证人再看王羲之的字，不看则已，一看，证人和恶鬼就像傻了一般，许久许久，证人才感叹道："妙啊！"

只见王羲之的字笔锋尖锐，粗中有细，细里带柔，如飘龙摆凤，笔笔相连，重轻得当……这真是天下第一草书，证人和恶鬼不要说看过，就连听也没听说过有这等好字。

恶鬼自死后以来勤奋练习，字写得比生前有了很大长进，他又以为自己的字天下第一了，脾气也更狂了。而现在看到王羲之这些字不知比他的好多少倍，以他的脾气哪能忍得住，他不由生起一股怨气，忍不住露了原形，证人"啊"的一声被吓昏了。

恶鬼就在证人倒下之时，也大叫一声"气死我了"，竟"嗵"的一声掉下水池气绝了。霎时，恶鬼的身子溶化了，一池清水被染成了黑色。

于是，那个池后来就被人叫作"墨池"了。

附　记

王羲之是晋代大书法家，被后人尊为书圣。关于墨池，还有一则传说，说是王羲之天天在这个水池里清洗毛笔，将水染黑的。这个鬼话却更为神奇，说是黑鬼与王羲之比赛书法，输掉之后掉进水池，而将池水染黑的。这则故事也从另外一个侧面，高度赞赏了王羲之的书法艺术。刘瑞宁搜集，流传于广东封丹地区。

盂兰志盛

　　盂兰盆会，亦称盂兰盆节，源于目连救母的佛教传说，旨在祭拜先祖，超度亡灵。

包拯脸谱额上的月牙
为何不能画正？

过去，凡演包公戏的角儿都知道一个不成文的规定，包拯脸谱额上的月牙是不能画正的。为什么？这里面还有一个故事呢。

清朝末年，有个小戏班子在城里混不下去了，就到乡下去演出。乡下人没见过这样的新鲜事，都跑来看，所以票房收入也比城里多多了，能混上碗饭吃。

这一天，这个戏班来到一个小村庄，白天找到了住处，晚上演出全本《铡美案》。演包公的是一个二十多岁的小伙子，临上场化妆时，无意中把脸谱上的月牙画在了印堂正中。

演出十分顺利，散场后已经很晚了，大家就决定回到住处去卸妆，几个年轻人一边走着一边议论着今晚的演出。这时，他们路过一家大庭院，样子十分气派。两个大石狮子昂首卧立在大门两旁，雕梁画栋的屋檐，朱漆的大门，显然是一个大户人家。但奇怪的是大门上着一把大锁，几个年轻人感到十分纳闷，便问在这里守夜的一个老人怎么回事。

老人说："这房子原来是一位姓李的员外住的。这个李员外无恶不作，仗着他有个亲戚在京城当官，又很有钱，官府也怎么不了他。真是善有善报，恶有恶报，三年前这里说是闹鬼了，吓得他一家都搬走了，别人也怕鬼，谁也不敢住这房子，就一直空着哪。"

演陈士美的青年问："这里真的有鬼吗？"

"不知道。"老人说，"我住在这里快两年了，也没撞见什么鬼，只是半夜有时听到喊'冤枉'的声音。"

演韩旗的角色说："信则有，不信则无。"

"反正我不信！"演包拯的青年说。

"你不信？不信就住一夜试试，敢吗？平时不是说你胆子挺大的吗？"

演包拯的青年急了："住就住，有什么不敢的。不过，我不能白住。"

"那你需要什么？"

"明天的伙食你包了。"

"没问题。"

"那你拿一支蜡烛来就行了。"

这时老人却说："不行，要出了事可了不得。"

"没事，大爷，您老放心吧，这点钱您老买点酒喝吧。"

"就这一回，可得小心啊！"这时他拿来蜡烛和铺盖，打开门领大家走进院子。只见院子中间长着一棵大槐树，北面是一排青砖大瓦房，南面盖着几间配房，再向西是一个月亮门，里面是个大花园。院子里草长得有半人多高，风一吹，哗哗直响。

演包公的青年在北面找了一间小屋，进了屋，迎面是一张桌子，旁边放着两把椅子，右边放着一张木板搭的小床。屋里很久没住人了，墙角上挂着蜘蛛网，桌椅上是很厚的尘土。几个人简单地打扫了一下，关照了几句就都走了，屋里只剩下演包公的青年。青年把铺盖放在床上，把蜡烛放在桌上，翻开随身带来的书，在烛光下看了起来。

不知过了多久，只听得"梆、梆、梆"的打更声，夜已经很深了，青年伸了个懒腰，合上书站起来想去睡觉。这时，突然见蜡烛蹿起来足有一尺来高，火苗也变成了蓝色，

一闪一闪的，照得屋里阴森森的。青年打了个寒战，浑身直起鸡皮疙瘩，心想：莫非真的有鬼？听人说，鬼来时，蜡烛火苗都变成蓝色的。他吓得不敢动了，愣坐在椅子上。

这时，只听得门外"呜呜呜"的风声，夹杂着"唰唰唰"的声音。青年定了定神，壮了壮胆，慢慢挪着步子来到门前，小心翼翼地打开门向外望去，门外黑乎乎的一片，伸手不见五指。他关上门，从里面拴上，刚要转身，突然听到一声惨切切的呼喊："冤枉啊！冤枉啊！"声音从小到大，好像是十分遥远，又像近在咫尺。青年吓得头发都竖起来了，转过身向声音传出来的地方望去，只见桌子前面跪着一个无头鬼，那喊声像是从腹腔里发出的。

那无头鬼身子向门跪着说："大人，小人冤枉啊！"青年倚着门，一动不动愣愣地看着无头鬼，像傻了一样。

那无头鬼接着说："大人啊！你要给小人做主。小人三年前出外经商卖茶叶，赚了不少钱，从外地回家路过此地，天晚了就投宿在这家。不想这家看中了我的钱财，三更半夜派人把我杀了，把我的头割下扔在了荒郊，怕我的尸体抬出被人看见，就埋在这院中的那棵槐树下。三年来，我这冤魂不散四处飘荡，今日才见包大人的面，望大人给小人做主，做主啊！"

青年怔怔地站着，脑子里一片空白。这时，村庄的东头传来一声鸡叫，那鬼一哆嗦，便悄悄地隐去了，远处传来一声比一声低的喊声："包大人给小人做主，做主啊！"演包拯的青年这时"咕咚"一声，摔倒在地上，昏死过去了。

不知过了多长时间，他才慢慢醒过来，见周围围了一群人，戏班的青年也在其中。原来大家看天快亮了到这里来，叫了半天不见开门，怕出什么意外，就砸开了门，见他昏倒在地上，忙把他抬到床上，又掐人中，又盘腿，总算把他弄

醒了。大家问他出了什么事。他想了半天才想起来，战战兢兢地把半夜里的事情说了一遍。

大家都很惊奇，就决定在树下挖个洞看看，挖了半天，果然挖到一具无头尸体，急忙告之官府。官府闻报，就派人抓来了李员外，拷问他有无此事，李员外见事已败露，只得招了实情，结果与无头鬼讲的一模一样。地方官吏就呈报上司，把李员外处了死刑，财产一部分充公，一部分赔给商人的家眷。

这件事很快传开了，戏班里有的人说是因为包拯脸谱上的月牙画得太正了，鬼以为真的包公降世了，才会来告状。

从此，只要演包公戏的，演员就把脸谱额上的月牙画得歪一些。解放后，再次把月牙画正，也没有再闹过鬼，但当年冤鬼告状的故事却一直流传下来了。

附　记

包拯，俗称包公，因不畏权贵，不徇私情，清正廉洁而闻名于世。其事迹被后人改编为各种艺术形式，这则鬼话就属于此类作品，令其清官形象及包青天的故事更添神异色彩。凌广辉搜集，流传于天津等地。

长寿彭祖终死亡

老寿星彭祖，住在终南山下。他生在夏朝，一直活到周朝末年，整整活了八百八十岁。他每活够八十岁，就转生一次少年，所以青春长驻，永远不老，看上去始终像个年轻小伙子，人们都叫他"童子"。

不过，长生不老也带来个麻烦事，就是得不断地娶老婆，前一个死了，再娶后一个。他前前后后一共娶了四十四个老婆，这四十四个老婆给他生了一百多个儿子，儿子又生儿子，子孙后代越来越多，到后来连他自己也认不出谁是谁了。

彭祖看着这成百上千的儿孙，得意忘形，经常站在十字街头夸口说："童子活了八百八，站在街头把寿夸，哪个比我年纪大，我把老婆让给他！"凡人谁敢跟他比寿哇？所以他一直找不到对手。

这一天，彭祖又站在那里夸寿哩，街上过来个倒骑毛驴的老头儿。那毛驴走过他身边时尥起蹶子，一蹄子把他踢了个嘴啃泥。他很生气，爬起来骂道："你这娃娃真无礼，街上这么多人，怎么倒骑着毛驴乱闯呢？眼瞅着把老夫踢倒在地，为啥不来搀老夫一把，向老夫赔礼道歉呢？"

那骑在驴上的老头儿一听，不由哈哈大笑："你小小年纪，竟口出狂言！你怎么敢在我面前妄称老夫呢？睁眼看看，我这胡子比你的头发都长哩！"

"嘿嘿，"彭祖冷眼笑道，"怎么，你还不服气？那咱就当众比一比！"

老头儿说："好！咱今天就打个赌，你若比我年纪大，把我这毛驴拉回家！"

彭祖立刻接口说："你若比我年纪大，我把老婆送你家！"

这时围观的人越来越多，大家都跟着起哄："好哇！说话算数，谁也不许赖账！"

打赌开始了，彭祖胸有成竹，乐悠悠地先吟道："庙前一棵松，百年一扑棱。自打我记事，扑棱八扑棱！"众人一听咂嘴伸舌：看不出这娃娃竟活了八百多岁！

那骑驴老头儿却笑了："嘿嘿，就这么点年纪，还敢在这儿夸口？听我的！"开口吟道，"家住蓬莱叫张果，开天辟地就有我。毛驴踢你不为过，它也比你大得多！"

彭祖一听傻眼了：乖乖，今天碰上活神仙了，不用说这个叫张果的老头儿了，就是那头小毛驴也比咱寿数长呀！咋办哩？现在这一任妻子特别漂亮，而且聪明贤惠，最讨自己喜欢，怎么舍得拱手送人呢？

张果老像是猜透了他的心思，嘿嘿一笑，说："怎么，舍不得呀？一口唾沫吐地上，你还舔得起来吗？"

看热闹的也随声附和："对呀，不能赖账！快回家领老婆去！"

彭祖无话可说了，只好垂头丧气地领着张果老回家讨人去，后边还跟着那群看热闹的。

一群人"叽叽喳喳"来到大门口，彭祖的妻子红花闻声迎了出来。张果老抬头一看，嗬！这媳妇长得果然标致，粉面桃腮，明眼白齿，真是艳如红花！这位大罗神仙也不由得动了凡心，想入非非了。

红花问彭祖："你吃饱了没事干，领这么多人来家干啥？"彭祖支支吾吾说不出口，张果老就急不可耐地把打赌

的事情从头到尾细说了一遍。

红花一听，直气得柳眉倒竖，杏眼圆睁，对着丈夫骂道："你这个老不正经，世上只有赌银子赌钱，哪有赌老婆的？真是个窝囊废！"直骂得他狗血喷头，大气也不敢出。

张果老笑眯眯地劝道："小娘子不必生气！我不会亏待你的。请上驴来，跟我走吧！"

红花转过脸来，冷笑一声，说道："你不要高兴得太早！童子和你比寿比输了，可我还没有输，论年纪你比我少两辈儿，该叫我一声姑奶奶！这姑奶奶怎能和侄孙子配夫妻呢？"

众人一听又吃一惊：哈，今天这寿星凑一块儿了！张果老却连连摇头，说："不可能，不可能，你莫拿大话来吓人！"

红花说："你不信，那咱俩接着打赌：你若比我年纪大，我心甘情愿把你嫁！"

张果老心一横："赌就赌！你若比我年纪大，我趴地下喊你一声姑奶奶！"

红花说声："好，你听着！"朗声吟道，"天上梭罗是我栽，地上黄河是我开。生你爹我是收生婆，接你妈我是婆女客。你妈成亲有两载，才生下果老小乖乖！"

众人一听，齐声喝彩。张果老闹了个大红脸，没想到今天会栽在一个小娘儿们手里。可神仙说话得算数哇，只好硬着头皮跪在红花面前，磕了个响头，喊了声"姑奶奶"，引得众人哄堂大笑！张果老羞得无地自容，赶紧跨上毛驴，紧加几鞭，一溜烟跑了。

彭祖见妻子为自己挽回了败局，高兴得不得了。不料刚进到屋里，红花就一头晕倒在地上，翻翻白眼死了。咋回事哩？原来张果老是神仙，他那个头凡人经受不住哇，所以一个响头就把红花给磕死了。

再说，张果老离开终南山后，越想越憋气：当着这么多人的面，让个村妇把自己羞辱一顿，实在太失面子了。可回头一想：不对！他两口儿明明都是凡人，咋会活那么大年纪呢？张果老在驴背上掐指一算，大呼上当！原来这小娘儿们是瞎喷哩！不过这会儿她已经死了，也算出了一口怨气。可那位童子却实实在在活了八百八十岁！张果老心里不舒服了：这家伙咋会活这么长时间呢？而且享尽了艳福，真比我们做神仙的还自在得多呀！又一想：那阎罗王为啥不勾童子的魂呢？说不定他们之间有啥瓜葛吧？嗯，想到这一层，张果老觉得这事不能不管。

张果老主意一定，立即拨转云头，进了南天门，赶到灵霄宝殿，向玉皇大帝告了阎罗王一状。玉皇大帝一听，也很生气：怎么能容忍一个凡人像神仙那样长命不死呢？他立即传旨，召来阎罗王问罪。

阎王爷着急慌忙地来到灵霄宝殿，被玉皇大帝劈头盖脑一顿训斥，觉得很冤枉，辩解说："这不可能吧？俗话说'长命百岁'，世上几辈子吃斋行善的人，也不过让他活上百儿八十岁，咋会有活八百多岁的人呢？"

一旁的张果老插话了："你老兄别嘴硬，这本是我亲眼所见之人，岂能有假？"

"他叫什么名字？"

"只因他面如少年，人们都叫他'童子'。至于真实名字嘛，鬼才知道。"

阎王爷苦着脸说："鬼也不知道！我若知道，还会让他活到现在？"

这时，玉皇大帝下了命令："你立即回去，查出此人，收归地府。决不能再让他混淆仙凡界限，逍遥轮回之外！"

阎王爷说声："遵旨！"立即驾起阴风赶回冥府，命判官

搬出生死簿，查找这条漏网之鱼。这生死簿是赶在每个人投生之前就造好了的，在名字下面注明寿数和生死年月，到时候用红笔把名字一勾，就把他收归地府了。可是，几个判官查了三天三夜，翻遍生死簿，也没找出一个漏勾之人，还没有除名的人投生时间都很晚，也不会把这"童子"混在里边。

这究竟是咋回事呢？阎王爷急得焦头烂额，找不出这个人，不勾掉他的名字，就没法儿收他回来，就召集属下商量对策。一时众说纷纭，莫衷一是。一位资历最深的判官献计说："童子既能投生人世，生死簿上就应该有他的名字。现在找不出来，说不定这一页儿已经丢失了？前边我们只注意核实人名，却忘了查对页码儿，说不定漏洞就在这里！"

阎王爷连说有理，忙让大家查对页码儿。这一查，果然发现少了一页儿！可这一页儿已经丢失了几百年，往哪儿找呢？

那位老判官又说了："既然少了一页儿，我们可以再补造一页儿。只要写上他的真名实姓，然后再把这名字勾掉，不就同样把他收回来了吗？"

老判官的话是不错，可阎王爷又犯了难：阳世上的人只知道他的外号叫童子，谁也不知道他的真实姓名。咋办哩？脑子一转，有了！活人不知道，他那些死去的妻子一定知道。那些女鬼还有十几个没有转生，阎王爷就把她们找来，一个个询问。不料，这些死鬼一个也说不上来。这童子就是怪，他无论对谁也不吐露自己的真名实姓。阎王爷鬼点子多，想了想，立即派了一个还没有得道成仙而被收归地府的狐狸精，去阳间和童子配婚，设法儿撬开他的嘴巴。

狐狸精领命来到人间，变作一个千娇百媚的姑娘，坐在彭祖新亡的妻子的坟前，等着他来上钩。果然，不一会儿他

318

就来了。他一直对亡妻念念不忘，每天都要来痛哭一场。这天，他来到坟前，张开嘴巴正要哭哩，突然看到了坟前这位姑娘，两个眼珠不会转圈儿了：天哪，世上竟有如此漂亮娇嫩的女子，莫非是九天仙女下凡了？

正当他目瞪口呆时，狐狸精开口说话了："你就是俺姐夫吧？"

他不由一愣："你是谁呀？我怎么不认识你？"

狐狸精故作羞答答地说："俺叫绿叶儿，红花是俺姐姐。姐姐说你贪恋美色，怕你见了我萌生邪念，才一直瞒着不让你知道。想不到她丢下俺就走了，今后还有谁来疼俺哪！"说着，眼圈儿一红，竟哭起来了。

美人儿流泪，好比梨花带雨，更添了几分娇媚。彭祖一颗心早化成水了，急忙上前搀扶，一边为她擦泪，一边软语温存："小妹莫伤心，别哭坏了身子，你姐姐不在了，还有我疼你哩！走，赶快回家歇歇去！"狐狸精便扭扭捏捏，半推半就地跟着彭祖去了。

不用说，他们两人是干柴烈火，一碰就着。有了绿叶儿，彭祖早把亡妻红花儿忘到了九霄云外，两人很快就如胶似漆，热成一摊泥了。这狐狸精施展媚人妖术，哄得彭祖陀螺转。

这天晚间，两人躺在床上，柔情似水，不尽风流。忽然，狐狸精背过身去，"嘤嘤"地哭了起来。彭祖忙搂着她问："小心肝儿，你怎么啦？"

她故作埋怨地说："俺对你真心实意，你却一直对俺虚情假意。俺把身子都给了你，你那长生不死的秘诀，为啥不传给俺呢！"

彭祖得意地笑了："傻妞儿，哪有什么秘诀呀？只因我的名字不在生死簿上，所以阎王爷一直拿我没有办法。"

"那你的名字到哪儿去了？"

彭祖心里一"咯噔"："嗯？问那干啥？"

她搂着彭祖的脖子撒起娇来："就要问，就要问嘛！你不说就不是真心。"

彭祖心里一高兴，脱口说道："好，好，别闹了，我这就告诉你。不过，这话我对亲娘老子都没说过，你可不能给我说出去哟！"于是，这保守了八百多年的秘密，就让彭祖自己给抖出来了……

原来，彭祖上辈子是个大富翁，死后家里给他烧了很多纸马银钱，他就用这些钱财在阴间送礼行贿，广交朋友，连那位掌管生死簿的判官也成了他的座上客。就在他投生转世前，那位判官正要为他登记造册，却被他用美酒灌得醺醺大醉，以至于糊里糊涂地把给他造的那张表格搓成了纸捻子，最后装订在生死簿背脊里了。所以任凭阎王爷再鬼，也别想找出来。

狐狸精得到了秘密，高兴得不得了，狂笑几声，谁知竟笑死了。其实，狐狸精这是回阴间报功去了，可彭祖还蒙在鼓里哩，见心肝宝贝好端端地又死了，不由痛断肝肠，抱着尸体哭得死去活来。

狐狸精回到阎罗殿，向阎王爷如此这般一说，把阎王爷的鼻子都气歪了，立即把那位贪酒失职的判官革职查办，接着拿出生死簿，拆下纸捻子，展开一看，果然找到了彭祖的名字。阎王爷不由得哈哈大笑："童子，童子，你终归逃不出我的手心！"他大笔一挥，就把这个名字勾掉了。

彭祖的名字一被勾掉，立时就有两个无常鬼抖着铁链子站到了他的面前。彭祖大吃一惊，再看怀里抱着的尸体，啥都明白了。他把尸体一扔，长叹一声道：

童子活了八百多，
有话不该胡乱说。
若非贪色漏了嘴，
阎王岂能奈我何！

附　记

这是一个神仙与鬼杂糅的故事，有神仙张果老，有天神玉皇大帝，还有阎王、无常鬼等。民间传说彭祖寿高 880 岁，是中国人心目中长寿的象征。这个故事的意义在于：行贿终究得不到好下场。曹宗鑫搜集，流传于河北等地。

尉迟恭与秦琼

　　尉迟恭与秦琼是"门神"的原型。二人本都是历史上真实存在的人物，后被民间尊为驱鬼辟邪、祈福求安的门神。

鬼状元

相传明朝末年，位于胶东半岛的招远县城里，有个卖馄饨的汉子叫王二。有一手祖传好手艺的王二，在城西街口开了一家馄饨铺，生意做得十分红火。每天从红日东升到月上柳梢，前来光顾的人络绎不绝，王二每天都有半袋子铜钱的收入。

一天，王二收摊后在油灯下清点钱钞时，发现钱堆里夹着几枚纸钱。王二心想：准是哪个淘气鬼在捉弄我，就没有往心里去。谁知，第二天晚上点钱时又发现了几枚纸钱。王二皱了皱眉头，仔细回想一天来的买卖，并没有收到什么纸钱，这是怎么回事呢？难道有人变戏法糊弄我？第三天，他多了个心眼，盛了一盆清水放在身边的案板上，把收到的钱全都投进水盆里。他想，如果是纸钱，自然就要漂在水上。然而，他张罗了一整天买卖，收的钱眼看投满了水盆，也没发现一个纸钱。

太阳落山了。王二正要卷铺收摊时，从西街走来一个年约二十七八岁的年轻妇女，穿一身蓝布衣服，披着长长的头发，两眼呆滞，显得毫无生气。年轻妇女走到王二跟前，拿出一只破瓢，要王二给她盛碗馄饨，并随手把几枚铜钱放到王二的案板上。王二见她衣服后脊背上沾满尘土，以为她是要饭的花子，很可怜她，就给她盛了满满一瓢馄饨。等那女人转过身后，他拾起案板上的铜钱，随手丢到水盆里。奇怪，铜钱竟漂浮在水面上，再仔细一看，果然是纸钱。王二忙回身去找那女人，那女人却转眼间不见了。

　为防止再受骗，从此，王二天天把水盆搁在身边。可自从那天以后，那女人再也没有来过，而别的饭摊却又发现了纸钱。王二想：准是那女人干的，就把搁置水盆的方法告诉大家。于是，所有饭铺收钱时都搁了水盆。果然，从此再也没有见到纸钱了。

　几天后的一个傍晚，太阳刚刚落山，王二卖罢馄饨正要收铺，突然又发现那女人披头散发地从西门外走了过来，一边走一边喊："饿死我的孩子啦！饿死我的孩子啦！"王二想：难道真是个要饭的花子？

　王二一向心地善良，为了弄明白事情原委，他决定悄悄查访一番。他取了根绣花针，在灯头上烧了烧，很快曲成了一个钓鱼钩，又在针鼻里引了个白线团。不等那女人走近，他便主动招呼："大嫂，要买馄饨吗？正热乎哩！"那女人稍一愣怔，就走了过来，王二又给她盛了满满一瓢馄饨。当那女人转身要走时，王二悄悄将针钩挂到女人的后衣襟上，于是，那女人走后，地上便留下了一条长长的白线。

　王二匆匆收拾了饭铺，沿着白线跟踪追去，一直追出城西关。西关外是一片坟地，荒凉不堪，那白线一直延伸进那片坟地，在一座新建的土坟前不见了。难道这女人是个饿鬼？对！鬼才使用纸钱哩！王二想到这里，顿时觉得头皮有些发麻。他刚想走开，忽然听到坟墓里有动静。他硬了硬头皮仔细听了一会儿，像是孩子吃奶的声音。他既害怕又惊奇，赶忙跑回去将此事报告了官府。县官不信，但第二天还是派了两个衙役，带了锨镐同王二一块儿来掘坟验看。

　三个人来到那座土坟前，仔细听了听，果然有声响。两个衙役也有些胆怯了，但上命不可违，还是壮了壮胆将坟墓扒开了。一看，只见坟墓中央有一口红棺材，棺盖已被打开。红棺材里面躺着一具女尸，浑身已经腐烂，只有两个奶

头还饱满红润。在女尸旁边，有一个还没满月的男孩正伏在女尸的胸前，啧啧地吸奶。

消息传出，人们蜂拥而来观看，都说这是个"鬼孩子"，是女人生前受了孕，死后才生下的孩子。坟墓已经打开，如不想办法，孩子就要饿死。县官问围观的人们："谁愿领养这孩子？"因为是鬼孩，大家都默不作声。停了好一会儿，王二眼睛一亮，说道："我去给孩子找个主吧！"说罢，飞一般朝城里跑去。

不大一会儿，王二领来一个五十多岁的老女人。这女人姓王，没有名字，人们都称她王氏，她年轻时当过妓女，因为名声不好，一辈子没有嫁人。她就住在王二的斜对门，和王二一向相处不错。老女人来到坟墓前，一句话没说，就亲自下去将孩子抱了出来。见孩子哇哇直哭，她也不怕人们笑话，忙将衣襟解开，将干瘪的奶头塞进了孩子的嘴里。

从此，这孩子成了老女人的心肝宝贝。有好吃的先尽孩子吃；有好衣服先让孩子穿。孩子长到七岁那年，老女人卖掉了两间厢房，凑了钱将孩子送进学堂，并给他起了个官名叫王奎。王奎从小就非常聪明，学业一点就会，老女人更将他视若掌上明珠，自己一年到头吃糠咽菜，省出白面给儿子吃；自己穿着补丁摞补丁的衣服，节省的钱给儿子做新衣服穿。

一转眼，十几年过去了，鬼孩王奎长成一个大小伙子，样貌英俊，且满腹诗文。二十五岁那年，他要进京赶考。临走时，母亲拉着儿子的手久久不放。鬼孩子王奎明白母亲的心意，决心名登皇榜，光宗耀祖。果然，进京后第一场考试就中了头名状元，被当朝皇上遣往河南做了知府。消息传到招远，人们都暗暗叹服，说招远出了个"鬼状元"。

鬼状元王奎到河南任职，两年后回乡为祖上圆坟。这

时，老妓女母亲已经去世。鬼状元回乡后听到这个消息，竟然一点也不悲伤。他只到生母的坟前拜了三拜，然后命人将生母的坟墓重新整修。这时，卖馄饨的王二已年过古稀，他拄着拐杖找到鬼状元："孩子，你也要为你的养母圆圆坟，她是想你想死的!"

然而，万万没有想到，鬼状元这时竟变了心，不承认自己还有个做过妓女的母亲。把生母的坟墓修好后，就带着人马返回河南去了。

王二是个有良心的人，见鬼状元如此负心，气得直骂，说他忘恩负义，不得好死。这话还真应验了呢。就在鬼状元王奎返回河南的路上，一天，突然遇上了暴雨，电闪雷鸣，负心的鬼状元躲避不及，被雷击死在荒野里。死时只有二十七岁。

附　记

鬼孩子故事是一种类型故事，内容各不相同。这是一则关于忘恩负义的故事。在人们看来，忘恩负义是一种令人不齿的行为，不管是什么人，做了这样的事情，一定会遭遇厄运。李日君搜集，流传于山东招远地区。

鬼请接生婆

　　从前，有一个刘婆婆，她是远近有名的接生婆。她为人和善，不管谁家要生孩子，她都是有求必应。特别是为难产的妇女接生，更是她最拿手的本事。

　　一天深夜，刘婆婆忽然被梦惊醒了。她正睡不着时，听见有人敲门，一个男子在门外说是家里老婆要生孩子了，请婆婆前去接生。刘婆婆二话没说，准备了一下便开了门。外面漆黑一团，根本看不清来人的长相，刘婆婆埋怨道："怎么连个灯笼也不点。"来人连忙赔话："正下雨呢，我请了两个邻居，用竹椅轿抬着您去。"说完他们便一起上路了。

　　天黑沉沉的，又下着毛毛雨，刘婆婆坐在竹椅轿上，只能隐约辨出已到了大路的尽头，转了几个弯，又穿过了一片树林。一会儿，那男人说："到了。"他们便停了下来。刘婆婆从竹椅轿上下来，心里却很纳闷：这是什么地方？只见前面一间矮屋里闪着昏暗的灯光，四周一片漆黑，一阵风吹来，发出"沙、沙"的声音，远处不时传来一两声悲咽声……这时，刘婆婆心里直发慌，她觉得自己太糊涂了，咋没问问是去什么地方就跟着来了。

　　那几个人一声不响地领着刘婆婆进了那间矮屋，屋里很龌龊，地上似乎十多年没扫过，除了一张石凳外，连一把椅子也没有。床上的女人正在一声声地惨叫着，一头乱糟糟的头发被汗水粘贴在脸上，发出一阵阵恶臭。她咧着一张大嘴，眼睛瞪得老圆，似乎要喷出火来，很是吓人。刘婆婆怕极了，也不敢多问，就赶紧为她接生。因为是难产，刘婆婆

忙得汗流满面。两个时辰过去了，孩子终于出来了，"哇哇"地叫着，是个男孩。产妇急促地喘着气，仍然闪动着那双使人害怕的大眼睛。

刘婆婆吩咐打水来，她要洗手，还要给产妇擦洗擦洗。可是那男人说："哎呀，现在没有水，您就随便找什么擦一擦吧。她嘛，我自己来照料。"刘婆婆心里嘀咕：这家人办事也真邋遢。她见没什么东西擦手，便将手里的血迹擦在了石凳上。接着，男人便张罗着吃鸡蛋，他揭开锅盖，一阵浓浓的腥味飘了出来。刘婆婆感到一阵恶心，觉得心里很难受，便推说自己熬夜熬得累了，头痛得厉害，要回去了，说完便起身朝门口走去。那男人赶上来，硬是往刘婆婆口袋里塞了两个鸡蛋，又吩咐人仍用竹椅轿将刘婆婆送回家。

刘婆婆坐在轿上走不多远，天到快亮的时分了，这时已能辨清远处的房屋了。她在轿上怎么也琢磨不出那是什么地方。怎么自己从未到过那地方呢？她便问两个抬轿的，那两个抬轿的支支吾吾不知说了些什么。刘婆婆还要问，这时，远处传来公鸡的打鸣声，接着又是一阵狗叫声，吓得两个抬轿的丢下竹椅轿飞也似的往回跑去。刘婆婆被跌得眼冒金花，嘴里骂着："两个胆小鬼，你们跑什么？"可是怎么喊也不见那两人回来。喊声把附近几家给吵醒了，从屋里出来了几个人，他们仔细一看，是刘婆婆，便走了过去。他们问明了情况后，就把刘婆婆送回了家。

天亮了，这事很快传开了。人们都觉得奇怪：这附近并没听说过谁家要生孩子呀！于是人们按着刘婆婆说的方向去寻找，却发现了一片乱坟冈。其中，一座合葬的坟墓前的石碑上，有着新的血迹。刘婆婆忽然想起了口袋里的鸡蛋，就连忙伸手往口袋里去掏，结果拿出的却是两个螺蛳，吓得她当场昏死过去。

从此，刘婆婆就定了一条规定：白天接生才去，晚上一概不出门。

附　记

过去，农村有各种各样的传统习俗，其中与鬼相关的习惯、行为、意识也不少，如接生婆的禁忌是夜里不接生。事实上，农村夜里接生的确难度较大，如灯光、难产等原因，因此会形成这样的习俗。而接生婆夜里不出门，则是鬼信仰的一种附会。杨成搜集，流传于湖北一带。

图书在版编目（CIP）数据

中国鬼话 ／ 《故事会》编辑部编. —— 上海 ： 上海锦绣文章出版社，
2014.1

（5000年民间故事经典传承丛书.话系列）

ISBN 978-7-5452-1391-1

Ⅰ.①中… Ⅱ.①故… Ⅲ.①民间故事-作品集-中国 Ⅳ.①I277.3

中国版本图书馆CIP数据核字(2013)第147227号

书　　名：中国鬼话

责任编辑：周奥扬

装帧设计：王　伟

责任督印：张　凯

出　　版：上海锦绣文章出版社 上海故事会文化传媒有限公司

发　　行：中国图书进出口上海公司

　　　　　地址：上海市广中路88号　　　电话：36357888

书　　号：ISBN 978-7-5452-1391-1/Ⅰ·533

上海故事会文化传媒有限公司　出品（00486）　www.storychina.cn

上海故事会文化传媒有限公司所有图书可办理邮购（挂号除外）

汇款地址：上海市南绍兴路74号（200020）；　收款人：上海故事会文化传媒有限公司

联系电话：021-54667910

www.ingramcontent.com/pod-product-compliance
Lightning Source LLC
Chambersburg PA
CBHW070843260626
47170CB00007B/2483